Kiesträume

Stefan Hinz

Kiesträume

Bayerisch-Schwaben-Krimi

Ähnlichkeiten mit lebenden Personen sind möglich, aber nicht beabsichtigt.

Titelbild: Renate Schauer

ISBN 978-3-930323-85-2
1. Auflage 2009

Zugspitzstraße 2a, 87452 Altusried
Telefon 0 83 73/92 05-20
Internet: www.brack-verlag.de

1

Es war nicht mehr so schwül wie über die Mittagszeit, und der Himmel schien erleichtert von den schweren Wolken des Tages. Richard Voith trat über die Schwelle und sog die frische Abendluft ein. Er schaute auf den Rand des östlich an den Hof grenzenden Feldes. Der Silagemais stand so hoch, dass der Horizont über die Breite des Feldes einen grünen Ausschnitt hatte. In den nächsten Tagen würde die Ernte beginnen, der Häcksler war aus der Maschinenhalle geholt, abgeschmiert und das Öl gewechselt worden. Für die gewaltigen Mengen an Mais brauchte Voith zusätzliche Ladewagen, die er beim Maschinenring reserviert hatte. Er brach einen der in die trockenen Blätter gehüllten Kolben ab und prüfte den Reifegrad der Frucht.

Er hatte es wieder einmal geschafft, sich bei seiner Frau und den Kindern unbeliebt zu machen. Nicht, dass es ihn wirklich beunruhigt hätte, aber er genoss die Stille im Hof nach dem Aufruhr in der Küche. Den ganzen Tag schon hatte ihn das Rumoren in seinem Bauch geplagt, und als sich die Blähung schließlich Bahn brach – ausgerechnet beim Abendessen – hatte die ersehnte Erleichterung den Ärger über das Gezeter seiner Familie eindeutig überwogen. Als Bauer und Familienoberhaupt hatte er traditionsgemäß gewisse Rechte, die allerdings nicht mit denen der letzten Generation zu vergleichen waren, und die Duldung von Entgleisungen gehörte nicht mehr zu dem, was man von seinen Angehörigen erwarten konnte.

„Zoigsch mir die Blubberblasen?“

Die Stimme kam von schräg hinten, und er musste sich nicht umdrehen, um zu wissen, wem sie gehörte. Leonhard, der elfjährige Sohn des Nachbarn war schon wieder da und nervte ihn mit seinem kindlichen Interesse an der Biogasanlage. Er kam regelmäßig auf den Nachbarhof, mit Voiths jüngstem Sohn Johannes verstand er sich gut, und die beiden verbrachten viel Zeit beim gemeinsamen Spielen und Kundschaften. Mit seiner Fragerei konnte er dem Landwirt aber gehörig zusetzen. Anders als sonst musste Voith dieses Mal allerdings lächeln, denn die Frage setzte einen passenden Schlusspunkt unter das Schauspiel in seiner Küche.

„Komm, mir guggad amol, ob's heit oine gibt", sagte er gutmütig und setzte sich in Richtung des großen grünen Plastikkegels, der in etwa fünfzig Meter Entfernung aufragte, in Bewegung. Es war die aufgeblähte Abdeckung des zweiten Fermenters, den er erst vor einem halben Jahr gebaut hatte und der als Zeichen zukünftigen Wohlstandes weithin sichtbar war. Die Landwirtschaft hatte die seit mehr als zehn Generationen im Dorf ansässige Familie immer zuverlässig und ausreichend ernährt, aber seit etwa fünfzehn Jahren hatten sinkende Erlöse in der Viehzucht und Milcherzeugung für zunehmende Sorgen unter den Landwirten der Region gesorgt. Auf der Suche nach Gründen stieß Voith immer wieder auf die üblichen Standardthemen wie EU-Erweiterung, Überproduktion und den allgemeinen Preisverfall, die bei den Bauerntreffen auf der Tagesordnung standen und für die Misere verantwortlich gemacht wurden. Das war ihm aber nicht genug. Er war einer der wenigen Landwirte seiner Generation mit Abitur, und schon in der Internatsschule, die seine Eltern für ihn finanziert hatten, hatte er gelernt, Dinge von mehreren Seiten zu betrachten. Er hatte erkannt, dass sich das Problem des sinkenden Bauernwohlstands nicht nur auf erschwerte Rahmenbedingungen reduzieren ließ. Schließlich waren in der Europäischen Union alle Erzeuger den gleichen Einflüssen ausgesetzt, und es gab durchaus gut verdienende Kollegen, nicht nur im Ausland, und auch nicht nur unter den Massenerzeugern mit ihren Tierfabriken und den Agrar-Großunternehmern in den Neuen Bundesländern. Ihm war klar, dass er sich als Landwirt nicht auf Altüberliefertes verlassen konnte. Die Überzeugung „Das haben wir schon immer so gemacht" hatte dazu geführt, dass viele seiner Freunde im Dorf ihre Betriebe aufgeben mussten, um sich Arbeit in den umliegenden mittelständischen Unternehmen zu suchen. Allerdings musste Voith sich eingestehen, dass die Erbsubstanz seines Hofes, die er nun vorausschauend und mit Umsicht verwaltete, groß genug war, um auch Durststrecken überstehen zu können. So entstand die Idee, in die landwirtschaftliche Energieproduktion einzusteigen, ein nach allen Prognosen aussichtsreiches Feld, das nur beackert werden wollte.

„Der isch aber dick heit", kam von rechts unten, und Voith

musste erst hinsehen, um zu verstehen, was Leonhard damit meinte. Sein Blick folgte dem kleinen Zeigefinger und er musste zugeben, dass der Fermentersack tatsächlich bestens gefüllt war. Am Anfang hatte es erhebliche Probleme bei der Erstbefüllung mit Gülle und den Impfbakterien gegeben, und bis die Anlage rund lief, war ein gutes halbes Jahr vergangen. Immer wieder war er in der Nacht vom automatischen Telefonalarm geweckt worden, der ihn mit seiner blechernen Computerstimme darüber in Kenntnis setzte, dass der Generatormotor wieder einmal stehen geblieben war, weil die Gasqualität nicht stimmte. Er und seine Frau hatten begonnen, von ihrem ‚Baby' zu sprechen, das sie mitten in der Nacht auf den Beinen hielt und nach Gesellschaft und Pflege verlangte. Mittlerweile waren diese Probleme überwunden, und die Gasgüte war schon seit Längerem konstant, der Methangehalt gleichbleibend hoch. Beim Bau der zweiten Fermentergrube hatte er auf die Erfahrungen aus dem Bau der ersten vor zwei Jahren zurückgreifen können. Jetzt dröhnten zwei Motoren im Generatorhaus, und die Zahlungen des regionalen Stromversorgers, für zwanzig Jahre garantiert und über dem marktüblichen Preis pro Kilowattstunde, ließen ihn die Sorgen der vergangenen Wochen ein wenig vergessen.

Als sie an dem Betonring ankamen, der den oberen Rand des sechs Meter tiefen, in die Erde gebauten Fermenters ausmachte, zerrte Leonhard ihn am Ärmel seines Blaumanns zu dem rechteckigen Inspektionsfenster, das in die Außenwand eingelassen war und sich für Gasprüfungen öffnen ließ.

„Mach doch amol auf", quengelte der Bub, der genau wusste, dass man das eigentlich nicht sollte, außer bei besonderen Gelegenheiten, und heute war keine. Einmal hatte er miterlebt, wie Voith eine Probe genommen hatte und dabei eine Nase voll von dem Gas abbekommen, das aus dem Substrat, der vergorenen Mischung aus Gülle und Maissilage, blubberte. Es hatte fürchterlich gestunken, ihn aber auch ungemein fasziniert, als er erfuhr, dass damit ein Motor betrieben werden konnte, den man auch in einen Lastwagen einbauen könnte.

„Du woisch doch, dass des it gauht", sagte Voith und blickte in die grünbraune Brühe, die unter ihm wogte und brodelte.

„Aber schau na nei, vielleicht sigsch was Interessants."

Das war höchst unwahrscheinlich, denn der Fermenter wurde ausschließlich mit der Maissilage gefüttert, die Voith mit seinem Frontlader zweimal täglich aus den beiden gewaltigen Fahrsilos hinter der Anlage holte und in den Dosierbehälter kippte. Für eine gleichmäßige Gasproduktion war es notwendig, den Fermenterbrei ständig umzurühren, wofür ein mannshoher, elektrisch betriebener Quirl im Inneren der Grube sorgte. Daher war die Mischung ständig in Bewegung und zirkulierte im Uhrzeigersinn an der Luke vorbei. Da man die Wände in dem finsteren Innenraum des Fermenters nicht ausmachen konnte, gaben einem die wandernden Blasen auf der Oberfläche des Breis den Eindruck, in einem Boot über einen Ozean aus braunen, platzenden Pickeln zu fahren. Es konnte durchaus passieren, dass Voith hier für ein paar Minuten verweilte, den Blasen zuschaute und sich der Vorstellung hingab, etwas Großes geleistet zu haben – schließlich sorgte er mit seiner Anlage für eine Entlastung der Atmosphäre von Kohlendioxid, wie er auch seinen Nachbarn immer wieder erklärt hatte, von denen sich einige nicht mit dem Komplex abfinden wollten.
„Du, dau kommt was“, verkündete Leonhard, zeigte nach rechts hinten, in das Dunkel der Oberfläche, und spähte durch das Lukenfenster, wobei er die Hände zu einem Sehrohr formte, das er auf die Scheibe auflegte. Voith wusste, dass es mitunter eine Weile dauerte, bis sich feste Bestandteile der Maissilage auflösten. So etwas hatte Leonhard jetzt wohl entdeckt und war sichtlich stolz darauf. Voith schaute eher gelangweilt in das Fenster und erblickte tatsächlich etwas von offensichtlich fester Beschaffenheit in der brodelnden Masse. Es war etwa drei Meter entfernt und kam von rechts auf die Luke zu. Normalerweise hätte Voith nicht weiter darauf geachtet, dieser Gegenstand machte ihn allerdings neugierig – er war nicht grün oder braun, wie bei einem Stück Silage zu erwarten wäre, sondern weiß mit dunklen Flecken. Er hatte die Form eines oben aufgefächerten Stockes und war sicher kein Maiskolben, der den Silageprozess aus irgendeinem Grunde unbeschadet überstanden hatte. Der Gegenstand war jetzt in ihrer Höhe angekommen und trieb vor dem Fenster vorbei. Er spürte, wie Leonhard vor ihm unruhig wurde und noch angestrengter in

das Dunkel lugte. Dann hörte er, wie der Bub zuerst leise, dann immer lauter schrie und von dem Fenster zurückwich. Er zog Leonhard zur Seite und legte nun seinerseits die Hände auf das Fenster, um besser sehen zu können. Der Gegenstand war ein Stück Knochen mit Teilen einer menschlichen Hand, stellenweise skelettiert und mit halb geöffneten Fingern, die aussahen, als hätten sie noch vor Kurzem etwas umklammert. Die Hand ragte aus dem braunen See, was erstaunlich war, denn man sollte annehmen, dass alles von fester und schwerer Konsistenz unter die Oberfläche sinken würde – Voith war seltsam fasziniert von dem Anblick. Dass Leonhard schreiend davonlief, bemerkte er gar nicht.

***

2

„Wir müssen los. Ich hab noch einen Termin."
Jenny Coggan tat so, als ob sie nichts hörte. Sie blickte versunken auf die in weiches Vorabendlicht getauchte, hügelige Landschaft unter ihr. So ähnlich musste es in der Heimat ihrer Vorfahren ausgesehen haben, von der ihr Granny Rosie erzählt hatte, von der Gegend um das kleine Dorf mit dem unaussprechlichen Namen, davon, wie sie mit den Kühen auf die Weide gegangen war und dabei ihren Mann Gustav kennengelernt hatte. Granny sparte ihre Geschichten für die Stunde vor dem Zubettgehen auf, wenn sie nach dem Abendessen in der Küche um den großen Tisch saßen. Dann ließ sich Jenny mit den anderen Kindern entführen in eine Welt, die so weit entfernt und doch seltsam vertraut war. Granny Rosie erzählte von einem Leben, wie man es hier vor kurzer Zeit noch gekannt hatte. Von einfachen Bauernhöfen, aus denen die Kühe jeden Morgen auf die Weide und abends zurück in die Ställe getrieben wurden, in die ihnen der Bauer ein neues Lager aus Stroh geschüttet hatte. Von dem mühseligen Jahreslauf, der von der Natur, ihren Gesetzmäßigkeiten und Launen bestimmt wurde, und von Sommern, in denen die Kinder im nahen See der kleinen Kiesgrube badeten, aus welcher schon damals für den Straßen- und Hausbau der hochwertige Moränenkies gewonnen wurde, der unter der dünnen Humusschicht lag und den Ackerbauern das Leben schwer machte. Dann glänzten Granny Rosies Augen, doch der Glanz darin war ein anderer als der in den Augen der Kinder, die einander die Köpfe auf die Schultern legten und still zuhörten.
Ihre Geschichten, die von harten Wintern und kargen Mahlzeiten handelten, trieben stets auf den Zeitpunkt der frühen Nachkriegszeit zu, in der ihnen ein reicher Bauer das Land weggenommen hatte, ohne das sie ihre Kühe nicht ernähren konnten. Der reiche Bauer, der stets eigenartig gesichtslos blieb, hatte keinen Namen, aber die Kinder hatten ihm einen gegeben – The Black Man, der Schwarze Mann, den sie aus einer anderen Geschichte kannten, die ihnen ihr Vater vorgelesen hatte. In dieser Geschichte, die von den Ureinwohnern ihrer Gegend, einem Maori-Stamm, handelte, kam eines Tages

ein dunkler Mann in das Haus der Siedler und vertrieb die Familie, um sich des Hofes und Landes zu bemächtigen, und genau das musste damals auch Granny Rosie zugestoßen sein. Damit lagen sie allerdings völlig falsch, denn kein schwarzer Mann hatte für die Emigration von Rosie Voith gesorgt, sondern ein altes ungeschriebenes Gesetz des Bauernstandes ihrer Heimat: Konnte der Hof bei der Übergabe des Betriebes an die nächste Generation nicht aufgeteilt werden, weil die daraus entstehenden Betriebe für das weitere Bestehen zu klein wurden, ging der Besitz an den ältesten Sohn, die übrigen Geschwister wurden mit dem Pflichtteil ausbezahlt. Die Bewirtschaftung des Hofes oblag nun dem zukünftigen Erben, der auch für die Eltern, die sich ‚im Austrag' befanden, aufkommen musste, eine weitere Beteiligung der Geschwister am Wohl und Wehe des Familienbesitzes war nicht vorgesehen.
Normalerweise würden die weiblichen Nachkommen nun in einen anderen Hof einheiraten, wenn das nicht schon geschehen war. Rosemarie Voith zeigte allerdings kein besonderes Interesse daran, sich von einer anderen Familie ihr Leben vorschreiben zu lassen, denn das war in der Regel die Konsequenz. Sie heiratete statt dessen Gustav Wahl, einen mittellosen Knecht aus einem nahe gelegenen Weiler, den sie schon vor Jahren beim Kühehüten auf den weitläufigen Weiden des elterlichen Hofes kennen- und später lieben gelernt hatte. Nach ihrer Heirat hatten die beiden versucht, einen Hof in einem Nachbardorf zu übernehmen, mussten aber wegen unzureichender Mittel aufgeben. Keine Bank wollte sich in den Dreißigerjahren auf das Risiko einer weiteren Milchwirtschaft einlassen, und die Erbschaft reichte nicht als Grundlage für einen eigenen Betrieb. Die Bitte an den Bruder, mit einem Kredit auszuhelfen, wurde abgelehnt, worauf Rosemarie Voith mit ihrer Familie brach und schwor, nie wieder um Hilfe nachzusuchen. Sie würde mit ihrem Gustav allein zurechtkommen, um jeden Preis.
Gustav hatte immer schon von einer Auswanderung geträumt. Nach der Enttäuschung mit der Familie war Rosemarie dieser Idee gegenüber aufgeschlossen, und die beiden begannen, ernsthaft darüber nachzudenken. Das klassische Auswanderungsland waren zu dieser Zeit immer noch die USA, aber was

man von dort in letzter Zeit gehört hatte, war alles andere als beruhigend, und so entschlossen sich Gustav und Rosemarie zur Ausreise nach Australien. Mit dem Geld aus der Erbschaft versuchten sie, im australischen Osten einen Milchbetrieb aufzubauen. Diesmal scheiterten sie an der ungewohnten Kargheit der Böden, die sich nicht für die klassische Beweidung eigneten. Ein weiterer Umzug mit Sack und Pack war unausweichlich, und man entschied sich für die neuseeländische Südinsel, die den Vorstellungen von Leben und Landwirtschaft am nächsten kam. Der Zweite Weltkrieg hinterließ die beiden mit einem kleinen Hof, der in den Sechzigern von ihrem Sohn Wilfried und seiner Frau Jodie, einer einheimischen Farmerstochter, übernommen wurde. Gustav starb bald darauf an Lungenkrebs, den er seiner Passion, einer schwäbischen Tabakspfeife, verdankte. Das letzte Mal hatte sie von ihrer Familie in den Vierzigerjahren gehört, als die Nachricht vom Tod ihres Vaters sie nach vielen Wochen erreichte. Sie hatte den Brief kurz gelesen und dann weggelegt, den beigelegten Umschlag von ihrem Bruder ließ sie ungeöffnet.

Seit Granny Rosie vor vier Monaten vierundneunzigjährig gestorben war, dachte Jenny immer öfter an das, was von ihrer Familie übrig geblieben war. Sie war ein Einzelkind und Vollwaise, ihre Eltern waren vor sechs Jahren bei einem Autounfall ums Leben gekommen – Opfer der halsbrecherischen Fahrt eines betrunkenen Achtzehnjährigen, der mit seinem aufgemotzten Gefährt auf einer der engen, kurvenreichen Straßen im Bergland um Wanaka seine Freundin beeindrucken wollte. Der Verlust schmerzte immer noch, und auf diesem Hügel hatte sie das Gefühl, ihren Eltern und Großeltern nahe zu sein.

„Kommst du jetzt endlich?“ Paul Coggan war sauer. Er hatte für die sentimentalen Anwandlungen seiner Frau heute wenig übrig.

„Nur noch einen Augenblick.“

Jenny schaute nach Osten, wo Mount Iron im Abendlicht glühte. Von dem Hügel am Rande ihres Besitzes sah sie die grünen Weiden mit den Schafen, die sie mit ihrem Mann züchtete. Die Gegend um Wanaka bot nicht die besten Voraussetzungen für die Schafzucht. Eigentlich war der Ort auf der Südinsel

Neuseelands ein Mekka für Rucksacktouristen und Naturverliebte, mit See und schneebedeckten Bergen im Hintergrund. Schafe waren in dieser Gegend eher selten – ungewöhnlich für ein Land mit mehr als vierzig Millionen Schafen und weniger als vier Millionen Einwohnern.

Die meisten neuseeländischen Züchter konzentrierten sich auf Romney Schafe für die Gewinnung von Wolle, die sie in den USA und Europa gut absetzen konnten. Die Fleischproduktion spielte nur eine untergeordnete Rolle. Jenny und ihr Mann züchteten die für die klimatischen Bedingungen der Südinsel besser geeigneten Merinos, deren langhaarige Wollqualität legendär war. In letzter Zeit hatte sich aber auch hier die Globalisierung bemerkbar gemacht: Die niedrigen Preise für Textilien aus Ländern wie China und Indien ließen die Erträge der neuseeländischen Züchter für ihre Wolle schrumpfen, die klassischen Abnehmer in Europa und den USA kauften lieber die Billigtextilien aus der Dritten Welt. Doch außer mit Schafen und im Tourismus konnte man in dieser Gegend kaum seinen Lebensunterhalt verdienen.

„Jetzt mach schon! Die Sonne geht jeden Tag unter, und von der Farm aus verpasst du auch nichts."

Jenny setzte sich widerwillig in Richtung des alten Pickup in Bewegung, den sie am Fuß des Hügels geparkt hatten. Sie kamen jeden Tag hierher, um die Weidezäune zu kontrollieren und den Zustand der Tiere zu überprüfen. Jetzt, im Winter, blieb außer den Routinetätigkeiten nicht viel zu tun. Im Frühling, zur Zeit der Schur, herrschte auf der Farm quirliges Leben. Die Wanderarbeiter, die zum größten Teil schon seit Jahren immer wiederkehrten, mussten dann untergebracht und versorgt werden. Daher nutzte sie die Zeit relativer Ruhe und gönnte sich den Sonnenuntergang auf ihrem Hügel, so oft es ging. Manchmal brachte sie sich ein Piccolofläschchen Sekt mit, den sie dann auf der kleinen Bank mit sich selbst genoss.

„Du kommst schon noch früh genug zu deinen Babys", maulte sie.

„Ich habe dich doch gebeten, nicht abfällig von meinen Flugzeugen zu reden. Du weißt, was sie mir bedeuten."

„Ja, und du weißt, was mir die Farm bedeutet. Irgendwann

ruinierst du uns noch mit diesem Blödsinn. Mal abgesehen davon, dass ich ohne dich ziemlich dumm dastehen würde."
Die Weigerung der Lebensversicherung, Pauls Hobby abzudecken, hatte kürzlich zu einem ernsthaften Ehestreit geführt.
„Keine Angst, ich gehe dir schon nicht verloren. Du weißt doch, wie sehr ich auf Sicherheit achte. Ich muss jetzt los, bei der Jenny steht der Jahrescheck an. Der Prüfer kommt um halb sieben, und der berechnet seine Zeit, ob ich da bin oder nicht."
Er hatte den amerikanischen Doppeldecker aus den Zwanzigern eigentlich als Geschenk für seine Frau gekauft. Die Namensübereinstimmung war zwar reiner Zufall, aber er hatte gehofft, sie damit für seine Fliegerei zu gewinnen. Allerdings war ihr Interesse über einige Mitflüge nicht hinausgekommen. In letzter Zeit reagierte sie auf die Flugzeuge und die ständige Abwesenheit ihres Mannes nur noch gereizt. Eigentlich mussten sie sich auf die Schur im Frühjahr vorbereiten, aber Paul hatte außer seinen Fliegern nicht viel im Sinn. Mittlerweile hatte er drei davon – die Jenny wurde nur für Airshows und kurze Ausflüge um den Flugplatz Wanaka benutzt. Eine Cessna 172 diente als Reiseflugzeug und für schnelle Besorgungen in der Provinzhauptstadt. Dagegen stand der Robinson 22 Hubschrauber, günstig aus einem Nachlass erstanden, die meiste Zeit im Hangar. Das Hobby war eigentlich eine Nummer zu groß für ihn, aber Paul war stolz auf seine kleine Flotte.

***

3

Der völlig verstörte Leonhard hatte seinen Vater, Karl Wechsler, alarmiert. Wechsler hatte Leonhard angewiesen, daheim zu bleiben, und war zum Voith'schen Hof gegangen. Richard Voith hatte den Fermentermischer angehalten und stand wieder vor dem Inspektionsfenster. Die Knochenhand war inzwischen im hinteren Teil des Beckens kaum noch zu sehen. Voith hatte eine Taschenlampe geholt und leuchtete in die Dunkelheit des Behälters.
„Du muasch des melda, Richard!"
Wechsler war ganz offensichtlich weit mehr aufgeregt als Richard Voith.
„Ja scho, glei morgen, i muass erscht die Anlage anhalten. Der Motor muass gstoppt und das Gas abblasn wern."
„Des gauht it, Richard. Du kasch it bis morga warta. Die machn dir d' Höll hoiß, wenn's merken, dass du sie it sofort a'grufa hasch!"
Voith schaute mürrisch in das Fenster. Offensichtlich hatte er etwas dagegen, dass die Polizei auf seinem Hof die Regie übernahm – und genau das war zu erwarten. Aber der Nachbar hatte recht. Jede Minute, die er verstreichen ließ, konnte ihm Ärger bereiten.
Nach dem Anruf bei der örtlichen Polizeidienststelle in Schwabmünchen hatte es eine halbe Stunde gedauert, bis ein Streifenwagen auf dem Hof eintraf. Die Beamten hatten nach kurzer Lagebeurteilung den Hof gesperrt und dann auf die bereits informierte Kripo aus Augsburg gewartet.
Nach der Ankunft der zwei Kollegen hatte man gemeinsam die Fermenterabdeckung angehoben und das Gas entweichen lassen. Dann war die armierte Kunststofffolie zurückgerollt worden. Es stank bestialisch nach Methan, der Gasbildungsprozess würde erst in etwa drei Tagen aufhören, wenn der Inhalt des Fermenters vergoren war.
Die Hand, die noch immer wie ein Signal aus dem Substratsee ragte, gehörte zu einem Körper, der sich in ähnlichem Zustand befand, nachdem ihm offensichtlich schon längere Zeit von der aggressiven Fermenterfüllung und dem Mischrotor zugesetzt worden war. Auch die Bergung mittels einer Rettungsschlaufe

und eines Seils war ihm nicht gut bekommen. An den Stellen, an denen die Kleidung den aufgeblähten Leib nicht zusammenhielt, hatten sich große, von der alkalischen Masse angelöste Fleischpartien von den Knochen gelöst und einen grotesken Homunkulus hinterlassen, den man vor den Blicken neugieriger Zuschauer schützen wollte. Sofort nach dem Herausheben aus dem Fermenterbecken war die Leiche in ein weißes Baumwolllaken gehüllt und dann in einen Blechsarg gelegt worden, den ein Leichenwagen in die Rechtsmedizin nach München abtransportierte.
Voith und seine Familie wurden gebeten, sich für Befragungen zur Verfügung zu halten. Richard, der ältere Sohn, hatte den einen Generatormotor heruntergefahren, und die Familie stand unschlüssig auf dem Hof. Richard Voith war sein Unbehagen deutlich anzusehen.
Der leitende Beamte hieß Torsten Grothe. Er war 1. Hauptkommissar, Leiter der Mordkommission der Kriminalpolizeiinspektion Augsburg und kam aus Norddeutschland. Schlank, hoch gewachsen und auf die fünfzig zugehend, verrieten seine Züge Lebenserfahrung und eine gesetzte Melancholie.
„Bitte betreten Sie die Anlage zunächst nur noch mit einem meiner Mitarbeiter, und fassen Sie nichts mehr ohne saubere Handschuhe an, bis die Untersuchungen abgeschlossen sind. Mein Kollege wird Ihnen ein Paket Handschuhe hierlassen."
Grothe war höflich, aber bestimmt, und auf Diskussionen ließ er sich nicht ein, wie Voith sofort erkannte, als er einwandte, dass weiße Baumwollhandschuhe wohl kaum die richtige Ausrüstung für die Arbeit an einer Biogasanlage waren.
„Dieser Teil der Anlage wird sowieso bis auf Weiteres stillgelegt bleiben müssen. Wir halten Sie auf dem Laufenden."
Das war das Letzte, was Voith an diesem Abend von Grothe hörte. Inzwischen war es dunkel geworden, und die Dorfjugend begann, sich vor dem Hof einzufinden. Man stand im fahlen Streulicht der Projektorlampen, mit der die Polizei den Fundort anstrahlte. Gerüchte über mehrere Leichen- und Skelettfunde machten die Runde, und irgendwoher tauchte ein Kasten Bier auf, der regen Zuspruch fand. Die Neuigkeit war in dem kleinen Dorf wie eine Bombe eingeschlagen – natürlich war jeder Versuch, die Sache geheim zu halten, zwecklos gewesen.

Am nächsten Morgen begannen die Untersuchungen am Fermenter. Nachdem alle Luken und Zugänge zum Zeitpunkt des Fundes geschlossen waren, schloss man inzwischen ein Gewaltverbrechen nicht mehr aus. Ein Spurensicherungsteam hatte begonnen, eine genaue Bestandsaufnahme der engeren und weiteren Umgebung des Fundorts zu machen. Grothes Kollege befragte die Familie. Johannes, der jüngere Sohn, war von der Schule befreit worden.
Die ersten üblichen Fragen nach besonderen Beobachtungen hatten nichts ergeben, und auch die Nachbarn, soweit sie nicht in der Arbeit waren, hatten nichts beobachtet, was mit dem Fund zusammenhängen könnte.
Die Nachricht von ‚dera Leich' hatte sich wie ein Lauffeuer ausgebreitet. Soweit sich die Älteren zurückerinnern konnten, hatte es in der Gemeinde noch nie einen so spektakulären Todesfall gegeben. Die Neuigkeit wurde beim Metzger, Bäcker und im Wartezimmer der Arztpraxis eifrig diskutiert, Langerringen unterschied sich in dieser Hinsicht nicht von den anderen Dörfern auf dem Lechfeld.
Richard Voith war zutiefst in dieser Gegend verwurzelt, und er konnte sich nicht vorstellen, irgendwo anders zu leben. Seine Frau Hildegard stammte aus Lindenberg, einem noch kleineren, etwa zwanzig Kilometer weiter südlich gelegenen Nest. Er hatte sie vor fünfundzwanzig Jahren auf einem Dorffest in Lindenberg kennengelernt. Diese Art von Festivitäten wurde regelmäßig veranstaltet, um den heiratswilligen Jungbauern aus der Region die Gelegenheit zu geben, sich nach einer Bäuerin umzusehen. Der willkommene und – wie manche Spötter behaupteten – beabsichtigte Nebeneffekt dieser Heiratsbörsen war eine Blutauffrischung nach Jahrhunderten des kleinräumigen Hin- und Herheiratens. Über diese Dinge wurde im Dorf nur ungern gesprochen, und die Tatsache, dass sich die Gesamtzahl der eingesessenen Familiennamen bei einer Einwohnerzahl von dreitausend auf etwa drei Dutzend belief, wurde zwar eingeräumt, aber nicht kommentiert. Hildegard stammte von einem kleineren Bauernhof mit Milchwirtschaft und ein paar Schweinen, der, nachdem ihre Eltern in den Austrag gegangen waren, von ihrem älteren Bruder versorgt wurde. Die Mitgift belief sich auf einen Hausstand im traditionellen

Sinne, also einen kompletten Satz Bett- und Tischwäsche sowie das übliche Sammelsurium aus Töpfen und Pfannen, die aber eigentlich im Voith'schen Haushalt schon existierten und daher nicht wirklich benötigt wurden. Vor neunzehn Jahren wurde der Hoferbe Richard geboren, erst zehn Jahre später Johannes. Die Vererbung des Vornamens an den ältesten Sohn folgte einer langen, auch in anderen Dynastien des Dorfes gepflegten Familientradition.

Die Befragung der Familie fand in der Küche statt, einem großen Raum, der von einem riesigen Herd mit einem umlaufenden, blank polierten Stahlrohr dominiert wurde. Er konnte mit Holz geheizt werden, wurde aber mittlerweile fast nur noch als Abstellfläche benutzt. Gekocht wurde auf einem beigestellten Elektroherd, auf dem jetzt eine Fleischbrühe vor sich hin dampfte und ein durchdringendes Aroma verbreitete. Weitere Zugeständnisse an die ‚modernen Zeiten' waren eine Geschirrspülmaschine und eine Vorwerk-Mehrzweckküchenmaschine, die Hildegard ihrem Mann nach langen, küchentechnisch entbehrungsreichen Jahren abgetrotzt hatte.

Der Polizeibeamte hieß Weber, er hatte darum gebeten, die Familienmitglieder einzeln zu befragen und gerade Hildegard und Johannes entlassen, als Hauptkommissar Grothe in den Raum trat und sich zu dem jungen Kommissar an den Tisch setzte.

„Na Felix, was haben wir bis jetzt", fragte er seinen Kollegen, einen Augsburger, dem der lokale Menschenschlag zumindest sprachlich vertraut war.

„Nicht viel, aber das wundert mich nicht. Die sind zunächst mal alle blind, taub und stumm. Da braucht man Geduld, Herr Hauptkommissar."

Grothe war darauf vorbereitet. Er war zwar schon seit mehr als zwanzig Jahren in der Gegend ansässig, mit wechselnden Wohnsitzen im Augsburger Umland, aber was die karge Mitteilungsbereitschaft der Lechfelder Bevölkerung gegenüber Fremden anging, stieß er immer wieder auf neue Rätsel. Seit sechs Jahren lebt er mit seiner Familie in einem Einfamilienhaus in Kleinaitingen, das wie auch Langerringen zu einer Gruppe von alemannischen Siedlungen gehörte, deren Gründer in den Dorfnamen fortlebten. Der Grund für die Ortswahl war die relativ sichere Stelle in Augsburg sowie die Erkenntnis, es wohl nicht mehr bis zum Polizeirat zu bringen. Dafür wäre zumindest ein weiterer Umzug und ein Studium an der Polizeiführungsakademie notwendig gewesen. Der Aufstieg in die Höhere Laufbahn hing aber nicht nur von einer Bewerbung und der Schulbildung ab, sondern, wie er leidvoll hatte erkennen müssen, auch von lange gewachsenen Beziehungen in die höheren Etagen der Hierarchie, die er auch nach zwanzig Jahren nicht vorweisen konnte.

Von einem gelegentlichen „Gell“ oder „Moinsch wirklich?“ abgesehen, hatte er sein norddeutsches Idiom bisher standhaft verteidigt. Sein volljähriger Sohn und die fünfzehnjährige Tochter, die das Gymnasium in Schwabmünchen besuchten, waren des Schwäbischen ebenfalls nicht mächtig. Das hing nur teilweise mit seinen Reinheitsbemühungen zusammen, vielmehr war der Dialekt insgesamt auf dem Rückzug, was er, wenn er ehrlich war, fast schon wieder bedauerte.

„Ich übernehme jetzt hier, schauen Sie doch draußen, ob sie den EDlern über die Schulter gucken können. Vielleicht ergibt sich was Brauchbares. Sonst müssen wir auf den Bericht warten, und das kann sich ziehen.“

Grothe war bewusst, dass er übertrieb – in der Regel lagen die vorläufigen Berichte des Erkennungsdienstes schon am nächsten Tag vor, aber er wollte die Befragung des Bauern persönlich vornehmen. Warum, wusste er selbst nicht genau, vermutlich wollte er sich nur dem Gestank des geöffneten Fermenters entziehen. Er setzte sich auf die Eckbank und zog sich das Protokoll heran, das der junge Kommissar angefangen hatte. Die Einträge zur Befragung von Hildegard Voith waren kurz, und auch der jüngere Sohn hatte nicht viel beizutragen gehabt. Als Richard Voith in den Raum trat, spürte Grothe sofort, dass er es hier mit dem Hausherrn zu tun hatte. Die Selbstsicherheit, mit der Voith sich nach einem gemurmelten „Moagn“ sofort in den einzigen Stuhl mit Armlehnen setzte und ihm direkt in die Augen schaute, unterschied sich deutlich von der abwartenden Ängstlichkeit, mit der ihm die Dorfbewohner sonst entgegentraten.

„Guten Morgen, Herr Voith. Die Befragung wird nicht lange dauern, ich will Sie nicht zu sehr von der Arbeit abhalten.“

„Des is eh scha Wurscht. Die Anlag isch gestoppt, und meina Viecher hab i scha versorgt, als Sie no gfrühstückt ham."
„Es tut mir leid, Herr Voith, aber der Stopp war unumgänglich. Wir tun, was wir können, um ein Auspumpen des Fermenters zu vermeiden. Vielleicht geben Sie mir erst einmal ihre persönlichen Daten."
„Was'n für Daten? I bin hier dr Bauer, was wolln S' no wissen?"
„Sehen Sie, Herr Voith, für das Protokoll brauche ich Ihre Angaben, Geburtsdatum, -ort, Familienstand und so weiter."
„Sechzehnter Juni sechsafuchzg, Langerringen, verheiratet."
„Aha, und weiter?"
„Was weiter? Des wolltn S' doch wissen."
„Ja schon, aber vielleicht können Sie mir noch etwas über sich erzählen."
„Na, kann i it. I woiß au it, was des mit der Angelegenheit zum doa hau kennt."
Grothe spürte, dass der Bauer sein tiefstes Schwäbisch auspackte, um ihm seine Abneigung zu zeigen. Sein Gefühl sagte ihm auch, dass er weiteres Bohren nach Persönlichem unterlassen sollte. Die wichtigsten Daten hatte sein Kollege sicher schon protokolliert.
„Also gut, vielleicht können Sie mir dann wenigstens sagen, wie Sie die Leiche gefunden haben."
Voith stand auf und ging an den Herd, um mit einem Holzlöffel die Brühe umzurühren. Dann nahm er das mitköchelnde Suppengemüse mit einem Schaumlöffel aus dem Topf und warf es in einen neben dem Herd stehenden Plastikeimer, der mit weiterem Kompostmüll halb gefüllt war. Grothe registrierte, dass der Bauer sich für die Zubereitung des Essens einsetzte. Das war in der traditionellen Rollenverteilung eher ungewöhnlich.
„Gfunda hau's i it. Des war dr Leonhard, dr Bua vom Wechsler Karre. Der wohnt fuchzg Meter weiter dob."
„Ja, das wissen wir schon, aber Sie waren doch dabei. Vielleicht ist Ihnen etwas aufgefallen."
„Ja was werd mr scho aufgfalla sei. Dau war halt die Hand, mit da Knocha. Des war alls."
„Herr Voith, ist Ihnen vielleicht in den letzten Tagen irgendetwas ungewöhnlich vorgekommen? Wir wissen zwar noch

nicht genau, wie lange der Körper in dem Fermenter war, aber ein paar Tage könnten es schon gewesen sein."
„Na, nix bsonders. I hau den Fermenter das letschte Mol am Montag kontrolliert, vor drei Däg. Dau war no nix drin. Außerdem gauht des ja alls automatisch. I muass bloß den Dosierbehälter befülla, des mach i zwoimol am Dag. Den Rescht macht die Anlag von sell."
Grothe konnte dem Schwäbisch zwar gut folgen, dafür lebte er lange genug in der Gegend. Aber er war es nicht gewohnt, dass ein Ortseinwohner mit ihm im Dialekt sprach. Normalerweise befleißigten sich seine Gegenüber eines halbwegs flüssigen Hochdeutsch. Voith ließ sich dazu offenbar nicht bewegen.
„Gut, dann sind wir fürs Erste fertig. Wir werden Sie aber sicher noch ein paar Mal befragen müssen. Bitte halten Sie sich weiter zur Verfügung."
„I hau koine Reisen vor. Wenn's unbedingt nötig isch, kommen S' halt."
„Vielen Dank, wir werden Sie telefonisch informieren. Es kann allerdings nötig werden, dass Sie nach Augsburg ins Präsidium kommen müssen. In dem Falle werden wir Sie einen Tag vorher informieren. Ach ja, Ihre Fingerabdrücke werden wir noch brauchen, auch die Ihrer Familie. Die Kollegen vom Erkennungsdienst schauen nachher deswegen noch herein."
Voith rang sich ein Grunzen ab.
„Wie lang dauert'n des jetz no mit der Biogasanlag? Jeder Dag, an dem die it voll lauft, bringt mir Verluscht. Des Gas hert ja it oifach auf. Des muass i abblausa. Des koscht it bloß Geld, des bringt au an Ärger mit da Nachbarn. Davon hau i scha gnua."
Bei der Bemerkung schaute Voith zur Seite, so als ob sie ihm im Nachhinein leid tat. Grothe bemerkte die kleine Geste, reagierte aber nicht darauf.
„Das können wir leider überhaupt noch nicht sagen. Es werden noch weitere Untersuchungen nötig sein, aber wir tun unser Möglichstes."
Beim Hinausgehen fielen ihm über einem Bord, auf dem eine alte Steingutschale mit Reitermotiven stand, die er nicht zuordnen konnte, einige Bilder an den Wänden des Hausgangs auf. Es waren in billige rahmenlose Bilderträger gefaste Fotos

von markanten Bergen, darunter die Zugspitze, das Matterhorn, der Kilimandscharo und der Mount Everest. Auch andere Himalaya-Gipfel waren zu sehen, alle mit kleinen, offensichtlich schon vor längerer Zeit mit Schreibmaschine getippten Beschriftungen, die bei der Rahmung unter das Glas gelegt worden waren. Andere Bilder zeigten Voith in Kniebund-Lederhosen und mit voller Ausrüstung neben dem Gipfelkreuz von nicht identifizierbaren Bergen. Offensichtlich hatte er bei den Aufnahmen besondere Glücksmomente erfahren, da ein unbeschwertes Lächeln auf seinem Gesicht lag.
„Sind Sie Bergsteiger, Herr Voith?“
„Ja scho, des isch halt mei Passion. I komm nur viel z'wenig dazua. Des erschte Bild dau, des war dr Watzmann, aber it über die Touristenroute. Des war über die Oschtwand, vierte Schwierigkeitsstufe, koi Wanderung, des kennen S' mr glauba.“
Grothe nickte anerkennend und schaute auf die anderen Bilder.
„Wollen Sie da etwa auch hoch?“
„Ja mei, der Kilimandscharo wär scho was. Bevor halt der Schnee schmilzt droben. Des sind nur no zehn Jahr, sagen d' Fachleut. Aber des koscht halt, Betriebshelfer für die Ausfallzeit, Ausrüstung, Flug, Bergführer – die lassen da keinen hoch ohne Führer, die Tansanier ... Der Everest hängt da nur wegen der Vollständigkeit.“
Der Wechsel ins Hochdeutsche kam überraschend und völlig unnötig, wie Grothe fand. Offenbar hatte er mit seinem Interesse an Voiths Leidenschaft das Eis gebrochen.
„Das ist wirklich interessant, Herr Voith. Ich würde mich freuen, wenn Sie mir noch mehr davon erzählen, beim nächsten Mal.“
Voith sagte nichts. Er brachte Grothe an die Tür und gab ihm zum Abschied die Hand.
Im Hof ging Grothe zu den Spurensicherern und grüßte sie kurz, vermied es aber, sie nach vorläufigen Erkenntnissen zu fragen. Er wusste, dass es für Schlüsse noch zu früh war, und zog es deshalb vor, sie bei ihrer Arbeit nicht zu stören. Die zwei Beamten, die weiße Einweg-Anzüge trugen, arbeiteten konzentriert an den Türen des Generatorhauses der Biogas-

anlage. Immer wieder nahmen sie ihre Digitalkameras und fotografierten Details, die sie vorher untersucht hatten.

Er trat zu Weber, der mit seiner Aktenmappe unter dem Arm dem Geschehen zuschaute.

„Und, was herausbekommen?"

„Nein, wie erwartet, es ist viel zu früh. Es gibt keine sichtbaren Veränderungen am Fermenter, und die Spuren, wenn es denn welche gibt, sind wohl eher mikroskopischer Natur."

„Ich fahre jetzt ins Präsidium. Bitte machen Sie Termine mit den Nachbarn und kommen Sie dann mit den Erkennungsdienstlern nach. Ich möchte das Protokoll auswerten und die weiteren Schritte mit Ihnen besprechen."

„Okay, ich befrage noch den älteren Sohn."

Grothe setzte sich in seinen Dienst-Vectra und fuhr über die vierspurig ausgebaute Bundesstraße 17 ins Polizeipräsidium Augsburg. Um diese Zeit waren die Straßen frei, und schon zwanzig Minuten später saß er auf seinem Drehstuhl hinter dem Schreibtisch. Das Gebäude war erst vor wenigen Jahren gebaut worden und seinerzeit wegen eklatanter Kostenüberschreitung ein ständiges Objekt der Sensationsgier für die örtliche Presse gewesen. Sein viel zu kleines Büro ging auf den Hinterhof hinaus und inspirierte ihn nicht gerade bei der Arbeit an der Aufklärung von Gewaltverbrechen in Stadt und Landkreis Augsburg. Morde gab es in seinem Dienstbezirk nicht oft, und wenn, dann im Drogen- und Ausländerumfeld. Hin und wieder musste er sich mit Familientragödien auseinandersetzen, die allerdings meist relativ einfach zu lösen waren. Sein Instinkt sagte ihm jedoch, dass dieser Fall etwas Besonderes war, nicht nur wegen des außergewöhnlichen Fundorts der Leiche.

Während er auf Weber wartete, hatte er sich einen Kaffee aus dem Automaten geholt und einen neuen Ordner für den Fall angelegt, sowohl in natura als auch in seinem Dienstcomputer. Er dachte einige Zeit über den Titel für den Fall nach, und tippte dann das Wort ‚Biogasleiche Langerringen' in das Feld neben dem gelben Ordnersymbol. Im Zeitalter der papierlosen Kommunikation wurden Untersuchungsberichte per E-Mail weitergegeben und nur noch bei Bedarf ausgedruckt. In dem hauseigenen, mehrfach Firewall-geschützten Netzwerk lagen auf gewaltigen Serverlaufwerken die digitalisierten Unterlagen aller Fälle, soweit man sie schon elektronisch archiviert hatte. Die älteren, noch nicht in Bits und Bytes zerlegten Dokumente wurden im Polizeiarchiv gelagert, das sich im Untergeschoss des roten Backsteingebäudes befand. Über diskrete Leitungen waren die kriminaltechnischen Polizeidienststellen miteinander verbunden, so dass bei Bedarf auf alle möglichen Referenzdaten zugegriffen werden konnte. Die klassischen Pappordner und Hängeregister wurden nur noch für die unmittelbare Sammlung von Unterlagen wie Fotos oder Urkunden benutzt, bei Konferenzen ersetzten moderne Präsentationsmedien die alten Overhead-Projektoren. Lediglich auf Flipcharts, große Standtafeln mit DIN–A2 Papierblöcken, wollte man nicht verzichten. Auf eben solch eine Tafel schrieb Grothe gerade mit einem dicken Filzstift die Worte ‚Biogasanlage Voith, Langerringen', als Weber nach kurzem Klopfen schwungvoll eintrat und mit einem „So ein Mist!" seine Mappe auf den Tisch knallte.

„Na, was hat Ihnen die Stimmung verhagelt?", fragte Grothe und setzte sich wieder auf seinen Drehstuhl. Er ließ Weber diesen Auftritt durchgehen, da er große Stücke auf den jungen Kommissar hielt und dessen gewissenhafte Arbeit schätzte.

„Die mauern, wenn Sie mich fragen. Dieser Frau Voith muss man jedes Wort aus der Nase ziehen. Und wenn sie etwas sagt, ist das so unverbindlich, dass ich mir die Fragerei sparen kann. Das gilt übrigens auch für die Söhne, die natürlich auch nichts gesehen und gehört haben. Der ältere ist neunzehn und arbeitet im Betrieb mit, kennt sich mit der Biogasanlage gut aus. Voith überlässt ihm den Betrieb der Anlage, wann immer es geht. Der jüngere ist elf und geht auf die Realschule in Schwabmünchen. Mit Karl Wechsler, dem Vater von dem kleinen Leonhard, rede ich heute Abend um sechs nach seiner Schicht. Er arbeitet bei Osram in Schwabmünchen, seitdem er die Landwirtschaft vor zwei Jahren aufgeben musste. Der Betrieb hat sich nicht mehr rentiert. Der Bub selbst ist bei seiner Oma, die wohnt auch im Ort. Vielleicht sollten wir ihn noch in Ruhe lassen. Wechsler hat darum gebeten, der ist selber ziemlich durch den Wind."

„Wieso denn das? Hat den der Fund so geschockt?"

„Ich weiß nicht, kann aber sein. Ich habe ihn nur kurz vor der Abfahrt zur Arbeit gesprochen. Schien mir sehr nervös zu sein."
„Gibt es auch eine Frau Wechsler?"
„Ja schon, Kerstin Wechsler, aber die ist vor zwei Wochen Knall auf Fall ausgezogen. Wechsler wollte darüber auf die Schnelle nicht reden."
„Okay. Ich schaue mal, ob schon was von den Doctores vorliegt."
Grothe tippte sein Passwort in ein Feld, das er über ein Symbol auf dem Flachbildschirm aufgerufen hatte. Kurz darauf erschien am unteren Bildrand ein kleiner blinkender Briefumschlag – er hatte Post bekommen. Er öffnete sein E-Mail-Konto und sah den Namen von Doktor Schneider neben einer Mail. Schneider war bekannt für schnelle Untersuchungen und ebensolche Berichte, die sich darüber hinaus noch durch eine verständliche Sprache auszeichneten. Der kurze, spröde Text der E-Mail war uninteressant, wichtig war nur der Anhang, eine Textdatei, die er mit einem Doppelklick öffnete.
Er überflog den Text, wobei er eine Technik anwandte, die er vor Jahren einmal bei einem Kommunikations- und Managementseminar gelernt hatte, das er in der Hoffnung auf eine Laufbahn im Höheren Dienst besucht hatte. Das sogenannte Scanning ermöglichte es, innerhalb kurzer Zeit große Textmengen auf relevante Inhalte zu prüfen. Nach zwei Minuten hatte er die drei Seiten erfasst und wandte sich an Weber.
„Interessant, möglicherweise haben wir schon die Todesursache. Ertrinken fällt aus, da kein Substrat in der Luftröhre oder im Verdauungstrakt gefunden wurde. Wenn sich anderes bei dem Zustand der Leiche ausschließen lässt, ist die Person vergiftet worden. Neben dem üblichen Mageninhalt wurden erhebliche Mengen von einem Pflanzenschutzmittel gefunden. Verletzungen können nur an den Körperteilen ausgeschlossen werden, die noch von Kleidung bedeckt waren. Der Rest ist zu sehr von der Fermentermasse angegriffen oder auch von dem Mischer. Zum Todeszeitpunkt will sich Dr. Schneider nicht verbindlich äußern. Es gibt zu wenige Erkenntnisse zum Zersetzungsprozess von menschlichem Gewebe in so einem Milieu. Ach übrigens – es ist eine Frau, Alter zirka dreißig

bis fünfundvierzig Jahre. Genauer geht's erst nach weiteren Untersuchungen."
Weber schaute ihn mit großen Augen an. Bei der Bergung der Leiche war das nicht zu erkennen gewesen. Die Gesichtszüge der Toten waren völlig entstellt, die Haare hätten auch zu einem Mann gepasst, und die Kleidung, oder das, was davon übrig war, hatte sich keinem Geschlecht zuordnen lassen.
„Pflanzenschutzmittel?"
„Ja, irgend so ein Zeug, das beim Getreideanbau verwendet wird. Der Hersteller lässt sich nicht feststellen, nur der Wirkstoff. Der ist in ziemlich reiner Form eingebracht worden und hat im Magen angefangen zu gären und Gase gebildet. Das war übrigens auch der Grund, warum der Körper an der Oberfläche schwamm. Normalerweise wäre er untergegangen."
„Das heißt also, die Person wurde zuerst vergiftet und danach in den Fermenter geworfen. Dann musste die Leiche lange genug darin schwimmen, um die Gase zu bilden und wieder aufzutauchen. Hätte sie das nicht sowieso getan?"
„Ja, stimmt, aber womöglich erst später. Die natürliche Gasbildung lässt Leichen nach drei bis vier Tagen wieder auftauchen. Aber das gilt für Wasserleichen. Ich habe keine Ahnung, wie der Auftrieb in der Fermenterbrühe sein muss, damit ein Körper nach oben kommt."
„Das klingt alles sehr nach einer weiteren Ortsbegehung."
„Gute Idee. Wenn Sie heute Abend bei Wechsler fertig sind, dann lassen Sie sich doch mal den Betrieb von Voith zeigen."
„Gut, ich rufe ihn gleich an. Gibt's im Moment noch etwas?"
„Nein, ich rufe Sie, wenn ich Sie brauche."
Weber ging in sein eigenes Büro gegenüber, kam aber nach drei Minuten schon wieder zurück.
„Das mit der Betriebsführung wird wohl nichts. Jedenfalls nicht mit mir. Voith ist nicht bereit, mit irgendjemand außer Ihnen selbst zu sprechen. Ich habe ihm natürlich gesagt, dass ich in Ihrem Auftrag handele, und dass er damit die Ermittlungsarbeiten behindert. Das hat ihn aber nicht beeindruckt, scheint eine besondere Art von Dickschädel zu sein."
Grothe war nicht begeistert von der Aussicht, am Abend schon wieder nach Langerringen fahren zu müssen. Andererseits war es von Kleinaitingen nur ein Katzensprung, der sich auf

dem Heimweg leicht erledigen ließ. Um zwanzig Uhr hatte er einen Termin, den er keinesfalls ausfallen lassen würde – Männergymnastik in der Schulturnhalle mit anschließendem Umtrunk. Er war seit sechs Jahren Mitglied im örtlichen Sportverein und hatte sich über seine sportlichen Interessen in das Dorfleben integriert. Neben der Gymnastik war er begeisterter Rennradfahrer, eine Leidenschaft, der er mit Freunden in der Radsparte des Vereins frönte, die maßgeblich auf seine Initiative hin gegründet worden und deren Vorstand er auch war.

„Gut, dann fahren wir zusammen rüber und ich bringe Sie danach heim."

Daran, dass er den Termin mit Wechsler auch noch übernehmen könnte, verschwendete er keinen Gedanken, denn dann wäre sein Gymnastikabend ernsthaft gefährdet gewesen.

Mittlerweile war es halb eins, und er ging auf ein schnelles Mittagessen in die Kantine. Danach verbrachte er den Nachmittag damit, den Fall von Drogenhandel im Augsburger Umsiedlermilieu, an dem er vor dem Leichenfund gearbeitet hatte, an einen Kollegen zu delegieren. In den letzten Jahren hatte sich die Zahl der Fälle von Jugendkriminalität, besonders im Bereich der Russlanddeutschen, drastisch erhöht. Zusätzlich gab es zwischen den jungen Umsiedlern und den Türken der dritten Gastarbeitergeneration ein massives Konfliktpotential, das immer wieder zu Bandenscharmützeln und Gewaltverbrechen führte.

Zuletzt gab er noch eine kurze Mitteilung über den Leichenfund an die Pressestelle, von der sich die Augsburger Allgemeine den täglichen Polizeibericht für die Regionalausgaben besorgte.

***

4

Paul Coggan schob den Gashebel der Curtiss Jenny ein letztes Mal nach vorne, um die Maschine vor dem Hangar um das linke Hauptrad zu drehen. Er ließ den Motor drei Minuten im Standgas abkühlen und drehte dann den Zündknebel auf „Off". Nachdem der OX-5 mit einem Röcheln und einem letzten Schütteln stehen geblieben war, schloss er den Brandhahn und löste das Gurtzeug. Er zog die Lederhaube mit der alten Motorradbrille von seinem strohblonden Schopf und hängte sie an den Gashebel. Der Checkflug zum Abschluss der technischen Überprüfung hatte nur zehn Minuten gedauert, aber inzwischen war die Sonne untergegangen, und es war höchste Zeit, heimzufahren. Wenn es um sein Hobby ging, wartete seine Frau nicht mit dem Abendessen. Außerdem hatte er die Kinder heute noch nicht gesehen.

„Alles klar, Paul, deine kleine Jenny ist prima in Schuss. Keine Beanstandungen."

Wenn du wüsstest, was du da sagst, dachte Paul, der sich die spätere Diskussion mit seiner Frau lebhaft vorstellen konnte.

Der Prüfer kletterte aus dem vorderen Sitz und begann, den Prüfbericht auszufüllen. Er hatte sich von dem guten Zustand der Maschine sehr angetan gezeigt. Es war nicht leicht, ein fast neunzigjähriges Flugzeug betriebsbereit zu halten. Die Jenny, eigentlich Curtiss JN-4, ein zweisitziger Doppeldecker mit einem wassergekühlten Achtzylinder V-Motor, war ab 1914 in großer Zahl gebaut und von den amerikanischen und britischen Streitkräften als Schul- und Beobachtungsflugzeug eingesetzt worden. Paul Coggans Exemplar stammte aus Royal Air Force Beständen und hatte die Zeiten in Neuseeland überdauert.

Er hatte die Jenny mit Hilfe des Prüfers in den Hangar geschoben und war gerade dabei, die Tore zu schließen.

„Hi Paul, wie geht's. Hab dich länger nicht gesehen."

Hinter ihm stand Greg Szerbsky, eines der Urgesteine von Wanaka und Mitglied der Alpine Fighter Collection, einer Gruppe von Enthusiasten, die sich ihrem Hobby, alte Kriegsflugzeuge zu erhalten und zu fliegen, völlig verschrieben hatten. Wanaka war eine Hochburg der neuseeländischen

Warbird-Szene. Diese Art des Zeitvertreibs war äußerst kostspielig und bedeutete, wenn man nicht gerade John Travolta hieß und seinen Fliegerspleen sozusagen aus der Portokasse bezahlen konnte, schwerste Einschnitte ins Familienbudget.

„Paul, ich weiß nicht, wie lange ich die Option für die Chaika noch halten kann, ich habe schon mehrere Angebote. In zwei Wochen sollte das Geschäft gelaufen sein – spätestens."

„Na klar, Greg, geht in Ordnung. Du kannst schon mal meinen Namen draufmalen."

Im Moment stellte die Jenny allein die historische Abteilung in Pauls kleinem Geschwader dar, aber er hatte Pläne, diese zu vergrößern. Von Greg Szerbsky hatte er den Nachbau einer russischen Polikarpov I-153 Chaika angeboten bekommen, eines reinrassigen Jägers aus dem Zweiten Weltkrieg. Dieses Kraftpaket, ein kleiner Doppeldecker mit einem gewaltigen Sternmotor, hatte es ihm sofort angetan. Allein der Gedanke an das Brüllen des Motors und die weißen Schwaden, die beim Anlassen mit der Schwungradkurbel aus den Auspuffstutzen schossen und das kleine Cockpit umwogten, jagte ihm heiße Schauer über den Rücken. Er stellte sich vor, wie er bei der jährlichen Flugschau ‚Warbirds over Wanaka' im Frühjahr mit seinem Kunstflugprogramm die Zuschauer begeistern würde, ganz im Stil der alten Fliegerasse, mit Pelzkragen-Lederjacke, weißem Seidenschal und der originalen Kampffliegerhaube, die er von einem Freund geschenkt bekommen hatte.

Er hatte sich eine Kaufoption gesichert und eine Anzahlung von 25.000 neuseeländischen Dollar geleistet. Ihm war klar, dass er den Preis von 450.000 Dollar nicht aus den Einkünften der Farm aufbringen könnte. Aber wenn alles klappte, wie er es sich vorstellte, war das auch nicht nötig.

***

5

Um siebzehn Uhr fünfzig parkte Torsten Grothe seinen privaten Mercedes-Kombi auf dem festgerüttelten Kies vor dem Voith'schen Hof. Es war ein vierzehn Jahre alter Typ 124 T 3,0 Turbodiesel, der seiner Familie auf diversen Urlaubsreisen treu gedient hatte und daher sein Gnadenbrot bekam, solange sich die Ersatzteilkosten in Grenzen hielten. Neben seinen sportlichen Interessen war das Basteln an dem Wagen ein weiteres Hobby von Grothe, bei dem er sich von den Belastungen seines Dienstes entspannen konnte. Die Konzentration auf klare Vorgänge in der Mechanik einer Maschine verschaffte ihm Abstand von den menschlichen Tragödien seiner Arbeit und Befriedigung, wenn er der alten Technik wieder einmal auf die Sprünge geholfen hatte. Manchmal schenkte ihm sein Sohn Jens dabei etwas von der kostbaren Zeit eines Achtzehnjährigen. In letzter Zeit begann Jens, sich von der Familie zu lösen – ein völlig normaler Vorgang, war sich Grothe bewusst. Umso mehr erfüllte es ihn mit Freude, wenn die beiden mit schwarzen Händen in die Tiefen des Motorraumes eintauchten und Reparaturen ausführten, die man mit zwei Händen nicht schaffte.

Kommissar Weber, der mit ihm gekommen war, ging die paar Meter zum Haus der Familie Wechsler. Grothe hatte ihn gebeten, um neunzehn Uhr wieder zurück zu sein. Er schloss den Wagen ab und sah sich mit einem Problem konfrontiert, das er kannte, das ihn aber immer noch irritierte: Die Haustür hatte keine Klingel. Der Grund für diese augenscheinlich abweisende Mangelausstattung war ihm klar – man hatte die Hofhunde, die früher einmal gebetene Gäste ankündigten und ungebetene fernhielten, abgeschafft, aber nicht durch modernere Formen der Alarmierung ersetzt. Er klopfte und erhielt, wie schon so oft, keine Antwort. Als auch nach dem dritten Klopfen niemand aufmachte, versuchte er die Tür zu öffnen. Sie war unverschlossen. Er rief in den Hausgang und erhielt keine Antwort. Also schaute er sich auf dem Hof um und sah im hinteren Teil des Hauses die geöffnete Stalltür, aus der die üblichen Geräusche von eingesperrtem Vieh drangen. Er ging hinein und sah Richard Voith mit einem Melkgeschirr

hantieren, das er gerade einer Kuh abgenommen hatte und der letzten in der Reihe anlegen wollte.
„Guten Abend, Herr Voith. Ich habe an der Haustür geklopft ..."
„Da isch koiner. D' Frau isch bei die Sai – bei den Schweinen."
Er zog das Wort unnötig in die Länge.
„Mein Kollege hat Ihnen ja gesagt, worum es geht. Wir würden gern ihren Betrieb etwas genauer kennenlernen."
Auf Voiths Weigerung, die Betriebsführung mit seinem Kollegen zu machen, ging er nicht ein.
„Also guat, kommen S'. I hob's glei."
Voith hatte die Melkbecher auf die Zitzen der Kuh geschoben und kontrollierte noch einmal den Sitz des Geschirrs. Grothe schaute interessiert vom Gang aus zu.
„Rechnet sich die Milchwirtschaft denn noch?", fragte er über das Geräusch der Melkanlage hinweg. Voith richtete sich auf, klopfte der Kuh beruhigend aufs Hinterteil und wies mit einer ausladenden Handbewegung auf die übrigen Kühe.
„Mei, vierazwanzig Milchkia, hundertfuchzgtausend Liter im Jahr, Milchpreis zwoiadreißg Cent pro Liter, Produktionskosten dreißg Cent, da kosch it leba und it schterba davo. Dr Milchstreik letzts Johr hat au nix bracht."
„Haben Sie deshalb die Biogasanlage gebaut?"
„Ja scho, aber dau isch ja ois no im Aufbau. Deshalb ko i ja au it auf die Einnahmen aus dem zwoita Generator verzichta."
Manchmal ist der Dialekt schon eine Zumutung, dachte Grothe, hat durchaus was Japanisches. Er beherrschte den Dialekt seiner Heimat, das niedersächsische Platt, noch ein wenig, und fragte sich, wie wohl zwei Bauern, jeweils aus Niedersachsen und Bayerisch-Schwaben und nur ihres Dialekts mächtig, sich verständigen würden. Bei dem Gedanken musste er unwillkürlich grinsen. Er drehte den Kopf zur Seite, damit Voith nicht sah, dass er nicht bei der Sache war.
„Aber Sie haben doch noch Schweine, wie Sie sagten?"
Grothe hatte schon am Morgen den arttypischen Geruch wahrgenommen.
„Die san mehr a Hobby von dr Frau. Die bringa it gnua für an Profit. Kommen S', i zoigs Eahna."
Sie verließen den Stall durch eine Tür im hinteren Teil und

kamen wieder in den Hof. Auf der gegenüberliegenden Seite sah Grothe ein kleineres Stallgebäude mit einem offensichtlich neuen Anbau. In der Verlängerung des Hofes konnte er unter der tief stehenden Sonne die beiden Fermenter sehen, den einen mit dem flachen Betondeckel, der kaum aus dem Boden ragte, der andere war inzwischen wieder mit der Folie abgedeckt worden, die sich allmählich unter dem Gasdruck wölbte. Aus dem Generatorhaus drang das gedämpfte Brummen eines der beiden großvolumigen Gasmotoren.

Voith ging auf den Stall zu und öffnete die Holztür, blieb aber im Türrahmen stehen. Im Inneren sah Grothe etwa zwanzig Boxen, in denen große Muttersauen im Gewimmel ihrer Ferkel lagen, die sich um die Zitzen balgten. Über jeder Box war eine tief hängende Rotlichtlampe angebracht. An einem Haken am obersten Brett des Verschlags hing in einer Klarsichthülle ein DIN-A4-Blatt mit der Überschrift ‚Zuchtsauenkarte', darauf standen das Geburtsdatum, die Anzahl der Ferkel pro Wurf und Besonderheiten bei der Geburt.

„Die Ferkel sind empfindlich. Die kriagn an Schnupfen wie Sie und i, wenn's ziagt. Deswega miass mr mit'm Infrarot hoiza. Und nervös sind sa au, Gäschte mögen s' gar it. Also bleib mr liabr draußa."

Im hinteren Teil des durch die staubigen Fensterscheiben nur schwach ausgeleuchteten Stalls sah Grothe Hildegard Voith, die eine Box mit einer neuen Einstreu versorgte. Sie trug eine Haushaltsschürze und eine blaue Arbeitshose. Ihre dunkelbraunen Haare hatte sie in einem Dutt hochgesteckt. Sein „Guten Abend, Frau Voith" hörte sie offenbar nicht, denn sie machte keine Anstalten, ihn zu grüßen, obwohl er den Eindruck hatte, dass sie ihn gesehen hatte.

Voith ging zu dem kleinen Anbau am Schweinestall und öffnete einen Flügel der Aluminiumtür, die mit einem Riegel versehen, aber sonst nicht weiter gesichert war. Dahinter stand ein riesiger grüner Traktor, der Grothe wegen der gleich großen Vorder- und Hinterräder an eine Straßenbaumaschine erinnerte.

„Des isch mei letschte Errungenschaft. A hundertzehn-PS Fendt-Frontlader, vollhydraulisch. Den braucht's für des Befüllen von dr Biogasanlag."

„Sicher sehr teuer?“
„Des derfn S’ glauba. So ebbas gibt’s it gschenkt. Achzgdausend derfn S’ dau scho zahla.“
„Bauen Sie den ganzen Mais selber an, den Sie für die Anlage benötigen?“
„Scho, auf fuchzg Tagwerk eigene Flächen und no amal vierzg Tagwerk hamma dazu pachtet.“
„Das machen Sie alles alleine?“
„Freilich. I, d’ Frau und der Richard. Der isch letschtes Jahr mit der Landwirtschaftsschule fertig wora und übernimmt amol da Betrieb.“
„Für einen so intensiven Anbau brauchen Sie doch auch sicher eine Menge Dünger?“
„Scho. Die Gülle von da Kiah und da Sai und drzu no an Stickstoff.“
„Und außer dem Düngen muss wohl auch noch gespritzt werden?“
Richard Voith schaute Grothe aus den Augenwinkeln an.
„Kommen S’ mir bloß it mit dem Gschwätz. Mir klingeln noch d’ Ohra von der Künast, der Bio-Hex von deane Greana. Das gauht halt it mit Schmarties, da braucht’s was Handfests gegen die Schädlinge. Außerdem woll mr des ja it essa, oder?“
Grothe hatte den Wechsel im Ton bemerkt und bemühte sich, das Thema nicht eskalieren zu lassen. Er wusste, dass der Einsatz von Pflanzenschutzmitteln in der bäuerlichen Landwirtschaft ein heißes Eisen war.
„Haben Sie da ein eigenes Lager für die Mittel oder kaufen Sie alles nach Bedarf?“
„Ja sonscht no was! Nach Bedarf! Was glauben S’ was des koscht. Des gauht nur in groß Mengen. Fuchzg Liter Fässer, mindeschtens. Des hau i hinta, schaun S’.“
Er ging voran in einen kleinen Raum hinter dem Traktor, der durch eine eigene Tür von dem größeren Raum abgetrennt war.
„Des isch mei Lager für d’ Chemikalien. Alles nach Vorschrift, mit Schutzbelüftung, Auffangwanne und einbruchsicher, hamma erscht letschtes Jauhr baut.“
Grothe zeigte sich beeindruckt und folgte der restlichen Führung mit nicht gespieltem Interesse. Die Runde führte durch

die Bestandteile der Biogasanlage und endete vor den beiden großen, halb leeren Fahrsilos, aus denen der gehäckselte Mais in die Fermenter gefüllt wurde.
„Vielen Dank, Herr Voith. Das war sehr aufschlussreich. Machen Sie so etwas öfter?"
„Ja mei, scho. Die vom Biogasfachverband Bayern schicken scho amol Besuchergruppen. Schließlich sind mir a Betrieb, der wo nur Gülle und Silage vergärt. Die andern füllen ei, was gauht, Schlachtabfälle, verdorbene Lebensmittel, so an Schmarra halt. Und des stinkt recht. Da kommen s' dann scho lieber zu uns."
„Wie oft kommt denn so etwas vor?"
„Mei, so alle vier bis sechs Wochen."
„Aha, und wann war das letzte Mal?"
„So an Monat wird's her sei."
„Und was sind das für Leute, die an den Führungen teilnehmen?"
„Na Landwirte halt, so wie i. Des isch ja immer no a relativ neue Technologie – und a Rieseninvestition. Des schaugt ma sich dann scho a paar Mal a, bevor ma ins kalte Wasser neispringt."
„Und wer hat sonst noch so Zutritt zu ihrem Hof?"
„Zutritt? Ja horchn S', des isch do kei Hochsicherheitsanlag. Aber nei derf da koina, wenn i des it will. Aber verhindern ka i des au it, wenn's oiner unbedingt versucht."
Grothe musste an den nicht vorhandenen Hofhund denken.
„Also noch mal vielen Dank, Herr Voith, und wegen der Betriebsstilllegung rufe ich Sie an. Ich hoffe, dass wir bald zu einem Ergebnis kommen. Auf die Handschuhe können wir jetzt wohl auch verzichten. Und wenn sich keine weiteren Anhalte ergeben, brauchen wir den Fermenter auch nicht auszupumpen. Die Spurensicherung ist soweit abgeschlossen."
Er schaute auf die Uhr, es war kurz vor sieben. Durch die Hofeinfahrt kam Felix Weber mit seiner Kunststoffmappe unter dem Arm und ging auf den Mercedes zu. Einer plötzlichen Eingebung folgend sagte Grothe:
„Ach übrigens, was ist mit Ihrer Nachbarin, der Frau Wechsler? Ich habe gehört, die sei vor einiger Zeit verschwunden?"
Voiths Miene bewölkte sich schlagartig.

„Woiß i it. Die isch halt weg, hat wohl was Bessers gfunda", zwängte er aus dünnen Lippen hervor.
„Wie meinen Sie das, was Besseres?"
„Ja wie scho. Oiner wo's ihr richtig bsorgt, wenn S' verstehn, was i moin."
Grothe verstand genau, verzichtete aber auf einen Kommentar zu der Bemerkung.
„Sie mögen sie wohl nicht besonders?"
An Stelle einer Antwort sagte Voith:
„I muass jetz mei Abendrunde macha, dem Generator beim Stillstanda zugugga."
Torsten Grothe wartete vergeblich auf eine weitere Reaktion, verabschiedete sich daraufhin und ging zu seinem Wagen. Felix Weber stand vor der verschlossenen Wagentür und schaute in den Himmel. Das Wetter hatte weiter aufgeklart und für die nächsten Tage war eine Abkühlung zu erwarten. Grothe machte sich einige Notizen auf dem Block, den er immer griffbereit in der Mittelkonsole liegen hatte, startete den Motor und fuhr los in Richtung Haunstetten, einem südlichen Vorort von Augsburg, in dem Weber wohnte.
„Wie war's bei Ihnen?", fragte Weber.
„Interessant, aber zuerst Sie."
„Also dieser Wechsler ist ein armer Hund, wenn Sie mich fragen. Allein mit Kind und einem angelernten Job."
Nicht schlimmer als tausende von allein gelassenen jungen Müttern in unserem Land, wollte Grothe sagen, sparte sich die Einlassung aber, um Weber nicht zu unterbrechen.
„Der Kleine ist nach der Schule bei der Oma, nach der Frühschicht holt ihn sein Vater dort ab. Wenn er Spätschicht hat, bleibt der Bub über Nacht bei ihr."
„Und wo ist die Mutter?"
„Wie gesagt, vor zwei Wochen mit Sack und Pack verschwunden. Soll aber vorher schon seltsam gewesen sein. Wechsler vermutet einen anderen Mann. Sie hat sich seitdem nicht mehr gemeldet."
„Das deckt sich mit dem, was ich von Voith gehört habe. Nur etwas drastischer. Hat er sich denn keine Sorgen um seine Frau gemacht?"
„Das habe ich ihn natürlich auch gefragt. Zuerst wollte er nicht

raus mit der Sprache, aber offensichtlich ist so etwas nicht das erste Mal vorgekommen. Das Verhältnis zu den Voiths ist übrigens nicht ganz ungetrübt. Da gibt es wohl eine alte Rechnung. Hat was mit dem Kies hier zu tun. Vor fünfunddreißig Jahren wollte der alte Wechsler mal eine Abbaugenehmigung beantragen. Die Gemeinde machte keine Schwierigkeiten, aber er hätte das Unternehmen allein nicht finanzieren können. Er ging zu Voiths Vater und bat ihn, sich zu beteiligen. Der Abbau wäre damals für beide sehr lukrativ gewesen. Aber Voiths Vater lehnte ab und verweigerte auch sein nachbarschaftliches Einverständnis zum Kiesabbau durch Wechsler. Für die Wechslers war das ein herber Schlag. Der Hof lief schon damals nicht mehr gut, es fehlte an Geld und Grund."
Grothe dachte nach. Irgendetwas in ihm regte sich und wollte an die Oberfläche. Der Gedanke war noch nicht fassbar, und beim Autofahren konnte er auch nicht besonders gut kombinieren. Er verließ die Schnellstraße und fuhr am Augsburger Messegelände vorbei in Richtung des Univiertels, das bei seinem Bau vor fünfundzwanzig Jahren erschwinglichen Wohnraum für die Studenten der nahen Neuen Universität bieten sollte, inzwischen aber zu einem Problemgebiet geworden war. Die günstigen Mieten hatten immer mehr Ausländer und Umsiedler angezogen, die politisch korrekt ‚Bürger mit Migrationshintergrund' genannt wurden und mittlerweile ziemlich unter sich waren. Er hatte bereits mehrfach in dem Viertel zu tun gehabt. Felix Weber wohnte in einem älteren Mehrfamilienhaus in unmittelbarer Nähe der Hochhäuser und gab des Öfteren Geschichten aus der Nachbarschaft zum Besten, die Grothe zu dem Schluss brachten, dass seine eigene Wohnortwahl nicht die schlechteste war.
„Ich glaube, wir sollten uns mal im Dorf umhören, vielleicht kommen wir so weiter. Haben Sie morgen Abend schon was vor, Felix?"
Die Anrede mit dem Vornamen wählte Grothe, wenn er seiner Sympathie Ausdruck verleihen oder Anerkennung zeigen wollte. Nie wäre er aber auf die Idee gekommen, dem jungen Mann das Du anzubieten. Diese Art der Vertraulichkeit im Beruf zwischen Menschen mit großem Altersunterschied führte seiner Erfahrung nach oft zu Problemen, die er sich und

dem Kollegen ersparen wollte. Er wusste, dass Weber diese Regelung zusagte. Weber lebte mit seiner Freundin zusammen in einer Dreizimmerwohnung im zweiten Stock eines Haunstetter Mietshauses, und aus den Schilderungen der Wochenenden wusste Grothe, dass die beiden oftmals Radtouren in die Westlichen Wälder, ein Ausflugsgebiet südwestlich von Augsburg, unternahmen und dann in den kleinen Gasthöfen der Gegend übernachteten. Er hatte schon einige Tipps bekommen, wo es die besten Kässpatzen, Schweinshaxen oder Krautstrudel gab, und ein paar davon mit seiner Familie ausprobiert.
„Schon verstanden, Chef. Soviel ich weiß, gibt's in Langerringen nur einen Gasthof, ‚Deutsches Haus'. Nicht sehr originell der Name, sieht aber von außen ganz gut aus. Die haben da sogar noch Kastanien im Biergarten, sind ja eher selten geworden."
Grothe schaute ihn missbilligend an. Er wartete auf die Belehrung, dass die Kastanien schon seit Jahren unter einer Motte aus Südeuropa und Pilzbefall litten, die sie oft schon im Juli die Blätter abwerfen ließen. Weber sah den Blick und schwieg.
„Also dann brauche ich Ihnen ja auch nicht zu sagen, worauf es ankommt, Felix. Der Voith scheint im Dorf nicht irgendwer zu sein. Mit dem Namen wird sich am Stammtisch doch irgendetwas anfangen lassen. Meine Story erzähle ich Ihnen dann morgen."
Sie waren angekommen. Beim Aussteigen fiel Weber noch etwas ein.
„Übrigens, Chef, ich weiß nicht, ob das irgendeine Bedeutung hat, aber der Wechsler ist nicht der Hoferbe. Der hat in die Familie eingeheiratet und den Namen seiner Frau angenommen."
Das war allerdings bemerkenswert. Grothe überlegte. Dem Alter nach hatten die Wechslers vor mindestens zwanzig Jahren geheiratet. In den Achtzigern war es noch nicht üblich, dass ein Mann den Namen seiner Frau annahm, schon gar nicht in einem Dorf wie Langerringen, wo Tradition und Reputation sehr eng zusammenhingen.
Grothe verabschiedete sich von Felix Weber, wendete und trieb

den Mercedes in Richtung Kleinaitingen. Es war inzwischen neunzehn Uhr dreißig, und das Aufwärmen für die Männergymnastik begann um zwanzig Uhr fünfzehn – pünktlich. Diese verlässliche Regelmäßigkeit war eines der Dinge, die ihm am Dorfleben besonders zusagten. Sie betraf sowohl periodische Ereignisse wie kirchliche und weltliche Festtage, aber auch die Menschen im Dorf. Eine Zusage, beim Holzmachen für den Kachelofen zu helfen, war wie ein Schwur. Deshalb war es ihm wichtig, nicht zu spät zu kommen, selbst auf die Gefahr hin, dass er dafür auf das Abendessen verzichten musste.

***

6

Auf der Fahrt vom Flugplatz zur Farm dachte Paul Coggan darüber nach, was Greg Szerbsky gesagt hatte. Nur noch zwei Wochen, um sich seinen Traum zu sichern! Die Anzahlung, die er über einen kurzfristigen Kredit finanziert hatte und die er gedachte, in nächster Zeit zurückzuzahlen, hatte ihm eine Festpreis-Kaufoption für zehn Wochen gesichert, die mittlerweile fast abgelaufen war. Die vierzehn Tage, die Szerbsky ihm noch einräumte, waren also schon ein besonderes Zugeständnis, wahrscheinlich weil Greg daran interessiert war, dass die Maschine in Wanaka blieb. Mit Jenny hatte er noch gar nicht über seinen Plan gesprochen. Ach was, Plan! Die Chaika war nicht geplant. Das war Liebe auf den ersten Blick! Als er den kleinen Doppeldecker vor zwei Jahren zum ersten Mal gesehen hatte, war ihm klar, dass er dieses Schmuckstück eines Tages besitzen musste. Es war zwar kein Originalflugzeug wie die Jenny, aber dafür konnte man mit der Chaika so ziemlich alles machen, was der menschliche Körper an G-Belastung aushielt. Und das bedeutete die spektakulärsten Stunts und Figuren, die man in einem Kunstflugprogramm unterbringen konnte.
Er ließ noch einmal die Ereignisse der vergangenen Zeit ablaufen. Als Jennys Großmutter vor vier Monaten im Altersheim von Queenstown gestorben war, hatte es Jenny nicht fertig gebracht, Rosies wenige Habseligkeiten von dort abzuholen. Bis zu ihrem siebenundachtzigsten Lebensjahr hatte Granny Rosie bei ihnen auf der Farm gelebt und sich weitgehend selbst versorgt. Nach einem Schlaganfall vor sieben Jahren allerdings war sie auf fremde Hilfe angewiesen und musste medizinisch betreut werden. Das wäre auf der Farm nicht möglich gewesen, und so hatte Paul einen Platz in einem Pflegeheim besorgt, der zu einem geringen Teil aus der kargen Rente finanziert werden konnte, die noch aus den Einzahlungen ihres Mannes Gustav in eine Lebensversicherung stammte. Die Unterbringung war nicht billig und belastete die Familieneinkünfte aus dem Betrieb. Daher rührte auch Jennys Abneigung gegen die Fliegerei. Ohne dieses Hobby hätten sie es sich womöglich leisten können, Granny Rosie in ihrem Haus

von einer Pflegeschwester versorgen zu lassen. Sie hatte ein dumpfes schlechtes Gewissen, das sie Paul spüren ließ, wann immer sich Gelegenheit dazu bot. Ihre Ehe hatte in letzter Zeit darunter gelitten, und so hatte Rosies Tod neben Jennys tiefer Trauer auch zu einer Entspannung in ihrem Verhältnis geführt.
Paul war allein nach Queenstown gefahren, um die wenigen persönlichen Dinge, die den ‚Gästen' in dem Pflegeheim erlaubt waren, abzuholen. In einem Nachtkästchen fand er unter alten Fotos einen vergilbten Umschlag, dessen Verklebung ausgetrocknet war und sich gelöst hatte. Er zog das einzelne Blatt Papier, das darin steckte, heraus. Die verblasste Schrift darauf konnte er nicht entziffern, meinte aber zu erkennen, dass es Deutsch war. Der Aufbau des ungelenk mit der Hand geschriebenen und am unteren Rand unterzeichneten Blattes ließ ihn an eine Urkunde denken. Auf der Rückseite befanden sich ein maschinengeschriebener Vermerk und ein Rundstempel mit einem Hakenkreuz in der Mitte. Er beschloss, den Inhalt übersetzen zu lassen und erst dann mit Jenny darüber zu sprechen. Sie konnte genauso wenig Deutsch wie er, und daher betrachtete er dieses Vorgehen nicht als ungebührlich oder gar Verrat am Vermächtnis von Jennys Großmutter. Vermutlich würde sie sich sogar über seine Fürsorge und Umsicht freuen.
Bevor er nach Wanaka zurückfuhr, fragte er bei der Heimleitung nach, ob er die restlichen Tage des Monats erstattet bekäme, da Mrs. Rosemarie Wahl ja am zwölften Mai gestorben sei und die Zahlung im Voraus für den ganzen Monat geleistet worden war, was schroff abgelehnt wurde. Schließlich müsse man ja auch für den gesamten Monat Personal vorhalten und Lebensmittel einkaufen. Und nur wegen eines Todesfalls könne man das Personal ja nicht entlassen oder die Lebensmittel zurückgeben. Wo käme man denn da hin!
Bei einem Übersetzungsbüro in Queenstown bekam er innerhalb einer Stunde eine englische Rohübersetzung der Urkunde mit der Zusage, die amtlich beglaubigte Endversion mit der Post zugesandt zu bekommen. Was er daraus entnahm, elektrisierte ihn und sollte ihn fortan nicht mehr ruhig schlafen lassen.

***

7

Am nächsten Morgen im Präsidium spürte Torsten Grothe die angenehme Mischung aus Entspannung und leichtem Muskelkater, die sich immer nach den Gymnastikabenden einstellte. Den Kraft- und Dehnübungen folgte in der Regel eine Stunde Volleyball, die neben einem Haufen Spaß auch für einige blaue Flecken und kleinere Blessuren sorgte, weil eigentlich keiner von ihnen so richtig spielen konnte. Danach war die Gruppe aus siebzehn Männern einschließlich Bürgermeister und Pfarrer im Vereinsheim des Sportvereins zusammengekommen und hatte bei Weißbier und einer deftigen Brotzeit einen äußerst kurzweiligen Abend verbracht. Die Abende dienten nicht nur der körperlichen Ertüchtigung, sondern waren auch Tauschbörse für dörflichen Klatsch und nicht selten wurden hier Geschäfte angebahnt. Natürlich war auch der Leichenfund im nur zehn Kilometer entfernten Langerringen Thema, und als klar war, dass Torsten Grothe mit den Ermittlungen beauftragt war, ließ man ihm keine Ruhe mehr.
„Jetzt rück scho raus, was is'n des für a Leich? Jemand von da? Wie alt? Mann oder Frau? Und der Mörder?
„Also zunächst mal wissen wir noch gar nicht genau, ob es überhaupt ein Mord war."
Besonders der Pfarrer schien sehr interessiert an Einzelheiten, und Grothe hatte Mühe, angesichts der drei Weizen, die er mittlerweile konsumiert hatte, nicht zu leutselig zu werden. Am Ende schaffte er es, mit vagen Äußerungen und der Auskunft, dass es sich um eine dreißig- bis fünfundvierzigjährige Frauenleiche handelte, was allerdings ohnehin schon in der Zeitung gestanden hatte, und dass man weiterhin intensiv an dem Fall arbeite, die Frager abzuspeisen. Danach kam es zu einer intensiven Debatte über die Vor- und Nachteile der Stromproduktion aus Biogas, wozu fast jeder eine eigene Meinung hatte. Etwa die Hälfte der Mitglieder der Gruppe waren Landwirte, die unter dem gleichen Preisdruck standen wie Voith, der selbst hier bestens bekannt war. In Kleinaitingen stand die Fertigstellung der ersten Biogasanlage kurz bevor, und Grothe bekam einen Eindruck davon, was Futterneid unter Landwirten bedeuten kann.

„Des ko der scho leicht histelln, so a Biogasanlag, der Voith, Geld wie Heu und an Grund, so weit das Auge reicht."
„Mei Bruada hat amol fünf Tagwerk von dem pachta wolla. Des hat er schnell bleiba lau, bei dem Preis, und nur für drei Jauhr hat er's hergeba wolla, der Hund, der nixige."
„Gschieht dem ganz recht, der Ärger. Soll amol spüra, was es hoißt, wenn's mal nimmer so lauft."
Zu all dem sagte Torsten Grothe nichts. Als ‚Zuagroista' nahm er es sich nicht heraus, Dinge zu kommentieren, deren Ursprung Generationen zurücklag. Aber sein Interesse war geweckt, und er hörte aufmerksam zu.
Später wurden die neuesten Witze ausgetauscht. Dieses vornehmlich ausgehend von zwei Mitgliedern, einer davon ein ehemaliger Flugplatz-Feuerwehrkommandant, der aufgrund seines unerschöpflichen Vorrats an alten und neuen Anekdoten äußerst populär war.

***

8

Grothe hatte sich zu der Flipchart herumgedreht und schrieb mit dem dicken Filzstift die Namen ‚Wechsler Karl / Kerstin' auf den linken Rand unter die Worte ‚Biogasanlage Voith, Langerringen'. Dann fiel ihm auf, dass die Namen der Familie noch nicht dort standen. Also schrieb er ‚Voith Richard / Hildegard / Richard / Johannes' direkt unter die Überschrift. Seiner Erfahrung nach wurde der Platz gegen Ende einer Ermittlung eng, und er musste bisweilen mehrmals umblättern, bis er alle Beteiligten an einem Mordfall untergebracht hatte. Dieser Fall bestand allerdings bisher aus nicht mehr als einer Leiche ohne klare Mordindikation und erst recht ohne jedes Motiv.

Es klopfte einmal, und gleich danach stand Felix Weber vor seinem Schreibtisch.

„Guten Morgen, Chef. Ich habe mir gedacht, wir machen erst mal ein Ergänzungsfrühstück."

Grinsend schwenkte er vor Grothes Nase eine Tüte, die verführerisch nach frischen Croissants duftete.

„Okay, Felix, ich geh schon."

Grothe erhob sich mit einem leichten Stöhnen von seinem Drehstuhl und ging auf den Gang zum Kaffeeautomaten. Er ließ zwei Cappuccino, oder was der Automat dafür hielt, in die geriffelten braunen Plastikbecher laufen und balancierte die beiden heißen Becher zurück ins Büro.

„Irgendwann leiste ich mir doch noch eine von diesen Kaffeemaschinen, die mit diesen Einmalkaffeepäckchen", sagte Grothe mit einem abfälligen Blick auf die hellbraune Brühe in seinem Becher.

„Das höre ich jetzt schon seit über einem Jahr, Chef. Inzwischen hat doch schon jeder so ein Ding, das ist dann gar nicht mehr originell."

„Warum legen wir nicht zusammen für eine richtige Espressomaschine. So eine mit Chrom und italienischem Mahlwerk?"

Weber verstand das als Ausdruck des Wunsches, noch längere Zeit zusammenzuarbeiten, und so war es auch gemeint. Allerdings hatte er für seine Zukunft Pläne, die einen Standortwechsel mit sich bringen würden. Er wollte ins Polizeipräsidium

München und dann eine internationale Laufbahn einschlagen. Die relativ neue Behörde Europol reizte ihn ungemein, und er hatte sich schon auf ihrer Internetseite informiert, die Berufschancen schienen grenzenlos. Seine gymnasialen Englischkenntnisse hatte er in Kursen und Auslandsurlauben weiterentwickelt. Er war Mitglied eines englischen Stammtischs in Augsburg, und auch sein Französisch hatte er seit dem Abitur vor fünf Jahren ständig gepflegt. Seine Freundin Claudia war Spezialistin für Informationstechnologie und daher ebenfalls flexibel in der Ortswahl.

„Ja, warum nicht", sagte er mit wenig Nachdruck.

Grothe blieb die Zurückhaltung nicht verborgen. Er wusste bisher nichts Konkretes über Webers Zukunftspläne, hatte aber zwei und zwei zusammengezählt, als er einmal in Webers Büro kam, als der gerade auf einem seiner Internetausflüge war. Er würde dem jungen Kollegen keine Steine in den Weg legen, auch wenn ihm scin Weggang sehr leid tun würde.

Er setzte Weber über die Betriebsführung bei Voith ins Bild und sagte dann:

„Bitte rufen Sie bei dem" – er schaute auf einen Zettel, den er in der Hand hielt – „Biogasfachverband Bayern an. Die sollen uns Listen mit den Besuchern der Anlagenbesichtigungen bei Voith per E-Mail schicken, wenn es so etwas gibt. Besonders die aus dem letzten halben Jahr."

Dann legte er den Zettel auf den Schreibtisch, auf dem aufgereiht die Bezeichnungen ‚Cato', ‚Goldix', ‚Folicur' und ‚Tamaron' standen. Er schob den Zettel zu Weber hinüber und sagte:

„Das sind die Spritzmittel, die Voith in seiner Giftkammer gelagert hat. Ist richtig stolz darauf. Den Raum hat er erst kürzlich angebaut, angeblich nach allen Vorschriften der Betriebssicherheit."

„Wie kommen Sie denn zu denen? Wie ich Sie kenne, wollten Sie sicher nicht, dass der Voith Lunte riecht. Der hat doch bestimmt gefragt, wofür Sie die Bezeichnungen brauchen?"

„Ich hab sie mir gemerkt und dann später notiert."

Weber schnalzte anerkennend mit der Zunge.

„Respekt, Chef. Das könnte ich nicht so aus dem Stand."

„Ich auch nicht. Habe ich geübt. Meine Kinder haben mir ein

Spiel geschenkt, mit dem man seine Merkfähigkeit verbessern kann. Mnemotechnik heißt das. Macht auch noch Spaß. Inzwischen bin ich darin besser als meine ganze Familie."
Felix Weber unterließ es, seinen Chef zu fragen, warum seine Kinder es für nötig hielten, ihm ein Spiel zur Verbesserung der Merkfähigkeit zu schenken.
„Also, ich kümmere mich selbst darum."
„Worum?"
Grothe stutzte einen Augenblick. Er hatte erwartet, dass Weber ihm in der Gedankenführung gefolgt war.
„Tschuldigung, wenn ich zu schnell war. Ich meine, ich frage bei den Doctores an, ob eine der Chemikalien in den Mitteln mit denen im Körper der Toten identisch ist. Wenn dem so sein sollte, dann können wir zumindest mit einiger Sicherheit sagen, wo sie herkam."
„Oder auch nicht. Das Zeug wird doch bestimmt in jedem landwirtschaftlichen Betrieb verwendet."
„Nur da, wo auch Ackerbau betrieben wird. Und nicht jedes Mittel passt für jede Feldfrucht. Cato zum Beispiel wird im Maisanbau benutzt, Goldix für den Rübenanbau und Folicur für Raps."
„Hey, woher wissen Sie das eigentlich alles?"
Weber war sichtlich beeindruckt.
„Das bleibt nicht aus, wenn man auf dem Land lebt. Aber die Einzelheiten habe ich zugegebenermaßen aus dem Internet."
Felix Weber ging in sein Büro, um das Telefonat zu führen, während Torsten Grothe eine E-Mail mit der Bitte um Abgleich der Chemikalien an Dr. Schneider in München verfasste. Nach zehn Minuten erschien Weber wieder vor seinem Schreibtisch.
„War gar nicht so einfach, die haben mich erst mal durch die ganze Verwaltung gejagt. Kommen sich mächtig wichtig vor. Ich bin mir vorgekommen wie der Buchbinder Wanninger."
Torsten Grothe kannte den Karl-Valentin Klassiker und wunderte sich, dass der junge Kommissar sich offenbar im bajuwarischen Komödienschatz des frühen letzten Jahrhunderts auskannte.
„Und was ist dabei herausgekommen?"
„Die führen tatsächlich solche Listen. Die Besuchergruppen

werden so zusammengestellt, dass die Anfahrt möglichst kurz ist. Die Sachbearbeiterin mailt die Listen an Ihre Adresse."
„Prima. Bis dahin können wir uns um die Identifikation der Toten kümmern. Was haben wir da?"
„Nicht viel, nur den vorläufigen Obduktionsbericht. Aber ich habe so eine vage Ahnung, dass wir gar nicht so weit zu suchen brauchen."
Grothe verschränkte die Arme hinter dem Kopf und verzog den Mund.
„Sie meinen Kerstin Wechsler? Das wäre ein ziemlicher Knaller. Aber daran gedacht habe ich auch schon."
Schlagartig wurde Grothe klar, wann er daran gedacht hatte – gestern Abend während der Autofahrt nach Haunstetten. Jetzt verstand er, was da in ihm an die Oberfläche gewollt hatte.
„Meinen Sie, wir können dem Wechsler eine Identifikation zumuten?"
„Ich weiß nicht, ob das viel Sinn hat. Da war ja nichts mehr zu erkennen. Höchstens die Kleidung, obwohl auch die reichlich ramponiert war. Schmuck oder andere persönliche Gegenstände gab es keine."
„Im Moment können wir es uns nicht leisten, auf die Überprüfung von vagen Vermutungen zu verzichten. Wir lassen den Wechsler kommen und zeigen ihm die Kleidungsstücke. Bis Montag müssten die aus München da sein. Vielleicht kommt ja was dabei heraus. Welche Möglichkeiten gibt es noch? Was ist mit vermissten Personen?"
„Ich habe die Vermisstenanzeigen geprüft. Es werden zwar bundesweit Frauen in der Altersgruppe vermisst, aber eine Zuordnung ist wegen des Zustands der Leiche nicht möglich."
„Gut, dann setzen Sie Krüger darauf an. Er soll den Personenbereich hinsichtlich Zeitpunkt und Ort des Verschwindens eingrenzen."
Polizeihauptmeister Krüger war zwar eigentlich nicht Mitglied des Morddezernats, Grothe hatte aber die Genehmigung der Abteilungsleitung, den Kollegen aus dem Drogendezernat zeitweise für Ermittlungszwecke einzubinden, wenn die Auslastung dieses zuließ.
Ein leises Klingeln aus seinem Computerlautsprecher zeigte Grothe an, dass er eine Nachricht erhalten hatte. Nach dem

Aufrufen seines E-Mail Programms stellte er fest, dass die Nachricht von einer Renate Bieler stammte. Nach dem nächsten Klick auf den Namen öffnete sich der Text und er sah, dass es sich bei Renate Bieler um eine Sachbearbeiterin des Biogasfachverbands Bayern handelte. In dem Anschreiben an den ‚Lieben Herrn Hauptkommissar' fand er das Symbol für eine Excel-Datei mit der Bezeichnung ‚Besuchergruppen Voith Langerringen' vor. Nach dem Doppelklick auf den Dateinamen baute sich eine dreispaltige Liste mit den Überschriften ‚Name', ‚Wohnort' und ‚Telefonnummer' auf, die waagerecht in Kalenderdaten mit den jeweiligen Namenblocks unterteilt war.
„Ziemlich schnell, dieser Biogasfachverband. Was ist das eigentlich für ein Laden, was Staatliches?"
„Mit Sicherheit nicht, dann hätten wir die Antwort nicht so schnell bekommen und außerdem bestimmt nicht so gut sortiert."
Grothe sagte nichts. Obwohl er durchaus der gleichen Meinung war, wollte er Weber nicht beipflichten. Trotz aller Vorbehalte gegen seine Behörde war er kein Nestbeschmutzer. In letzter Zeit gab es Bestrebungen, dem allgemeinen Vorurteil gegen Beamten mit dem Grundsatz der ‚leistungsbezogenen Besoldung' zu begegnen. Ein wichtiger Bestandteil dieser Leistungsanreize waren Beurteilungen der einzelnen Beamten durch die jeweiligen Vorgesetzten, die strengen Regeln unterlagen, aber immer noch genügend Spielraum für persönliche Präferenzen ließen. Grothe hatte selbst mit diesem System der Günstlingswirtschaft Bekanntschaft gemacht, als er mit ansehen musste, wie Kollegen an ihm vorbei die Karriereleiter hinaufgeklettert waren, ohne dass die messbaren Leistungsdaten sich von den seinen unterschieden hätten.
Er schrieb eine schnelle Dankeszeile und schickte sie ab. Dann druckte er die Listen mit den Teilnehmern der letzten vier Betriebsführungen aus und gab Weber die drei DIN-A4-Bögen.
„Das sind die Führungen des letzten halben Jahres. Checken Sie die auf Besonderheiten. Ich frage bei den EDlern nach wegen dem Bericht. Die lassen sich diesmal wirklich Zeit."
Weber verließ das Büro und Grothe wählte die Nummer der

Kollegen vom Erkennungsdienst. Er erhoffte sich nicht wirklich bahnbrechende Neuigkeiten, aber vielleicht gab es ja wenigstens einen Anhalt. Im Moment war sonst nicht viel zu tun bis die ersten Ergebnisse der Aufgaben vorlagen, die er verteilt hatte.
Das Gespräch ergab tatsächlich nichts grundlegend Neues. Der Kollege entschuldigte sich für die Verzögerung mit dem Hinweis auf Unterbesetzung, versprach aber den ausführlichen Bericht bis zum Dienstag der kommenden Woche. Grothe wusste, dass der Freitag in manchen Dezernaten traditionell mit einem Weißwurstessen begangen wurde und vermutete darin den Grund dafür, dass der Bericht nicht schon am Montag vorliegen würde. Er hatte nicht übel Lust, dem Kollegen deswegen die Meinung zu sagen. Andererseits war die Spurensicherung eine wichtige Instanz im Verfahrensablauf, mit der man es sich möglichst nicht verscherzen sollte.
Wie er schon erwartet hatte, waren die Spuren am Fundort zu diffus, um zu wirklichen Erkenntnissen zu führen. Fingerabdrücke waren zwar sichergestellt worden, aber in Anbetracht der Dauer, die der Körper in dem Fermenter verbracht haben musste, nur wenig aussagekräftig. Die einzige Chance bestand darin, fremde Abdrücke auf den Griffen der Zugangsluken des Fermenters zu finden. Dafür war ein Abgleich mit den Fingerabdrücken der Familie nötig, und das kostete wirklich Zeit.
Er legte die Füße auf den Schemel, den er sich vor einiger Zeit unter seinen Schreibtisch gestellt hatte und ließ sich in die federnde Lehne seines Drehstuhls fallen.

***

9

„I sag's dir. Die kommen uns drauf!"
Hildegard Voith war aufgebracht und nervös. Die letzten Minuten hatte sie mit ihrem Mann eine lebhafte Diskussion geführt und sich wieder einmal über die mangelnde Einsicht von Richard Voith geärgert.
„Koiner kommt uns drauf. Auf was scho! Des isch doch nix, die paar alta Scherba."
„Von wegen, du woisch genau, dass des it bloß a paar alta Scherba send. Die Schale im Hausgang isch römisch, des woisch du genau. Die schaut genau so aus wia des Zeigs im Römischen Museum in Augschburg. Des hätta mir angeba miassa, damals beim Bau. Spätestens als der Johannes mit'm Leonhard allawei mehr von dem Zeigs agschleppt hat. Und woher willsch du wissen, dass der Leonhard dahoim nix erzählt hat. Die Wechsler Kerstin hätt auf so was doch nur gwartet. Mich wundert's eh, dass die nie ebbas gset hat. Und wenn die von der Polizei weitr bei uns umanandaschnüfflet, werden die bestimmt ebbas finda. I ka des it. I will, dass des gmeldt wird."
Während des Baus des zweiten Fermenters hatten die beiden Nachbarsbuben die Baugrube als Abenteuerspielplatz genutzt und tatsächlich immer wieder kleinere Fundstücke heimgebracht, die sie in einer Kiste in ihrem hölzernen Spielhaus in Voiths Garten hinter dem Haus sammelten. Eines Tages machten sie einen größeren Fund, eine Schale, die sie Hildegard Voith schenkten. Sie wollte die Schale zu einer Untersuchung in das Römische Museum bringen, was ihr Richard Voith aber strikt untersagte. Er stellte die Schale auf ein Regalbrett im Hausgang unter seinen Bergbildern. Auch den anderen Familienmitgliedern verbot er, von den Funden zu erzählen. Er wusste aus einer topographisch-archäologischen Lagekarte, dass nicht weit von ihrem Haus parallel zur Via Claudia eine Römerstraße verlaufen war. Überreste waren zwar nicht mehr zu erkennen, aber die Karte verzeichnete einige Stellen als Bodendenkmäler, die sich heute zumeist auf offenem Feldgelände befanden und an denen nicht gebaut oder tiefer gepflügt werden durfte. Daher hätte der Fund eine Gefährdung seines Baues bedeutet, und einen Stopp der Bauarbeiten konnte er

sich nicht leisten. Die Kredite für die Biogasanlage liefen, und der Termin der Inbetriebnahme war genau berechnet. Selbst ein Verzug von wenigen Wochen hätte ihn beträchtliche Summen an Zinsen gekostet, und er wusste aus früheren archäologischen Untersuchungen in der Gegend, wie lange Bauarbeiten durch so etwas verzögert werden konnten.

Natürlich hatte Leonhard daheim von den Funden erzählt, und Kerstin Wechsler hatte Richard Voith mehrmals deswegen angesprochen. Er sollte die Funde gefälligst melden, sonst würde sie es tun. Voith hatte die Bedeutung der Stücke heruntergespielt und auf Zeit gesetzt. Wenn erst der Fermenter fertig wäre, würde niemand ihn zwingen können, den Betonring wieder aus der Erde zu reißen. Sollten sie doch daneben graben, wenn sie unbedingt wollten. Kerstin Wechsler hatte keine Ruhe gegeben, und so bot er ihr Geld an, damit sie den Mund halte. Anfangs hatte sie das brüsk zurückgewiesen, um nur wenige Wochen später darauf einzugehen. Allerdings forderte sie nun eine erheblich höhere Summe, als Voith ihr angeboten hatte. Schließlich hatte er ihr das Geld gegeben und gesagt, dass er ab jetzt keine weiteren Behinderungen von ihr erwarte, sonst würde sie ihn kennenlernen. Er könne schließlich nichts dafür, dass sein Vater damals die Abbaugenehmigung für den Kies blockiert hatte. Von all dem hatte er seiner Frau nichts erzählt, weil er wusste, dass sie für derlei Machenschaften zu geradeheraus und ehrlich war. Richard Voith wusste auch, dass sie ihre katholische Erziehung mit Inbrunst und aus tiefster Seele lebte. Er ging zwar jeden Sonntag mit ihr in die Kirche, konnte aber kleinere Abweichungen von der klerikalen Lehre durchaus mit sich vereinbaren. Er war überzeugt, dass Hildegard ihm in den Ohren gelegen hätte, bis die Sache auf rechtlichem Wege geklärt worden wäre. Kerstin Wechsler hatte natürlich keine Ruhe gegeben. Bis zu ihrem Auszug vor zwei Wochen war sie noch dreimal aufgetaucht, um weitere Forderungen zu stellen. Anfänglich hatte er die Zahlung abgelehnt und sie von seinem Grundstück geworfen. Als sie wiederkam, drohte er ihr, sie wegen Erpressung anzuzeigen, was sie allerdings nicht davon abhielt, ihn in der Biogasanlage abzupassen und ihre Forderungen zu wiederholen. Er zahlte, denn inzwischen hatte sich die Lage geändert.

Neugierig geworden wegen der kleineren Funde der beiden Buben hatte sich Richard Voith daran gemacht, die Sache systematisch zu erkunden. In einer Tiefe von fünf Metern, unterhalb einer Lehmschicht, die der drei Meter dicken Kieslage folgte, war er am Rand der offenen Fermentergrube auf einen Hohlraum gestoßen.
„Red it a so an Schmarrn daher. Die finden gar nix, jedenfalls it, wenn du nix erzählsch. Und der Johannes hat des längscht vergessa. Des isch ja scho a halbs Jahr her. I gang jetzt naus, i muass die Frühfüllung macha."
Richard Voith zog sich seine Arbeitsstiefel an und ging aus dem Wohnhaus hinüber zum Fahrsilo, wo der Frontlader stand, den er gestern Abend dort stehen gelassen hatte. Er tat dies manchmal, um sich das Hinausrangieren aus der Garage zu ersparen. Als er am Fermenter angekommen war, stieg er die Treppe hinunter, die neben dem Betonbecken zum Boden der Betriebsgrube führte. In dem engen Raum, etwa drei Meter unter der Erdoberfläche, befanden sich der Schaltschrank für den Mischer und die wichtigsten Steuerschieber für die Fermenterheizung. Die Fermenterfüllung musste nicht nur in Bewegung gehalten werden, sondern auch innerhalb eines bestimmten Temperaturbereiches, so dass besonders im Winter eine Heizung benötigt wurde, die mit der Abwärme der Generatormotoren betrieben wurde.
Der Schaltschrank war an Scharnieren aufgehängt, um bei Bedarf die Kabel inspizieren zu können. Richard Voith legte einen Riegel um und schwenkte den Schaltschrank zur Seite. Der enge Raum dahinter war beim Gießen der Betonwand mit einer Schalung ausgespart worden und mit dem Kabelgewirr aus dem Schrank etwa halb gefüllt. In der hintersten Ecke des dunklen Hohlraums lag ein unscheinbares Päckchen, ungefähr so groß wie ein kleines Sofakissen und mit Ölpapier umwickelt. Ohne eine Lichtquelle wäre es nicht zu erkennen gewesen. Er fädelte das Päckchen durch die Kabel hindurch nach vorne und wickelte es auf. Vorsichtig legte er eine Reihe von schimmernden Gegenständen bloß und betrachtete sie im schwachen Schein der Deckenlampe.

***

10

Um zehn Uhr kam Felix Weber mit zwei Bechern Kaffee in Grothes Büro, der inzwischen eingeschlafen war. Der gestrige Abend forderte seinen Tribut, und er war eingenickt, bevor er seine Bürotür abschließen konnte. Er schreckte aus seiner bequemen Dreipunktlage und versuchte gar nicht erst, vor Weber zu verbergen, dass er wohl etwas zu entspannt nachgedacht hatte.
Weber grinste breit und setzte sich auf den Stuhl vor dem Schreibtisch. Er stellte Grothe einen Becher auf seine Schreibunterlage und legte die Liste, die sie vom Biogasfachverband erhalten hatten, auf den Tisch.
„Vierundzwanzig Teilnehmer bei den letzen zwei Betriebsführungen, eine am zwölften August und eine am fünfzehnten Juli, mit wenigen Ausnahmen alle mit Telefonnummern aus dem Augsburger Raum. Die ersten dreizehn habe ich überprüft, alles Landwirte. Zwei habe ich direkt erreicht, die haben eine Telefonweiterleitung aufs Handy und waren gerade mit ihren Bulldogs im Feld. Die anderen hatten entweder nur einen Anrufbeantworter oder jemand aus der Familie nahm ab. Ich habe hinterlassen, dass ich mich in den nächsten Tagen noch einmal melde. Die beiden mit der fortschrittlichen Kommunikationstechnik haben übrigens ernsthaft vor, selbst eine Biogasanlage zu bauen. So weit bin ich jetzt, Weiteres kann ich erst sagen, wenn ich mich durchtelefoniert habe.“
„Na gut, das werden Sie heute wohl nicht mehr schaffen. Wahrscheinlich müssen wir den Rest aber auch noch überprüfen. Wie viele sind es insgesamt im letzten halben Jahr?“
„Moment.“
„Mit einem raschen Blick erfasste Weber die Gesamtanzahl der Namen auf den drei DIN-A4- Blättern.
„Vierundfünfzig, und alles Männer.“
„Aha, ist ja interessant. Wo sind wohl die Frauen während der Führungen?“
„Na wo schon, im Stall natürlich. Wo sie hingehören.“
Grothe schaute Weber konsterniert an.
„Scherzle gemacht, Chef. Aber das ist wirklich erstaunlich. Man sollte meinen, dass die Damenwelt inzwischen auch die

Zeichen der Zeit erkannt hat. Biogas ist doch was für die ganze Familie."

„Schon wieder Scherzle, was, Felix?"

„Nein, im Ernst. Diese Nawaro-Technik interessiert mich schon, habe mich ein bisschen im Internet schlaugemacht."

„Nawaro?"

„Nachwachsende Rohstoffe. Das ist der Renner in Landwirtskreisen. Die drehen alle völlig durch mit den Prognosen für die Zeit nach dem Öl. Der letzte Schrei ist Rapsöl. Damit kann man angeblich reich werden, wenn man genug Anbauflächen hat. Und Sie können 2050 immer noch mit Ihrem alten Dieselbrenner fahren, Chef."

Grothe ließ sich nicht provozieren. Schon häufig war sein Hang zu der alten Technik Zielscheibe des Spotts von Kollegen gewesen.

„Nichts gegen den Daimler. Ich überlege ernsthaft, ob ich einen Rußpartikelfilter nachrüsten soll, dann ist er für die nächsten zwanzig Jahre fit. Aber Spaß beiseite, das mit der Begeisterung für diese Energiesache stimmt wirklich. Meine Turnkameraden reden ständig davon. Da geht's manchmal nur noch um Fotovoltaik, Windkraftgeneratoren und Biogasanlagen. In der Bevölkerung scheint die Sache aber noch nicht ganz angekommen zu sein. In Westerringen sollte vor zwei Jahren eine Groß-Biogasanlage gebaut werden, die größte in Bayern. Das Projekt wurde von einer Bürgerinitiative zu Fall gebracht."

„Ja, ich glaube, ich habe davon gehört."

„An dem Vorhaben waren etwa vierzig Landwirte beteiligt, die sich die Investitionen teilen wollten und die Silageanlieferungen sicherstellen sollten. Vielleicht fragen wir unseren Freund Voith mal, ob er auch dabei war. Möglicherweise war das Scheitern des Projekts der Grund dafür, dass er seine eigene Anlage gebaut hat."

„Und was fangen Sie dann mit der Erkenntnis an, Chef?"

„Ich weiß gerne genau über meine Klientel Bescheid. Eine eigene Biogasanlage ist eine andere Art von Investition als eine Beteiligung an einem Gemeinschaftsprojekt. Da werden ganz nette Summen bewegt. Und das Geld muss ja irgendwo herkommen."

„Ja, ist doch klar, dass das nur mit der Bank geht.“
„Eben, und die verlangt Zinsen. Also muss die Anlage laufen. Jeder Tag Stillstand bringt Verlust. Da ist eine Leiche im Fermenter schon ein Kostenfaktor.“
„Sie meinen, dem hat einer ein Ei gelegt?“
„Ich meine noch gar nichts, aber Sie sollten heute Abend wie gesagt die Ohren aufmachen.“
„Klar, ich freue mich schon auf den Biergarten, Claudia auch. Schon irgendwas aus München?“
„Nein, ich warte auf Antwort auf die E-Mail.“

***

11

Das Wochenende stand bevor, und Paul Coggan freute sich darauf, mit seinen Babys ein wenig Spaß zu haben. Besonders der Hubschrauber musste wieder einmal bewegt werden. Wenn ein Fluggerät länger als vier Wochen nicht geflogen oder zumindest der Motor durchgedreht wird, beginnen die Gummidichtungen porös zu werden. Die Folge ist Ölverlust – undenkbar für Paul. Seine Schätzchen mussten stets im besten Zustand sein. Die Schlacht mit Jenny hatte er schon ausgefochten und sich für Sonntag freigenommen. Er hatte ihr versprochen, mit dem R-22 aus der Luft die Herde zu begutachten und sie damit weitgehend besänftigt. Vielleicht würde er danach neben der Farm landen und versuchen, sie zu einem Mitflug zu überreden. Nur gut, dass sie nicht ahnte, was die Flugstunde mit dem Helikopter kostete. Der Robinson 22 war ein Winzling unter den Hubschraubern mit nur zwei Sitzen. Trotzdem kostete ihn eine Stunde in der Luft mindestens dreihundert Dollar. Der größte Posten im Betrieb waren die regelmäßigen technischen Überprüfungen und Wartungsarbeiten, dazu kamen Versicherung, Hangar- und Landegebühren. Paul hatte die Hubschrauberlizenz vor fünf Jahren günstig auf einem Schulhubschrauber seines Klubs erwerben können. Seitdem bot er sich und den Helikopter für Foto- und Rundflüge an, um die Kosten zu senken.

Heute war Freitag, und Paul Coggan saß vor seinem Computerbildschirm, um seinem ‚German agent' eine Nachricht zu schicken. Die Adresse hesol@web.com hatte er in seiner Adressenliste gespeichert. Die letzten Mitteilungen waren sehr vielversprechend gewesen, aber seit einer Woche hatte sich der Agent trotz mehrmaliger Nachfrage nicht mehr gemeldet. Er dachte an die Telefongespräche und die vielen E-Mails, die zwischen Neuseeland und Deutschland hin und her gegangen waren.

Nachdem er die Übersetzung des Dokuments, das er in dem Nachlass von Rosemarie Wahl gefunden hatte, erhalten hatte und die Echtheit von einem Notar überprüft worden war, waren alle Zweifel in ihm verstummt, ob es richtig war, Jenny im Unklaren über die Existenz des Schreibens zu lassen. Es

handelte sich um ein Testament, unterzeichnet am 28.02.1943 von einem Richard Voith in Langerringen. In dem Testament wurde verfügt, dass im Falle des Ablebens von Richard Voith der Hof der Familie Voith im Besitz des Sohnes Richard verbleiben, die Tochter Rosemarie aber zu fünfzig Prozent am Gewinn beteiligt werden sollte, wenn nach dem Tode des Erblassers die reichen Kiesvorkommen unter den Ländereien ausgebeutet würden. Die Erbbeteiligung sollte bis zum dritten Grade erfolgen, also die Enkel von Rosemarie einschließen. Da Jenny die einzige Überlebende der Familie war, blieben nur sie und er und die Kinder als Erben übrig.
Der Agent hieß Hermann Soltau und betrieb eine Agentur für Internationale Nachforschungen ‚Hermann Soltau International Investigations'. Paul hatte die Adressen mehrerer Detekteien in Deutschland per Suchmaschine herausgefunden und E-Mails an die Betreiber geschickt. Für Hermann Soltau hatte er sich entschieden, weil das Englisch in den Mitteilungen am korrektesten war, außerdem hatte die Webseite als einzige eine englische Übersetzung. Die Firma war in Düsseldorf angesiedelt, und er hatte in Google-Earth nachgeschaut, wo das war. Dass Düsseldorf in der Mitte Deutschlands lag und der Ort seines Interesses im Süden, war ihm gleichgültig, denn in dem Angebot, das er auf seine Anfrage erhalten hatte, stand, dass der Ort der Erkundungen ohne Belang sei und innerhalb Deutschlands preislich auch keinen Unterschied machte. Dass die Kosten für Anfragen aus dem Ausland ohnehin schon astronomisch waren, war ihm nicht bewusst, da der Agent für die Nachforschungen nur eine Stunden-Grundgebühr auswies und ansonsten auf die AGB Bezug nahm, was immer das auch heißen mochte. In regelmäßigen Abständen kamen Rechnungen per E-Mail, die er pflichtgemäß per internationaler Banküberweisung auf ein Konto in der Schweiz beglich. Sein Kontokorrent war dadurch zwar arg geschunden, aber er hatte keinen Grund, an der Lauterkeit seines Agenten zu zweifeln. Schließlich waren die Deutschen für ihre Ehrlichkeit bekannt, und die Berichte von Hermann Soltau waren fundiert und sauber verfasst. Außerdem hatte er schon einige Geschäfte über das Internet abgewickelt und immer die bezahlte Leistung oder das Geld für gelieferte Teile

erhalten. Bisher war es ihm gelungen, diese Dinge vor Jenny geheim zu halten, und das wollte er auch weiterhin tun, bis die Sache in trockenen Tüchern war.
Paul hatte die Detektei Soltau beauftragt, in dem Dorf mit dem seltsamen Namen nachzuforschen, ob sich die Bedingung für die Erbschaft erfüllt hätte. Und genau das hatte er nach drei Wochen in einer ausführlichen Mail erfahren: Das Unternehmen Kieswerke Voith prosperierte, dem Eigentümer ging es blendend, offensichtlich schwamm er im Geld. In dem Geld, das zum Teil Pauls Frau Jenny, also auch ihm, gehörte.
Im Internet hatte Paul die Webseite der Firma ausfindig gemacht und Soltaus Nachforschungen bestätigt gesehen. Die Webseite war geschmückt mit farbigen Bildern der Kiesgruben mit riesigen Baggern und Förderbändern, die den Kies in ein großes Quetschwerk füllten. Daneben standen Lastwagen mit der Aufschrift ‚Kieswerke Richard Voith'. Ein besonders großer Volvo-LKW stand auf einer in den Boden eingelassenen Wägeplattform, der Fahrer beugte sich aus der Tür und nahm von einer Frau, die vor einem kleinen Kontorgebäude stand, ein Wägeprotokoll entgegen. Darunter gab es eine Auflistung der Produkte, die das Werk lieferte. Pauls Verständnis der deutschen Sprache reichte nicht aus, um genau zu verstehen, was man dort alles bestellen konnte, aber offensichtlich ging es um Straßenbaubedarf und Kies für den Betonbau.
Paul war beeindruckt. Wenn sie etwas anpackten, die Deutschen, dann richtig, dachte er sich. In einer Mail hatte Soltau den Wert des Unternehmens auf fünfzehn bis zwanzig Millionen US-Dollar geschätzt. Vielleicht gehe ich ja mal nach Deutschland, wenn ich die Schafe satt habe, als Miteigentümer des Unternehmens mit eigenen Flugzeugen und Werksflugplatz. Paul schwelgte in Vorstellungen von Reichtum und nicht enden wollenden Geldströmen, die in seinen Taschen landeten. Den direkten Kontakt mit Richard Voith würde er aufnehmen, wenn seine Ansprüche durch einen Anwalt bestätigt waren, der sich in internationalem Recht auskannte. Auch damit hatte er Soltau beauftragt. Eine Scankopie von Vorder- und Rückseite des Testaments hatte er einer E-Mail beigefügt. Auf der Rückseite befand sich eine notarielle Beglaubigung des Dokuments. Soltau hatte alles prüfen lassen und ihm die

Kosten für die Bewertung und Bestätigung in Rechnung gestellt. Das anwaltliche Gutachten hatte er per Fax nach Neuseeland geschickt und dazu geschrieben, dass das Original per Post unterwegs sei. Das Testament war rechtsgültig abgefasst und beglaubigt und einer Anerkennung bei einem deutschen Gericht stand nichts im Wege. Der Anwalt benötigte nur noch das Original, dann könne man mit dem Verfahren beginnen.
Paul Coggan hatte die 2.560 Euro der letzten Rechnung überwiesen, aber er hatte nicht vor, das Testament per Post nach Deutschland zu schicken, dazu war es zu wertvoll. Er würde es selbst überbringen, und außerdem wollte er sich vor Ort von dem Objekt seiner Erbschaft überzeugen. Bis dahin würde er sein Pulver nicht vorzeitig verschießen und Richard Voith keine Chance lassen, sich gegen die Ansprüche zu wappnen.
Er brauchte nur noch die letzten Informationen von Soltau über den Zeitpunkt seiner Anreise und den Treffpunkt, am besten vor Ort in dem kleinen bayerischen Dorf.
„... verbleibe ich in Erwartung Ihrer weiteren Mitteilungen, herzlichst Paul Coggan“
Er klickte auf das ‚Send Mail‘ Symbol und stellte sich vor, wie die E-Mail in Datenpakete aufgeteilt um die Welt geschickt wurde. Vor zwei Jahren hatte er an einem Computerkurs teilgenommen und die Grundzüge der EDV-gestützten Betriebsführung gelernt. Bis dahin hatte er die Schafherden und die Unternehmensfinanzen noch mit Papier, Bleistift und rudimentären PC-Kenntnissen verwaltet. Mittlerweile war er ein begeisterter Internetsurfer geworden, und Ersatzteile für seine Flugzeuge bestellte er nur noch in speziellen Internetbörsen, die er auch nutzte, wenn er selbst etwas anzubieten hatte. Er wusste, dass er die Jenny ohne Probleme verkaufen könnte, wenn es nötig wäre. Das würde ungefähr die Hälfte des Preises für die Chaika bringen. Aber das kam im Moment überhaupt nicht in Frage, im Gegenteil. Die Weichen waren gestellt für eine Erweiterung seines Geschwaders. Morgen Nachmittag würde er mit Greg Szerbsky reden und den Deal klarmachen.
Er fuhr den Computer herunter und ging in die Küche, um mit Jenny und den beiden Jungen zu Mittag zu essen.

***

12

Der Mercedes 350 SL stand seit achtzehn Minuten mit offenem Verdeck und laufendem Motor vor Frankas Boutique in der Düsseldorfer Königsallee, direkt vor einem Parkverbotschild. Herbert Strehlow klopfte mit seinem Siegelring auf den Rahmen der Windschutzscheibe, im Takt mit ‚In a Gadda da Vida' von Iron Butterfly, seinem Lieblingshit aus den Siebzigern, der aus dem Kassetten-Autoradio dröhnte. Gerade war das fünfminütige Drumsolo zu Ende. Mit verklärtem Blick und halb geöffneten Lippen bewegte er den Kopf heftig vor und zurück. Er hatte die dünnen weißen Haare zu einem kurzen Zopf gebunden und trug eine breite goldene Panzerkette unter dem offenen Hemd. Der laufende Motor sollte weniger andeuten, dass er nur kurz hielt, als dass ihm die ganze Energiehysterie und die Benzinpreise egal waren. Der zweihundert PS Achtzylinder des 1973-er Benz schluckte gut und gerne fünfzehn Liter Super, wenn man ihn laufen ließ, und genau das tat Herbert Strehlow, wann immer es ging. Seine Freundin wollte in dem Geschäft ‚nur kurz was abholen'. Ihm war klar, dass es mit dem Abholen nicht getan war, und er bereitete sich gedanklich auf eine längere Modenschau in seinem Apartment vor. Das nahm er gern in Kauf, auch die Rechnung, die über seine Kreditkarte beglichen würde, denn Carina war es wert. Sie war siebenunddreißig, und da sollte man als Dreiundsechzigjähriger schon ein wenig großzügig sein. Seine Trips nach Bayern waren eine Durststrecke gewesen, einschließlich der einfältigen Landpomeranze, die er dort unterhalten musste. Also konnte er sich mit Fug und Recht wieder etwas gönnen. Die Geschäfte liefen gut, und in zwei Wochen würde er mit Carina zu einem längeren Urlaub in die Karibik fliegen. Die Tickets lagen schon in seiner Schreibtischschublade. Sie wusste noch nichts davon, aber er hatte ihr gesagt, sie solle sich bei Karla etwas ‚Leichteres' aussuchen. Er freute sich schon auf den Fummel, den er ihr dann genüsslich wieder ausziehen würde. Für sein Alter war er gut in Form. Dreimal die Woche lief er zehn Kilometer, fast ohne Unterbrechung seit seiner Bundeswehrzeit vor dreißig Jahren. Und seine Sommerbräune erhielt er sich im Winter in einem

eigenen Solarium. Mit seinen Bauchmuskeln konnte er immer noch den alten Sixpack zaubern, was Carina besonders gefiel, und auch sexuell konnte er mit ihr mithalten.
Die langbeinige Schönheit kam mit drei Tüten an jedem Arm aus der Boutique und stöckelte auf den roten Sportwagen zu.
„War gar nicht teuer, Karla hat mir einen Superpreis gemacht", flötete sie und warf die Designer-Tüten auf die schmale Rücksitzbank. „Bleibst du jetzt bei mir, oder musst du wieder weg wegen deiner Geschäfte?"
„Nein, mein Schatz, jetzt liegt erst mal nichts an."
Der SL beschleunigte mit quietschenden Reifen und heftig qualmendem Auspuff bis auf siebzig km/h und brauste auf die nächste Ampel zu, die aus einhundert Metern Entfernung mit Rotlicht grüßte.
„Heute lassen wir mal so richtig die Puppen tanzen. Zuerst zeigst du mir, was du alles Feines gekauft hast, dann machen wir es uns noch ein bisschen gemütlich, und dann gehen wir fein futtern bei Antonio."
„Gemütlich, Herbie?"
„Na klar, saugemütlich!"
Ihre langen schwarzen Haare fielen ihr vor das Gesicht, als Herbert Strehlow den schweren Wagen vor der Ampel mit einer Vollbremsung zum Stehen brachte. Augenblicklich versuchte sie, ihre Frisur mit beiden Händen zu richten und hatte dadurch keine Zeit, sich mit den Händen am Handschuhfach abzustützen. Angegurtet waren beide nicht, Herbie wollte das nicht, das würde nicht zu dem Auto passen. Als der gebaut wurde, hätte sich schließlich auch keiner angeschnallt. Sie knallte mit dem Oberkörper gegen das Armaturenbrett und fiel mit jetzt völlig derangierter Haarpracht in die Lehne zurück. Dabei wurde ihr Hals höchst unvorteilhaft nach hinten geworfen, da der Wagen keine Kopfstützen hatte. Herbert hatte sie ausbauen und die Löcher der Einschubstangen mit Chromblenden verschließen lassen. Er hasste Kopfstützen und Spoiler, und es war nicht leicht gewesen, dem 1973 Modell die klassische Form zu geben. Die einzige Konzession, die er an die neuen Zeiten machte, waren gehärtete Ventilsitzringe, die es ermöglichten, bleifreien Sprit zu tanken.
„Wenn du das noch mal machst, Herbie, dann ist nichts mit

gemütlich. Dann musst du mir neue Implantate kaufen." Sie strich hektisch ihre gefärbte Mähne nach hinten.
„Nu mach mal nicht die Welle, Karin. Kann ich doch nichts dafür, wenn du nicht aufpasst."
„Nenn mich nicht Karin, ich heiße Carina, das weißt du genau."
„Solange du mit meinem Geld einkaufen gehst, heißt du wie ich will, ist das klar?"
Sie hieß tatsächlich Karin, mit Nachnamen Krämer, und sie so zu nennen war so ungefähr das Schlimmste, was man ihr antun konnte. Als er vor einem Jahr diese Wohnung auf ihren Namen gemietet hatte, forderte er ihren Ausweis ein, um sie ‚anzumelden'. In Wirklichkeit lag der Ausweis seitdem in der abgeschlossenen Schreibtischschublade und diente als Versicherung, dass seine Freundin so lange bei ihm bleiben würde, wie er es wollte.
Als sie in dem Apartment im Düsseldorfer Stadtteil Kaiserswerth, einer besseren Wohngegend, ankamen, verzog sich Carina ins Bad, um sich einer grundlegenden Restaurierung zu unterziehen. Herbert Strehlow ging in sein Arbeitszimmer und setzte sich an den Schreibtisch vor die beiden 17-Zoll Bildschirme, die ständig eingeschaltet waren. Er hatte zwei Computer, einen nur für Internetkommunikation und einen, auf dem seine Anwendungsprogramme liefen, unter anderem hochwertige Grafikprogramme, mit denen er beeindruckende Bilder und Animationen produzieren konnte. Die Kenntnisse hatte er sich mit den Jahren in Kursen und intensiver Internetnutzung angeeignet. Er war in der Lage, in Netzwerke und Home-PCs einzudringen, wenn die Nutzer dumm genug waren, ihre Systeme nicht mit den neuesten Schutzprogrammen abzusichern. Gerade diese Fertigkeiten und die Kenntnis der Sicherheitslücken, die es in jedem System gab, hielten ihn davon ab, die beiden Computer zu vernetzen. Stattdessen tauschte er Daten nur mit Memory-Sticks aus, von denen er immer mindestens zwei mit sich herumtrug. Diese winzigen Datenträger hatten mittlerweile so viel Speicherplatz, dass er die wichtigsten Programme, die nicht mehr auf einer Festplatte installiert werden mussten, vom Stick aus starten konnte. So war er auf seinen Reisen nicht auf einen Laptop

angewiesen, der immer eine potenzielle Quelle für Ärger war, sondern konnte von Internetcafés vollkommen anonym seine Geschäfte betreiben.
Er rief seine E-Mails ab und fluchte. Dieser Typ in Neuseeland begann, ihm auf die Nerven zu gehen. Jetzt wollte er auch noch herkommen! So viel war aus dem sowieso nicht herauszuholen gewesen, und außerdem hatte er Auslagen gehabt. Es wurde Zeit, dass er sich unsichtbar machte.

***

13

96 – 32,5 – 146 – 38; Torsten Grothe drückte noch einmal die Taste auf seinem Fahrradcomputer. Trittfrequenz, Durchschnittsgeschwindigkeit, Puls, Momentangeschwindigkeit – alles perfekt. Um neun hatte er sich mit zwei Freunden aus Schwabmünchen und Großaitingen vor dem Feuerwehrhaus in Mittelstetten bei Schwabmünchen getroffen, wie sie es seit fünf Jahren von April bis Oktober fast jeden Sonntag taten, und dann waren die drei bei Kaiserwetter zu einer 130-km-Tour in die Stauden, eine bewaldete Hügelkette südwestlich von Augsburg, aufgebrochen. Sie würden etwa vier Stunden unterwegs sein. Dank der häufigen Fahrten in die Arbeit hatte er in diesem Jahr schon 4.600 Kilometer im Rennsattel hinter sich gebracht und fühlte sich gut in Form. Bis Ende Oktober hoffte er auf weitere fünfhundert bis achthundert Kilometer. Im Winter betrieb er Skilanglauf, und im Frühjahr gönnte er sich mit den Freunden aus der Fahrradsparte als Saisonauftakt eine Woche mit dem Rennrad auf Lanzarote.
Die drei hatten sich warm gefahren und kurbelten jetzt dem Aufstieg nach Maria Vesperbild entgegen. Der Anstieg war zwar nicht besonders lang, aber von Osten her mit zwölf Prozent unangenehm steil, und deshalb wechselten sie sich im Belgischen Kreisel bei der Führungsarbeit im frischen Morgenwind ab, um bis zum Fuß des Bergs Kraft zu sparen. Jeder vertraute dem anderen, und deshalb hatte niemand Bedenken, bei achtunddreißig Stundenkilometern bis auf zehn Zentimeter an das Hinterrad des Vordermannes heranzufahren. Grothe war völlig entspannt. Sein Tritt war rund, mit den in den Click-Pedalen fixierten Füßen beschrieb er einen gleichmäßigen Kraftkreis. Die Fußspitzen hoben und senkten sich im Tretzyklus, der Hintern schmerzte schon lange nicht mehr wie noch beim Saisonbeginn. Seine Lungen füllten sich willig mit der nach frischem Heu und Wald schmeckenden Luft und er hatte das Gefühl, dass sein Kopf mit jedem Atemzug klarer wurde – das körpereigene Endorphin tat seine euphorisierende Wirkung. Er dachte an das, was er gestern von Felix Weber erfahren hatte. Der junge Kommissar hatte ihn noch am Samstagvormittag angerufen, um zu berichten, was er im Dorfgasthof

herausgefunden hatte. Der Besuch war ein Volltreffer gewesen.
Weber und seine Freundin hatten sich im Biergarten an einen Tisch neben ein paar ältere, offenbar ortsansässige Männer gesetzt. Sie hatten jeder ein dunkles Weizen und ein Paar Geschwollene mit Kraut bestellt und einfach zugehört, was die Dorfältesten zu ‚dera Leich' zu sagen hatten. Wie bei solchen Zusammenkünften üblich, dauerte es nicht lange, bis auch das übrige Dorf einer eingehenden Betrachtung unterzogen wurde. Ein gänzlich ortsfremder Zuhörer hätte davon nicht viel verstanden, denn die Unterhaltung lief in dem dorftypischen Dialekt ab, der sich in seiner Urständigkeit noch erheblich von dem abhob, was Torsten Grothe von Richard Voith zu hören bekommen hatte. Da Felix Weber in Augsburg aufgewachsen war, konnte er den Gesprächen bis auf einige landwirtschaftliche Fachausdrücke gut folgen.
„Offensichtlich hat der Voith nicht nur Freunde", hatte Weber berichtet. Das war Grothe schon bekannt, allerdings aus seinem Wohnort.
„Besonders mit der Wechsler gab es immer wieder Ärger, wenn nicht wegen der Biogasanlage, dann wegen Stallneubauten nahe der Grundstücksgrenze, die nicht mit ihr abgesprochen waren und so weiter. Einmal hat sie ihn sogar verklagt, weil er angeblich Maissilage aus einem ihrer Feldsilos gestohlen und in seine Anlage gefüllt hat. Die Sache wurde allerdings wegen Geringfügigkeit eingestellt. Die Wechsler ließ aber nicht locker und zuletzt posaunte sie im Dorf herum, dass sie etwas ganz Großes gegen Voith in der Hand habe und ihn mit seiner Biogasanlage fertigmachen wolle. Was das sein sollte, wussten die Stammtischler allerdings auch nicht. Das letzte Mal wurde sie vor etwa zwei Wochen gesehen, als sie mit einem Typ im offenen Wagen herumfuhr. Wo sie sich im Moment aufhält, scheint im Dorf niemand zu wissen."
An der Stelle hatte Grothe gestutzt. Offenbar war etwas an Voiths Vermutung hinsichtlich des Liebhabers. Er fragte, ob über Karl Wechsler gesprochen worden sei. Das war zumindest nicht unwahrscheinlich. Wie er aus eigener Erfahrung wusste, wurde bei den Stammtischgesprächen ein Thema immer erschöpfend behandelt. Irgendjemand wusste stets

irgendetwas, was noch nicht gesagt wurde. Und irgendjemand wurde immer ‚ausgerichtet', wie das Weitergeben von Klatsch und Tratsch genannt wurde.
„Nichts Besonderes, er hält sich aus den Streitereien mit Voith heraus. Offenbar hat er daheim nicht viel zu melden. Die Ehe ist wohl ziemlich im Eimer. Einer der Stammtischbrüder wusste, dass ihm an dem Hof nichts gehört. Sein Geburtsname ist Eberle, kommt aus der Gegend um den Bodensee, so genau wusste das keiner. Wenn die Wechsler es will, dann schmeißt sie ihn raus und er muss mit dem über die Runden kommen, was er bei Osram verdient und was sie ihm übrig lässt. Sie scheint von dem Verpachten von Ackerland ganz gut leben zu können, besonders seitdem immer mehr Flächen für den Maisanbau für die Biogasanlagen benötigt werden."
In Grothe arbeitete es. Er dachte daran, dass Karl Wechsler morgen nach der Frühschicht zur Identifikation der Kleidung ins Präsidium einbestellt war. Die Vermutung, dass es sich bei der Leiche um Kerstin Wechsler handeln könnte, war bisher nur genau das – eine vage Vermutung. Bei dem Anruf am Freitagmittag hatte Karl Wechsler allerdings einen Moment gezögert, bevor er bestürzt fragte, was er denn mit der Kleidung der Leiche zu tun hätte. Die kleine Pause hatte Grothe bestärkt, Wechsler nicht mit der üblichen Bemerkung ‚reine Routinesache' abzuspeisen. Er hatte ihm gesagt, dass man ausschließen wolle, dass es sich bei der Toten um seine Frau handeln könnte. Daraufhin hatte Wechsler nur ruhig geantwortet, dass er am Montag um vierzehn Uhr im Präsidium sein würde.
Martin Freund, der im Moment die Dreiergruppe anführte, verschärfte das Tempo. Die Strecke verlief leicht abschüssig, und Grothes Computer zeigte dreiundvierzig km/h. Gleich war er an der Reihe mit Führungsarbeit. Der Wind kam von rechts vorne, und er schob sich eine Handbreit links neben Martins Hinterrad. Der Tretaufwand wurde dadurch wesentlich verringert. Martin scherte zum Führungswechsel nach links aus, und Torsten Grothe, der sich noch immer fragte, was wohl die kleine Pause vor Karl Wechslers Antwort zu bedeuten hatte, verstärkte den Druck auf die Pedale. Er musste das Tempo nun allein halten, im Wind stehen, die anderen

anführen. Er spürte ein kurzes Vibrieren im Vorderrad, als er das Hinterrad von Martins Francesco-Moser Renner berührte. Ein flüchtiges Streifen nur, aber genug, um ihn aus dem Gleichgewicht zu bringen. Sein Lenker wurde nach links gestoßen, und sein Schwerpunkt verschob sich ungewollt nach rechts. Instinktiv zog er mit der rechten Hand die Hinterradbremse. Sein Vorderrad entfernte sich von Martins Hinterrad und er schnürte wie auf einer Schiene nach rechts, in Richtung Straßengraben, getrieben von dem aus der Flucht gebrachten Schwerpunkt. Er versuchte gegenzulenken, aber die Störung des Kräftegleichgewichts war zu stark. Nachdem er den Asphaltrand der Straße passiert hatte, tauchte er in den daneben befindlichen Graben ab. Auf dem Grund des Grabens stand brackiges, braunes Wasser, in das Grothes Vorderrad nun einstach, um unmittelbar darauf im weichen Boden stecken zu bleiben. Der Überschlag war unvermeidbar, und er flog über den Lenker, nachdem sich seine Füße gewaltsam aus den Pedalbindungen gelöst hatten. Die Landung in dem schmutzigen Wasser bekam er fast nicht mit, so sehr war er mit der Angst beschäftigt, sich verletzen zu können. Als er bis zum Hals in dem nur knietiefen Drainagewasser lag, suchte er nicht nach einer Erklärung für das Missgeschick. Der Grund war ihm klar – er war unkonzentriert gewesen. Ein kurzer Test der Extremitäten zeigte ihm, dass wohl nichts gebrochen war, aber ein stechender Schmerz in der linken Schulter ließ ihn zusammenzucken. Er stand auf und stieg aus dem Graben auf die Straße, seine Radfreunde hatten inzwischen sein Fahrrad geborgen und den verzogenen Lenker gerichtet.
„Genial Torsten, vielleicht zeigst du uns bei Gelegenheit, wie du das gemacht hast. Der Abflug war filmreif."
Charly Stegmann war bekannt für seine direkte Art, aber Grothe staunte immer wieder über die Ironie, die er selbst in einer solchen Situation aufbrachte. Er hätte ihm am liebsten eine runtergehauen, stellte sich dann aber vor, was er gesagt hätte, wenn es Charly erwischt hätte. Er wusste, dass die Freunde ihn kommentarlos versorgt hätten, wenn wirklich etwas Schlimmeres passiert wäre. Er richtete sein tropfnasses Trikot und stieg aufs Rad. Die Schulter schmerzte nun stärker und der linke Arm wollte sich nicht recht anlegen lassen. Die

Tour war für ihn auf jeden Fall beendet, und er fragte sich, wie er es bis daheim schaffen würde. Er verabschiedete sich von seinen Freunden und machte sich auf den Heimweg nach Kleinaitingen. Die Fahrt war mühsam, da er den linken Arm mit einer Schlinge aus einem Dreiecktuch, das er immer dabeihatte, hochgebunden hatte. Trotzdem wurde der Schmerz langsam unerträglich, und deshalb bog er unterwegs ab zum Krankenhaus Bobingen, das nicht weit von seiner Strecke lag. Mit dem Handy, das er seit einiger Zeit bei seinen Radtouren dabei hatte, informierte er seine Frau Monika und bat sie, nach Bobingen zu kommen. Er wusste, dass es dort einen orthopädischen Ambulanzdienst gab. Nachdem er sein Fahrrad neben dem Eingang abgestellt hatte und vom Pförtner in den ersten Stock geschickt worden war, meldete er sich bei der diensthabenden Schwester und erklärte ihr sein Missgeschick. Nach den üblichen Präliminarien, deren wichtigste die Frage nach der Patientenkarte war, ergab eine erste Untersuchung eine Luxation des Schultergelenks, und der untersuchende Arzt fackelte nicht lange. Er fragte Grothe, ob er eine örtliche Betäubung wünschte. Grothe fragte wofür, er hätte doch schon starke Schmerzen. Schlimmer könne es doch wohl kaum kommen. „Reposition“, war die wenig aufschlussreiche Antwort. Das sei so etwas wie Einrenken, nur viel medizinischer und daher erfolgversprechender. Das müsse allerdings sofort geschehen, um Schäden an den Rotatorenmuskeln und den Nerven zu vermeiden. Natürlich würde Grothe sich vor der Schwester und dem Arzt keine Blöße geben. Mit einem gemurmelten „Da haben wir schon Schlimmeres durchgestanden“, überließ er sich dem Verlauf der Behandlung. Er wurde auf den Rücken gelegt und der Arzt stellte seinen unbeschuhten Fuß in seine Achsel. Er packte seine linke Hand und begann daran zu ziehen. Dabei sagte er etwas von „Hippokrates“ und „schon seit dreitausend Jahren“ und „Erfolgsquote von neunzig Prozent“. Was folgte, raubte ihm fast das Bewusstsein. Der Schmerz war überwältigend. Grothe schrie auf, er hatte das Gefühl, der Arm würde ihm ausgerissen. Das Toben in seiner Schulter ebbte allerdings rapide ab, und nach zwei Minuten war es wieder erträglich. Nach einer Röntgenkontrolle wurde der Arm mit einer Bandage fixiert. Grothe

wurde mit dem Hinweis entlassen, in zwei Tagen wieder zu erscheinen, um den Zustand der Schulter prüfen zu lassen. Bei Schmerzen sollte er sich unverzüglich vorstellen. Die Ruhigstellung würde mindestens drei Wochen dauern. Inzwischen war seine Frau eingetroffen. Als sie ihn sah, fragte sie nur: „Ist etwas gebrochen?“, und als der Arzt verneinte, hellte sich ihre Miene sichtbar auf. Sie hatte vorsichtshalber einen Kulturbeutel mit den wichtigsten Utensilien für einen Krankenhausaufenthalt mitgebracht. Die Befürchtung, dass ihr Mann dort bleiben würde, kam nicht von ungefähr. Schon öfter hatte sie miterlebt, dass gemeinsame Freunde wegen Fahrradunfällen für mehrere Wochen ausgefallen waren. Da Torsten Grothe das Rennrad nicht mit einer Hand in den Kofferraum laden konnte, musste sie mit anfassen, was prompt mit einem hässlichen Kettenschmierefleck auf ihrem Sonntagskleid endete. Das belastete die ohnehin gespannte Stimmung, und auf der Heimfahrt machte sie ihrem Ärger Luft.
„Ich habe es kommen sehen.“
„…“
„Ich habe immer gesagt, dass so etwas irgendwann passiert!“
„Ja, ich weiß, mein Schatz.“
„Hör auf mit mein Schatz. Du hast es ja nie hören wollen, diese Raserei ist doch hochgradig gefährlich. Du kannst von Glück reden, dass du nicht mit dem Kopf aufgekommen bist. Diese Schaumstoffeierschalen halten doch nichts ab. Hoffentlich ist dir das Ganze eine Lehre!“
Grothe sagte nichts, um das Gespräch nicht eskalieren zu lassen. Natürlich wusste seine Frau, dass die Fahrradhelme sehr wohl einiges aushielten. Gerade bei dieser Art von Stürzen boten sie besten Schutz. Nicht umsonst hatte auch sie immer darauf bestanden, dass ihre Kinder Helme aufsetzten. Bis sie zwölf Jahre alt wurden, war ihr das auch gelungen. Danach hatten die Eltern den Argumenten „Absolut uncool“ und „Die anderen müssen das auch nicht“ nichts mehr entgegenzusetzen und hatten sich dem fortwährenden Genörgel ergeben. Monika Grothe war von dem Hobby ihres Mannes nicht begeistert, und nun hatte sich ihre Prophezeiung bewahrheitet. Bessere Munition gegen das Rennradfahren gab es nicht, und

ihr Mann hatte sie selbst geliefert! Sie schwamm sichtbar auf einer Woge des Triumphes, und Torsten Grothe war klug genug, sie diesen Erfolg auskosten zu lassen. Er wusste, dass sich Monika im Grunde mehr um ihn sorgte, als sie jetzt zeigen konnte. Spätestens daheim würde sie von ihrer harten Tour herunterkommen und sich um ihn kümmern. Vielmehr beunruhigte ihn der Gedanke, dass er jetzt für mindestens vier Wochen nicht mehr trainieren konnte. Dabei war die Saison hervorragend gelaufen. Er war objektiv in Bestform, aber er wusste, dass selbst eine Pause von nur zwei Wochen den Trainingszustand fast zunichte machen konnte. Bis er wieder fahren könnte, würde die Saison fast beendet sein, und er würde traurig vor den Resten seiner Kondition stehen. Andererseits – was für eine Art von Befriedigung war das eigentlich, die sich in so kurzer Zeit in Frust verwandeln konnte? Vielleicht sollte er den Stellenwert überdenken, den diese Passion in seinem Leben einnahm.

Nach der Ankunft im Grothe'schen Eigenheim machte Monika sich ans Mittagessen, und Grothe legte sich auf die Dreisitzercouch im Wohnzimmer, seinen Lieblingsplatz für verregnete Sonntagnachmittage und süß verschlafene Fernsehschinken aus den Fünfzigern, die seine Frau liebte. Die Schulter schmerzte höllisch, und er fragte sich, wie lange er es ohne die vom Arzt mitgegebenen Schmerztabletten aushalten würde. Grothe verabscheute chemische Medikamente und zögerte deren Einsatz so lange wie möglich hinaus. Schoko, Kater und fünftes Familienmitglied, kam schnurrend durch die offene Terrassentür und kletterte auf seinen Bauch. Grothe streichelte ihn hinter den Ohren, was das Schnurren verstärkte und zu einem angenehm warmen Vibrieren in seinem Magen führte. Den Blick auf die Zimmerdecke geheftet, kehrte er zu der kritischen Betrachtung seines Sportes zurück, konnte sich aber nicht zu einer konsequenten Beurteilung durchringen. Eigentlich wusste er genau, dass diese Gedanken verfliegen würden wie Odelgeruch im Frühlingswind, wenn er erst wieder die schmalen Reifen seines Renners unter sich surren hörte.

***

14

Der Rumäne war etwa fünfundvierzig Jahre alt und sah aus wie einer der Saisonarbeiter, die auf dem Gemüsehof südlich von Langerringen zur Erntezeit malochten. Allerdings trug er einen dunklen Nadelstreifenanzug mit Krawatte, der in starkem Kontrast zu seinen dunklen und groben Gesichtszügen stand. Richard Voith hatte sofort an der Redlichkeit des Mannes gezweifelt, was er aber billigend in Kauf nahm. Sie saßen im 7-er BMW des Rumänen, der mit Exportnummernschildern versehen war. Auf dem Rücksitz saß der Arbeiter, der den Kontakt mit dem Rumänen hergestellt hatte. Der Mann am Steuer hatte das Päckchen, das Richard Voith ihm gegeben hatte, ausgewickelt und betrachtete die kleine bronzene Statue darin eingehend. Dann reichte er sie nach hinten auf den Rücksitz, wo der junge Mann sie von allen Seiten mit einer Lupe begutachtete. Nach fünf Minuten reichte er die Figur nach vorne und sagte einige Worte auf Rumänisch. Der Mann auf dem Fahrersitz drehte sich zu Voith:

„Du noch mehr sowas?"

Der Akzent des Mannes war hart und klang unfreundlich. Voith hatte die Frage erwartet und lächelte vielsagend.

„Vielleicht, kommt auf den Preis an."

Die Selbstsicherheit war Fassade, in Wirklichkeit fühlte er sich nicht wohl in seiner Haut. Der Rumäne war nicht gerade das, was er sich als Geschäftspartner vorstellte. Voith war allein, und in den Wagen des dunkelhaarigen, mit protzigem Goldschmuck behängten Mannes zu steigen war schon ein Risiko. Er musste auf der Hut sein. Außerdem wusste er, dass das, was er hier tat, im schlechtesten Falle mit Gefängnis bestraft würde, aber das schreckte ihn nicht mehr, nach all dem Schlamassel, in dem er ohnehin schon steckte.

„Tausend", sagte der Rumäne und nahm den Blick nicht von der kleinen Statue, die er in der Hand hielt. Voith schaute ihn mit unverhohlener Missachtung an und sagte:

„Ich weiß genau, dass das Ding mehr wert ist. Mindestens fünftausend. So viel wird auf dem Kunstmarkt dafür gezahlt."

„Du nix Zertifikat. Tausend!"

Das stimmte, offensichtlich kannte der Mann sich aus. Ein Zertifikat hatte er nicht, und er würde auch bestimmt keines bekommen. Denn die Statue stammte aus dem Fund, den er in seiner Baugrube gemacht hatte und eigentlich beim Bayerischen Landesamt für Denkmalpflege hätte melden müssen. Es war eine kleine Reiterfigur aus einer römischen Grabbeigabe. Das Pferd fehlte, aber der Fund war ein Jahrhunderttreffer, das wusste er. Die archäologischen Fundstätten um die Via Claudia waren bekannt und kartographiert. Trotzdem kam es immer wieder vor, dass man bei Bauarbeiten auf Gegenstände aus der reichen Vergangenheit des Lechfeldes stieß. Meist waren es Funde von geringerem materiellem Wert aus prähistorischer Zeit. Das Gebiet zwischen Lech und Wertach war seit Jahrtausenden Siedlungsgebiet und oftmals Schauplatz von militärischen Begebenheiten gewesen. Römische Truppen waren auf dem Weg in die nördlichen Provinzen hier durchmarschiert, die Schweden hatten unter der Bevölkerung Angst und Schrecken verbreitet, die ‚Schlacht auf dem Lechfeld' im Jahre 955 und der darin siegreiche Bischof Ulrich war Bestandteil des Heimatkundeunterrichts, und in jüngerer Geschichte war die Ebene südlich von Augsburg von napoleonischen Truppen als Aufmarschgebiet genutzt worden. Seit Beginn des letzten Jahrhunderts diente die weitläufige Fläche westlich des Lechs zunächst als Artillerieübungsgelände und später bis in die heutige Zeit als Militärflugplatz.
„Tausendfünfhundert." Voith versuchte, bestimmt zu klingen, was ihm aber nur teilweise gelang. Er wollte aus diesem Auto heraus. Als Landwirt war er zwar an diverse Gerüche gewöhnt, der Mann stank jedoch unangenehm nach einer Mischung aus Schweiß, Knoblauch und aufdringlichem Rasierwasser.
„Tausendzweihundert. Und nur wenn du bringst mehr!"
Richard Voith nickte. Der Rumäne zog eine buchdicke Brieftasche aus seinem Jackett und zählte drei Scheine ab, die er Voith in die Hand legte. Der zählte nach und sagte:
„Das sind elfhundert. Da fehlen hundert Euro!"
„Nix fehlen! Ist für dein Freund."
Der Rumäne nahm einen weiteren Hunderter aus der Brieftasche und reichte ihn nach hinten. Der junge Mann auf dem Rücksitz schnappte sich den Schein und ließ ihn blitzschnell

verschwinden. Voith knurrte, schob das Geld in seine Arbeitshose und griff nach dem Türöffner.

„Du nix vergessen. Mehr bringen oder ich zu dir kommen!"

Die Aussicht war alles andere als verlockend. Voith hätte nicht gewusst, wie er die Anwesenheit eines solchen Menschen auf seinem Hof seiner Frau erklären sollte.

„Mittwoch gleiche Zeit, sonst Donnerstag ich kommen zu dir mit Sergiu."

Er wies mit dem Kopf auf den Mann auf dem Rücksitz. Sergiu war einer der Landarbeiter auf der Gemüseplantage. Voith kannte ihn von einem Tennenfest, wo er sich mit dem jungen Mann unterhalten hatte. Sergiu kam aus Temesvara und sprach gut Deutsch. Er hatte seine Kindheit mit einem rumäniendeutschen Nachbarsjungen verbracht und finanzierte mit der Erntearbeit sein Archäologiestudium in Bukarest. Voith hatte sich an das Gespräch erinnert und war zu dem Gemüsebauern gefahren. Als Vorwand für seine Bitte, den jungen Mann zu treffen, hatte er angegeben, dass er einen günstigen Arbeiter mit Deutschkenntnissen für seine Biogasanlage suche. Aus dem Fernsehen wusste Voith, dass es in Rumänien schon fast ein Volkssport war, mit Metallsuchgeräten auf Schatzsuche zu gehen. Die Funde, meist aus der Zeit der Skyten, wurden dann über Zwischenhändler auf dem internationalen Schwarzmarkt verhökert und verschwanden nicht selten nach einem astronomischen Preisanstieg in den Privatsammlungen von osteuropäischen Politikern oder selbsternannten westeuropäischen ‚Kunstmäzenen'. Auf Voiths Frage, ob er jemand kenne, der sich für römische Kunstgegenstände interessiere, hatte Sergiu nach kurzem Zögern geantwortet, dass es in Bukarest großzügige Förderer gäbe, die den Studenten kleinere Fundstücke aus Studiengrabungen abkauften und so gewissermaßen für ‚Privatstipendien' sorgten. Er könne da durchaus einen Kontakt herstellen. Vor einer Woche hatte er Voith auf dem Handy angerufen und ihm mitgeteilt, wann und wo er einen dieser Kunstförderer treffen könne. Für das erste Geschäft hatte Voith die kleine Figur gewählt, die er zunächst sorgfältig reinigte und dann in ein Silberpoliertuch wickelte, das er im Wohnzimmerschrank beim guten Besteck gefunden hatte.

Voith stieg aus dem Wagen und ging zu seinem Peugeot, den

er weiter hinten auf dem Waldweg geparkt hatte. Der Weg machte kurz nach dem Straßenabzweig eine Biegung und war dahinter nicht mehr einsehbar. Nach dem Einsteigen holte er die Scheine aus seiner Tasche und überschlug im Kopf, wie viel ihm die restlichen Stücke bringen würden. Die übrigen Fundstücke waren nicht so groß und zum großen Teil auch beschädigt, darunter einige Münzen. Für seinen Traum, die Kilimandscharobesteigung, würde es allemal reichen. Allerdings würde er beim nächsten Mal höher pokern, offensichtlich war der Rumäne ja scharf auf die Stücke. Außerdem musste er zunächst das wieder hereinholen, was ihm Kerstin Wechsler abgepresst hatte. Er machte sich auf den Heimweg, der Rumäne war schon verschwunden. Seine Frau glaubte ihn beim Frühschoppen, und er musste bis zwölf Uhr daheim sein, wenn das sonntägliche Essen auf dem Tisch stand.

***

15

Den Vorsatz, auf Schmerzmittel zu verzichten, hatte Torsten Grothe schon in der Nacht brechen müssen. Doch trotz der zwei Paracetamol hatte er nur sehr schlecht geschlafen, weil er sich nicht auf den mit dem Verband fixierten Arm legen konnte. Bei jedem Umdrehen war er vor Schmerzen aufgewacht. Er spülte zwei Aspirin mit dem Kaffee hinunter und bekam einen weiteren Vorgeschmack davon, wie es sein würde, auf eine Hand zu verzichten. Der Toast auf seinem Teller bestand zum größten Teil aus Löchern, nachdem er versucht hatte, ihn durch Druck mit dem Messer festzuhalten und gleichzeitig mit Butter zu bestreichen. Seine Frau schaute sich das Drama eine Weile an, bevor sie mit kraus gezogener Stirn eingriff. Ihr Ärger über Grothes Unfall hatte sich in der Nacht zwar nicht in Luft aufgelöst, aber sie war bereits gnädig gestimmt gewesen, als sie sah, wie er sich bei der Morgentoilette abmühte.

„Glaubst du wirklich, dass es eine gute Idee ist, in die Arbeit zu gehen? Deine Kollegen machen doch auch bei jeder Kleinigkeit blau. Außerdem kannst du doch so nicht Auto fahren."

„Also Monika, ich weiß wirklich nicht, wie du darauf kommst. Blaumachen können wir uns schon lange nicht mehr leisten bei der Unterbesetzung."

Grothe war sichtlich entrüstet.

„Ich lasse mich von einem Kollegen aus Schwabmünchen mitnehmen."

„Kommst du dann wenigstens pünktlich? Ich könnte mal wieder was Italienisches machen. Zum Beispiel den Thunfisch-Sugo aus dem Kochbuch, das Verena dir geschenkt hat, dazu die Fliegennudeln."

Sie meinte Farfalle. Die Familie hatte eine besondere Art, Dinge des täglichen Lebens zu umschreiben, die noch aus der Zeit stammte, als die Kinder klein waren und ihre eigenen Begriffe erfanden, die den Grothes oftmals viel besser gefielen als die korrekten Bezeichnungen. So war ein Schreibgerät jeglicher Art ein ‚Bleischiff', der Mercedes hieß ‚Tombi' und die ‚Vandalen' wurden im Sommer an den Füßen getragen.

Grothe selbst hatte vor einiger Zeit angefangen, für seine

Familie zu kochen. Die Bemühungen waren zwar nicht immer von Erfolg gekrönt, aber er lernte gerne dazu und hatte sich bereits eine kleine Sammlung von Kochbüchern angelegt, die bei passenden Gelegenheiten von Freunden und Familienmitgliedern per Geschenk erweitert wurde.
„Das wäre schön. Ich versuche, bis um sechs daheim zu sein."
Der Abschiedskuss vertrieb die letzten Befürchtungen, dass Monika ihm noch böse sein könnte. Draußen wartete der Kollege aus der Wirtschaftskriminalität mit offener Tür.
Im Büro wartete Weber mit offenem Mund und einem Ausdruck aus dem E-Mail Postfach.
„Hey, was ist denn das? Hatten Sie Elchkontakt?"
Er deutete auf den weißgrauen Fixationsverband an Grothes Arm.
„Sehr komisch, Felix. Das ist eine Luxation mit anschließender Reposition infolge eines Betriebsunfalls beim Belgischen Kreisel."
„Aha, geht's auch ein bisschen weniger kryptisch?
„Also, die Schulter war ausgerenkt, wurde wieder eingerenkt, und passiert ist das Ganze gestern beim Radfahren. Und der Belgische Kreisel ist eine Kunst, eine Methode, den Wind zu überlisten. Heißt Kreisel, weil man sich bei Radrennen in der Führungsarbeit kreiselförmig abwechselt und belgisch, weil in Belgien der Wind nicht durch große Waldgebiete oder Berge gebremst wird und man sich dort deshalb so etwas ausgedacht hat."
„Scheint ja gefährlich zu sein."
Grothe lachte.
„Nicht wenn man es richtig macht. Aufpassen sollte man allerdings. Und genau das habe ich einen Moment lang nicht."
„Darauf habe ich ja schon lange gewartet."
„Hören Sie bloß auf, die Predigt habe ich schon von meiner Frau bekommen. Außerdem ist es ja nur der linke Arm."
Die Bemerkung kam ihm selbst reichlich albern vor. Vor seinem geistigen Auge tanzte eine Toastbrotscheibe mit riesigen Löchern darin. Er setzte sich hinter den Schreibtisch und ließ sich vorsichtig in die gefederte Rückenlehne seines Drehstuhls sinken.

„Und was haben Sie da?“
„Das ist der ausführliche Bericht von Dr. Schneider. Er hat ihn an Ihre und meine Adresse geschickt. Komisch, hat er doch sonst nicht gemacht.“
Grothe hatte den Rechtsmediziner in der letzen Mail gebeten, die Berichte in Zukunft auch an seinen Kollegen zu senden, als weiteren Gunstbeweis für Felix Weber. Er lächelte nur und fragte:
„Und was steht drin?“
„Wollen Sie denn nicht selbst lesen?“
„Mir reicht eine kurze Zusammenfassung.“
Grothe hatte keine Lust auf langwierige medizinische Erklärungen.
„Also gut. Es hat wohl noch einige Erkenntnisse gegeben. Auf jeden Fall ist der Bericht in verschiedenen Punkten ergänzt worden.“
Weber hatte einige Stellen im Bericht mit gelbem Textmarker hervorgehoben.
„Also, der Stoff im Magen der Leiche ist eine organische Phosphorverbindung, der Zusammensetzung nach identisch mit einem Stoff namens Methamidophos. Ich habe herausgefunden, dass er unter anderem von Bayer für die Produktion hochwirksamer Pflanzenschutzmittel verwendet wird. Nach Herstellerangaben ist der Wirkstoff in mindestens zwei Fabrikaten enthalten: Metasystox und Tamaron, und Tamaron ist eines der Mittel, die Sie bei Voith gesehen haben.“
Weber machte eine Pause und schaute Grothe in Erwartung eines Kommentars an. Grothe hatte sich sofort an den Namen erinnert, die Liste hatte er immer noch im Kopf. Eine der Mnemotechniken, die er sich angeeignet hatte, war das Einbauen von Begriffen in Geschichten oder kurze Gedichte. Zu den Mitteln hatte er sich spontan einen kleinen Werbespruch einfallen lassen, nicht besonders originell, wie er sich selber eingestehen musste, aber allemal nützlich zum Wiedererinnern.
„Ob bei Rüben oder Mohn – nimm Goldix oder Tamaron.“
„Gut, ein Indiz. Vorausgesetzt, das Gift stammt aus Voiths Lager, ist damit noch nicht gesagt, dass es jemand aus seiner Familie oder er selbst benutzt hat.“
Er musste daran denken, wie stolz Voith auf seine Giftküche

war. Ein Mörder würde wohl kaum auf die Art und Weise der Aufbewahrung seines Tötungswerkzeugs hinweisen.
„Wogegen genau sind denn die Mittel?"
„Sie werden in der frühen Wuchsphase gegen Schädlinge eingesetzt, Tamaron wirkt zum Beispiel gegen Blattläuse bei verschiedenen Nutzpflanzen. Der Zeitpunkt der Ausbringung hängt vom Wachstumsstand der Nutzpflanze ab, sollte aber möglichst früh gewählt werden, damit sich der Giftstoff bis zur Ernte verliert. Metasystox ist seit einiger Zeit nicht mehr im Sortiment, wird aber noch im Gartenbau eingesetzt."
Grothe musste an die Worte von Richard Voith denken: „Mia wolln des doch it essa, oder?" Genau das war es, was einigen Umweltschützern schon jetzt Sorgen machte. Der verstärkte Anbau von Nutzpflanzen, die nicht mehr in die Nahrungskette gelangen, könnte zum weiteren Einsatz von Pflanzenschutzmitteln führen, deren Rückstände sich dann im Boden ansammeln und über lange Zeit dort bleiben würden. Am einfachsten wäre es, auf genveränderte Getreidesorten umzusteigen, die keine Pflanzenschutzmittel mehr benötigten. Das allerdings wäre den Umweltschützern ein noch größeres Gräuel. Bis jetzt war der Anbau von Genmais bis auf kleinere Versuchsflächen in Deutschland untersagt, aber es war ein offenes Geheimnis, dass besonders die Betreiber von Biogasanlagen auf die Freigabe warteten, um die Erträge ihrer Flächen zu steigern und die Kosten zu senken.
Weber verlas noch einige Angaben aus den Herstellerinformationen, die er aus dem Internet heruntergeladen hatte. Grothe hörte aber nur mit halbem Ohr zu. Er dachte an Richard Voith, den die Feststellung des Spritzmittel-Wirkstoffs trotz aller Vorbehalte belastete.
„..., wobei interessant ist, dass das Gift nicht bis in den Darm gelangt, sondern im Magen verblieben ist."
Grothe versuchte sich zu konzentrieren.
„Soll heißen, dass der Tod eingetreten sein muss, bevor der Stoff in den Darm aufgenommen wurde. Das ist allerdings bei vielen schnell wirkenden Giften der Fall. Was schreibt er denn über die Toxizität des Mittels?"
„Nichts, aber ich habe mal bei Google nachgeschaut."
Grothe war froh, dass Weber nicht „ausgegooglet" sagte. Er

hasste dieses eingedeutschte Computerkauderwelsch. Begriffe wie ‚anmailen' oder ‚simsen' waren ihm zuwider. Er war zwar kein Verfechter der ‚reinen' deutschen Sprache, wenn es denn so etwas überhaupt gab, aber im Gespräch mit seinen eigenen Kindern musste er bereits öfter nachfragen, wenn sie wieder einmal eines ihrer Zauberwörter wie ‚lol' benutzten. Inzwischen wusste er, dass es ‚Laughing out loud' heißen sollte, etwa soviel wie ‚Ich lach mich tot' und eine Folge der begrenzten Zeichenzahl in SMS-Nachrichten war.

„Im Internet gibt es einige interessante Seiten über Gifte und deren Wirkungen, und dieses Methamidophos oder O2S-Dimethylphosphoramidothioat ist tatsächlich ein Teufelszeug."

Weber entzifferte die chemische Bezeichnung von einem anderen Blatt, auf dem er die Ergebnisse seiner Internetrecherche ausgedruckt hatte.

„Der Stoff ist so giftig, dass man nur in einem vollständigen Schutzanzug damit hantieren sollte. Er gilt als Kontaktgift, kann also auch durch die Haut aufgenommen werden. Unter anderem führt er zu Muskelkrämpfen und Atemlähmung, der Tod kann innerhalb von Minuten eintreten. Rätselhaft ist allerdings, dass die ersten Spuren bei unserer Leiche erst auf halbem Weg in den Magen nachweisbar sind, bis dahin ist die Speiseröhre frei davon."

„Moment mal, das würde ja heißen, dass der Stoff nicht geschluckt, sondern auf andere Art eingebracht wurde."

„Korrekt, Chef, aber wie? Und vor allem, warum? Nach allem, was Dr. Schneider schreibt, ist weder Ertrinken noch Vergiften die Todesursache. Ich meine, wer lässt sich schon freiwillig mit Pflanzenschutzmittel vollpumpen?"

„Stimmt, freiwillig würde auch voraussetzen, dass die Person beim Einbringen des Stoffs noch am Leben war. Gibt es noch weitere Erkenntnisse?"

„Im Blut ließ sich noch eine hohe CO2 Konzentration feststellen. Das würde für Ersticken sprechen. Allerdings wohl nicht infolge des Gifts – bei einer Atemlähmung wäre für eine Anreicherung des Bluts mit CO2 keine Zeit mehr."

Grothe rieb sich die schmerzende linke Schulter und sagte nach längerem Überlegen:

„Nach allem was wir haben, meine ich, dass das Gift post mortem eingebracht wurde."
„Nach dem Tod? Aber warum? Und was ist dann die wirkliche Todesursache?"
„Keine Ahnung, gibt es noch weitere Hinweise?"
„Nur so viel, dass äußere Spuren einer anderen Todesursache nicht mehr vorhanden sind oder nie vorhanden waren."
„Bleibt also natürliches Ableben oder Tötung auf unbekannte Art und Weise. Nicht gerade ermutigend."
„Also ein natürlicher Tod ist doch wohl auszuschließen. Wer tut denn so was? Einem Toten den Magen mit einem Insektizid füllen und dann in eine Biogasanlage werfen?"
Weber klang entrüstet, Grothe wusste aber genau, dass ihm dieses Denkspielchen gefiel. Trotz aller Tragik der Ereignisse, mit denen sie normalerweise zu tun hatten, machten ihnen diese gemeinsamen Kombinationsübungen Spaß. In der Regel wurden sie aber recht bald von der traurigen Realität eingeholt, wenn sie sich persönlich mit den Objekten ihrer geistigen Gymnastik, den Tätern, Opfern und Hinterbliebenen, beschäftigen mussten.
„Genau das muss aber jemand getan haben. Selbst hineingesprungen wird sie ja wohl nicht sein, alle Luken und die Abdeckplane waren dicht verschlossen. Das ist von innen unmöglich. Mal abgesehen davon, dass sie dazu kaum noch die Zeit gehabt hätte, nachdem sie sich das Gift wie auch immer direkt in den Magen verabreicht hatte."
„Und wenn ihr jemand dabei geholfen hat?"
„Felix, manchmal geht die Phantasie mit ihnen durch."
Grothe seufzte und hob den rechten Arm hinter den Kopf, um ihn in für seine typische Nachdenkpose mit dem linken zu verschränken. Erst der Schmerz in seiner linken Schulter brachte ihm zu Bewusstsein, dass er sich diese Übung noch eine Weile verkneifen musste.
„Aber den natürlichen Tod können wir wohl wirklich vergessen. Was ist denn mit dem Todeszeitpunkt und dem Alter?"
„Immer noch nichts Konkretes. Dr. Schneider will sich nicht weiter festlegen als eine Woche. Beim Alter lässt er sich zu einem vierzig plus minus drei Jahre hinreißen."
„Na immerhin. Also ab dem vorletzten Freitag. Damit können

wir wenigstens die Suchanzeigen eingrenzen. Gibt's da was Neues?"
„Krüger hat alles durchforstet, was das Polizeinetz hergibt. Mit der Alterseingrenzung ergeben sich vier Übereinstimmungen, aber die sind alle mindestens zweihundert Kilometer entfernt."
„Muss nichts heißen, ein Treffer ist aber eher unwahrscheinlich. In neunzig Prozent der Fälle kommen die Personen bei solchen Leichenfunden aus der Gegend. Prüfen Sie die vier Optionen aber noch mal nach."
Grothe ging in sein Büro. Felix Weber schaute auf die Liste mit den vier Namen und Personenbeschreibungen auf seinem Schreibtisch. Er wusste nicht recht, wie er die vier Übereinstimmungen beim momentanen Kenntnisstand weiter eingrenzen sollte. Was in den Angaben wirklich passte, waren Geschlecht, Alter, Größe und Haarfarbe. Ansonsten ließ sich zu dem Fundort und dem Zeitpunkt kein Bezug herstellen.
Er machte sich daran, die Liste mit den Besuchern der Biogasanlage zu bearbeiten. Es blieben noch zweiundzwanzig Namen, die er nicht geprüft hatte.

***

16

Um vierzehn Uhr zehn erschien Karl Wechsler im Büro von Torsten Grothe, der nach kurzer Begrüßung die einzeln in Plastik-Asservatenbeuteln verpackten Kleidungsstücke der Toten, die noch genauso aussahen wie bei der Bergung der Toten, auf seinem Schreibtisch drapierte. Sie waren am Vormittag mit der Dienstpost aus München gekommen.
Grothe bat Wechsler, sich die Kleidung genau anzusehen. Der zögerte zunächst, schaute dann mit einem Blick über alle Stücke und sagte nur:
„Kenn i it."
„Herr Wechsler, bitte schauen Sie nochmal genau hin. Jedes einzelne Stück. Die Sache ist zu wichtig, um sie mit einem Blick abzutun."
„Wie kommen S' überhaupt drauf, dass des von meiner Frau sei kennt?"
„Wir dürfen keine Möglichkeit außer Acht lassen. Aber Sie scheinen ja auch nicht zu wissen, wo sich Ihre Frau aufhält."
„Das hab i Eahna doch scho gsagt. Mit so am Kerl isch se fort."
„Nein, das haben Sie nicht, Sie haben nur vermutet, dass ein anderer Mann dahintersteckt. Also bitte."
Wechsler nahm widerwillig einen Beutel nach dem anderen in Augenschein. Das größte Kleidungsstück war eine ehemals blaue Jeans, die steif von grau-braunem, getrocknetem Fermentersubstrat unförmig in ihrem Plastikbeutel steckte. Sein Blick blieb an dem Bundknopf hängen, der nicht wie üblich genietet und aus Metall, sondern angenäht und aus schwarzem Kunststoff war. Grothe beobachtete Wechsler genau.
„Fällt Ihnen irgendetwas auf?"
Wechsler schwieg und schaute weiter auf den Knopf.
„Herr Wechsler, was ist mit der Hose?"
„Der Knopf ... Kerschtin hat ... a Nickelallergie. Sie hat ... alle ihre Bundknöpf austauscht", stammelte er.
Wechsler nahm den Beutel mit der Hose hoch und vergrub sein Gesicht darin. Grothe hörte ein vom Knistern des Plastikmaterials begleitetes Schluchzen.

***

17

Es war totenstill im Schlafzimmer, Paul Coggan lag allein im Doppelbett und starrte an die Decke. Er versuchte zum x-ten Mal, eine Wendung zu finden, mit der er sich seiner Frau nähern konnte, ohne dass sie sofort den Raum verlassen würde. Er hatte schlecht geschlafen. Trotz gelegentlicher Streitereien war es noch nie vorgekommen, dass Jenny aus dem gemeinsamen Schlafzimmer ausgezogen wäre, und seit gestern hatte sie kein Wort mehr mit ihm gesprochen.
Der Sonntag hatte gut angefangen. Am Morgen hatte er seine Frau liebevoll mit einem Tee geweckt und sich dann wieder zu ihr ins Bett gelegt. Aus einer kleinen Neckerei war dann ein wildes Liebesgetümmel geworden, bis John-Boy über den Korridor getappt kam und nach seiner Mama rief. Jenny hatte sich ihr Nachthemd übergestreift und war John-Boy ins Kinderzimmer gefolgt. Paul hatte fünf Minuten gewartet und war dann missmutig ins Bad geschlurft. Anfangs waren ihm diese Unterbrechungen schwer auf die Nerven gegangen und hatten dazu geführt, dass er den Rest des Tages auf eine Gelegenheit wartete, seine Manneskraft abschließend unter Beweis zu stellen. Jenny zeigte sich dem wenig aufgeschlossen und entzog sich ihm mit einer Gleichgültigkeit, die ihn nur noch weiter anstachelte. Einerseits brachte ihn dieses stoische Ignorieren seiner Erregung auf die Palme, andererseits konnte er nicht umhin, Jenny dafür zu bewundern. Darüber hinaus gingen ihm seine Söhne über alles, und ein ungestörtes Liebesleben war das Mindeste, was er ihnen opfern würde.
Nach dem Frühstück war er mit Jenny und den Jungen nach Wanaka gefahren und in die katholische Kirche gegangen. Jenny war aufgrund ihrer Herkunft katholisch, er selbst anglikanisch. Die religiöse Vielfalt der Inseln hatte dazu geführt, dass sich kein nationales religiöses Bewusstsein ausbilden konnte. Daher rührte auch der hohe Anteil an Atheisten. Wie viele Neuseeländer konnte er seine Herkunft bis zu den britischen Einwanderern zurückverfolgen, die im achtzehnten und neunzehnten Jahrhundert die Inseln besiedelt und sich nach anfänglichen Konflikten mit den Maoris arrangiert hatten. Er hatte der Eucharistiefeier zwar nie viel abgewinnen können,

aber Jenny und den Kindern zuliebe, die beide getauft waren, war er nicht aus der Kirche ausgetreten und ließ sich auch spätestens nach vier Wochen wieder zu einem Gottesdienstbesuch überreden.
Beim Mittagessen hatte er Jenny den Vorschlag gemacht, mit ihm zum Flugplatz zu fahren und einen Rundflug mit dem Hubschrauber zu unternehmen, und Jenny war einverstanden. Er war sehr erstaunt, dass er die verschiedenen Überredungshilfen, die er sich bereitgelegt hatte, nicht brauchte. Allerdings wusste er auch nicht, inwieweit diese spontane Zustimmung mit seinen entgangenen Liebesfreuden vom Morgen zusammenhing. Auf der Fahrt zum Flugplatz fasste er den schicksalhaften Entschluss, der zu seiner momentanen prekären Lage führte. Das Wetter war perfekt, und der Flug mit der R-22 ein Genuss. Er war um den Mount Iron, den Hausberg von Wanaka, geflogen und danach hatte er mit Jenny die Schafweiden inspiziert. Die Schafe sahen von oben aus wie dicke Wollknäuel, die sich beim Überfliegen ängstlich zusammendrängten. Selten hatte er sich so glücklich gefühlt. Jenny schien jeden Moment des Fluges zu genießen. Das war genau das, was er sich gewünscht hatte. Als er zum Flugplatz zurückkehrte, ließ er sich von der Flugsicherung eine Freigabe für die Landung vor Greg Szerbskys Hangar geben. Er setzte die R-22 butterweich auf und half Jenny aus dem engen Cockpit. Die Tore standen offen, und im Halbdunkel des Hangars konnte er die Chaika sehen. Der gedrungene Doppeldecker war in einem sensationellen schwarz-weißen Leopardenmuster lackiert und auf den Rumpfseiten prangte ein großer roter Stern. „Was sollen wir hier, das ist doch nicht dein Hangar?“, fragte Jenny.
„Sieh dir das mal an“, sagte er und führte Jenny in das Halbdunkel der Halle.
„Was?“
Er konnte es nicht fassen, dass Jenny nicht verstand, was er meinte.
„Die I-153, die Chaika!“
„Die was?“
„Na, der Doppeldecker dort. Ist der nicht wunderschön?“
„Ja und?“

„Ja also, er gehört Greg Szerbsky, und der hat ihn mir vor einiger Zeit angeboten."
„Und du hast hoffentlich dankend abgelehnt."
„Nicht direkt."
„Was soll das heißen?"
„Ich habe mir eine Option gesichert."
Paul spürte, wie ihm langsam heiß wurde. Er fühlte sich zunehmend unwohl. Jenny ließ ihn zappeln und sagte nichts.
„Ich habe mir gedacht, die Chaika wäre die ideale Ergänzung für meine kleine Sammlung. Und der Preis ist wirklich supergünstig!"
Jenny sagte noch immer nichts.
„Jenny, du weißt doch, dass ich schon immer einen Warbird wollte. Und jetzt ist die beste Gelegenheit dafür."
Jenny machte auf dem Absatz kehrt und stapfte aus dem Hangar hinaus auf das Vorfeld.
„Jenny, jetzt hör mir doch erst einmal zu!"
Er lief ihr nach und stellte sich ihr in den Weg.
„Jenny, bitte ..."
Sie musterte ihn schweigend. Schließlich, nach endlosen Sekunden, sah sie ihm direkt in die Augen und sagte mit einer Stimme, die ihm das Blut in den Adern gefrieren ließ:
„Woher kommt das Geld für die Option, und wie viel ist es?"
Er hielt ihrem Blick nur mit Mühe stand. Schließlich sagte er deutlich leiser:
„25.000, ich habe einen kleinen Kredit aufgenommen."
„Einen ‚kleinen Kredit'? Das ist fast so viel wie wir für eine komplette Schur bekommen. Hast du den Verstand verloren?"
„Also ich ..."
„Und wo soll das Geld für den Kauf herkommen? Was hast du dir dabei gedacht? Ich will gar nicht wissen, was so ein Ding kostet. Ich will nur, dass du das Geld für die Option zurückholst und den Kredit tilgst, und zwar sofort!"
„Das geht nicht."
„Warum nicht? Eine Option kann man rückgängig machen. Das ist ein normaler Vorgang, der vielleicht eine Gebühr kostet, was schlimm genug ist. Aber ..."
„Ich habe sie schon gekauft."

Das Zittern in Pauls Stimme war unüberhörbar. Er versuchte, Jenny in die Augen zu schauen, was aber kläglich misslang.
„Wie viel?“
Das Wort kam ihm endlos lang vor. Es hallte in seinem Kopf wider, und er hatte das Gefühl, er müsste es mit Gewalt loswerden, sich aus dem Kopf schütteln. Jenny starrte ihn mit aufgerissenen Augen an, und Paul hatte das Gefühl, im Boden versinken zu müssen. Normalerweise hatte er kein Problem, sich gegenüber Gesprächspartnern zu behaupten, aber das hier war etwas völlig anderes. Schon seit Beginn ihrer Beziehung hatte Jenny versucht, ihm seine kleinen und großen Spleens auszutreiben. Bei der Fliegerei war sie damit allerdings nicht weit gekommen. Sie hatte begriffen, dass es hier nicht um etwas wie Briefmarken oder Schallplatten sammeln ging. Sie musste erkennen, dass Paul der Faszination des Fliegens verfallen war, und scheute davor zurück, ihn vor eine ultimative Entscheidung zu stellen. Insgeheim war sie nicht sicher, ob diese zu ihren Gunsten ausfallen würde.
Er räusperte sich.
„Vierhundertfünfzigtausend.“
Schon beim Aussprechen wurde ihm die Monstrosität des Wortes bewusst, und nun stand es wie ein Eisblock zwischen ihnen.
„Sag, dass das nicht stimmt.“
Jennys Gesicht zeigte totale Fassungslosigkeit. Nie hatte er seine Frau so gesehen, und nie war sie ihm weiter entfernt und gleichzeitig begehrenswerter erschienen. Ihm wurde bewusst, wie sehr er sie liebte, und allmählich dämmerte ihm, welch katastrophalen Fehler er gemacht hatte. Er hätte ihr nicht vom Kauf der Chaika erzählen dürfen, bevor die Erbschaft gesichert war. Bis dahin hätte er den Kredit, den er für die Maschine aufnehmen musste, mit der Farm absichern und mit den Einnahmen aus den Airshows bedienen müssen. Jenny hätte nie etwas davon erfahren, wenn er das Flugzeug als Eigentum der Alpine Fighter Collection ausgegeben hätte.
Nachdem der erste Schock überwunden war, schaute Jenny ihm völlig ruhig in die Augen.
„Ich will, dass du dieses ‚Geschäft‘ rückgängig machst, und zwar so schnell wie möglich! Ich habe dir bisher nicht in dein

Hobby hineingeredet, solange es finanziell machbar war. Aber das hier ist purer Wahnsinn. Wie sollen wir jemals diese Summe aufbringen? Und falls du daran denken solltest, die Farm zu beleihen – ich warne dich. Noch am selben Tag gehe ich mit den Kindern weg."
Auf dem Heimweg hatten sie kein Wort gesprochen. Die Spannung im Wagen war mit Händen zu greifen. Sofort nach der Ankunft hatte Jenny ihr Bettzeug ins Gästezimmer gebracht. Das hatte sie noch nie getan. Dies und die Art und Weise, wie sie gedroht hatte, ihn zu verlassen, ließ keinen Zweifel daran, dass sie es ernst meinte.
Es war fünf Uhr dreißig. Der Wecker würde erst um sechs Uhr summen, aber Paul lag bereits seit einer Stunde wach. Panik ergriff ihn. Er konnte sich nicht vorstellen, ohne seine Familie leben zu müssen. Alle seine kleinen Freuden waren wertlos ohne Jenny und die Kinder.
Er musste etwas unternehmen. Den Kauf der Chaika hatte er erst gestern mit Greg Szerbsky perfekt gemacht. Das ließe sich rückgängig machen. Aber war es auch wirklich notwendig? Von allen Seiten nagten Zweifel an ihm. Auf jeden Fall musste er den Kredit ablösen, den er für die Anzahlung und die Kosten für die Detektei in Deutschland aufgenommen hatte. Er wusste, dass es nicht recht war, Jenny nichts von der Erbschaft zu erzählen. Was, wenn sie davon erfahren würde bevor die Sache in Deutschland unter Dach und Fach war? Das musste er mit allen Mitteln verhindern! Vielleicht könnte er den Kredit für die Chaika mit ihrem eigenen Wert absichern und zunächst nicht mit ihr fliegen, darauf würde sich die Bank bestimmt einlassen. Für die Zahlung der Kaufsumme hatte er von Greg drei Wochen eingeräumt bekommen. Wenn alles glattging, hatte er in einer Woche alles geklärt. Wenn ...

***

18

„Na, Dicker, bist du jetzt endlich fertig mit Bildchenmalen? Ich verstehe sowieso nicht, wie man damit Geld verdienen kann. Ich warte schon ewig auf dich. Wir wollten doch ‚Fluch der Karibik' ansehen. Habe ich extra für heute Abend aus der Videothek geholt. Der Prosecco wird auch warm."
Er brauchte sich nicht umzusehen, um zu wissen, dass der Film bestimmt nicht bis zum Ende laufen würde. Er spürte, wie sich warme, nackte Brüste seinen Hinterkopf einverleibten und an seinen Ohren auf und ab rieben. Gleichzeitig machten sich langgliedrige Finger unter seinem Hemd auf den Weg nach unten. Er fasste mit beiden Händen nach hinten und liebkoste die voluminösen Insignien seines finanziellen Wohlstandes, bis er merkte, dass sich die Brustwarzen aufrichteten und er ein leises Stöhnen hörte. Kurz bevor die Hände den Saum seines Slips erreichten, brach er das Spiel ab.
„Gib mir noch fünf Minuten, ok? Bin gleich bei dir."
Widerwillig und mit hörbarem Schmollen zog sich die Besitzerin der Brüste zurück. Herbert Strehlow war zufrieden. Er lehnte sich zurück und schaute auf den rechten Computerbildschirm. Unter dem Logo „Hermann Soltau International Investigations" stand auf blauem Grund über dem transparenten Bild einer Lupe und einer karierten Doppelschildmütze in dicken schwarzen Lettern die Zeile:
„Entschuldigung, zur Zeit arbeiten wir an unserer Internetseite. Sorry, the site is being reconstructed."
Er hatte es vorgezogen, die Seite nicht einfach verschwinden zu lassen. Das hatte in der Vergangenheit zu hektischen Suchaktionen durch einige seiner Kunden geführt, und er hatte alle Hände voll zu tun gehabt, sie abzuschütteln. Die Meldung, dass die Seite gerade umgestaltet wurde, verschaffte ihm dagegen einige Wochen Ruhe, die er nutzen würde, um alle Spuren zu verwischen. Die Identität eines Detektivs mit internationalem Einsatzgebiet hatte er schon mehrmals verwendet, diesmal aber hatte er zum ersten Mal die Postadresse eines Briefkastens in Düsseldorf angegeben. Für die Korrespondenz mit dem Neuseeländer brauchte er eine Anschrift, an die dieser die Originalunterlagen schicken konnte. Dass Paul

Coggan das Originalschriftstück eigenhändig abliefern wollte, hatte er allerdings nicht vorgesehen und mittlerweile bereute er seinen Entschluss, nicht wie sonst ein Postfach benutzt zu haben. Er fragte sich auch, ob es nötig gewesen war, für die Aktion nach Bayern zu fahren und vor Ort zu recherchieren. Normalerweise hätte er den gesamten Auftrag von seinem Computer aus erledigen können, allerdings hätte er so eine lukrative zusätzliche Einnahmequelle verpasst. In einem Anflug von ehrlichem Interesse hatte er sich ins Auto gesetzt und war in das kleine Dorf südlich von Augsburg gefahren, um sich zu informieren, was es mit diesem Voith auf sich hatte. Zunächst war er enttäuscht, dass es keine Kieswerke gab, dann hatte er sich für eine Betriebsführung angemeldet. Die Biogasanlage interessierte ihn nicht im Geringsten, dennoch hatte er sich genau umgeschaut und einige Digitalfotos gemacht, die sich später als nützlich erwiesen. Nach der Führung war er auf dem Weg zum Auto mit einer Nachbarin ins Gespräch gekommen, die offenbar nicht gut auf die Voiths zu sprechen war. Schnell erkannte er, dass zwischen den Familien eine alte Rechnung offen war. Seine Nase sagte ihm, dass hier Geld zu machen sein würde. Die attraktive Vierzigerin war sofort auf seinen weltmännischen Charme angesprungen und erzählte ihm alles, was er wissen musste. Die folgenden zwei Wochen war er ‚auf Geschäftsreise', wie er Carina erzählte, kam aber mehrmals nach Düsseldorf zurück, weil er für seine weiteren Pläne die Computer und Programme in seiner Wohnung in Kaiserswerth benötigte.
Der Briefkasten befand sich in einem Wohnsilo im Düsseldorfer Stadtteil Wersten und gehörte zu einer Einzimmerwohnung, die er unter dem Namen seiner Mutter gemietet hatte. Seine Mutter war sechsundachtzig Jahre alt und lebte in einem Altersheim in Wuppertal. Sie würde kaum von irgendjemand verdächtigt werden, eine Briefkastenfirma für internationale Nachforschungen zu betreiben. Die Wohnung enthielt außer einem Bett und einem DSL-Anschluss mit Faxtelefon nur wenig, was vermuten ließ, dass sich hier jemand dauerhaft aufhielt. Herbert Strehlow nutzte das Zimmer hin und wieder, wenn er in Ruhe arbeiten wollte oder wenn ihm Carina mit ihrem Modegequatsche auf die Nerven ging. Dass sie nicht

unbedingt die intelligenteste seiner bisherigen Liebschaften war, hatte er bald erkannt, allerdings auch zu schätzen gelernt. Er brauchte seine Aktivitäten am Computer nicht zu verbergen, sie schien ohnehin nicht zu begreifen, was er eigentlich tat, um ihren Lebensstil zu finanzieren. Wenn sie ihn danach fragte, antwortete er meistens kurz mit ‚Consulting', wovon er sicher war, dass sie es nicht verstand. Carina zog es vor, nicht nachzufragen. Sie war ganz offensichtlich glücklich, wenn sie mit ihrem Cabrio durch Düsseldorf düsen und ihre Freundinnen mit seiner Kreditkarte aushalten konnte. Mit der Strg-Alt-Entf Kombination und einem kurzen Hieb auf die Enter-Taste sperrte er den Computer. Jede weitere Nutzung war nun ohne sein Passwort unmöglich. Er ging hinüber ins Wohnzimmer und betrachtete mit breitem Grinsen das Bild, das sich ihm darbot. In Augenblicken wie diesen bedauerte er zutiefst, dass er es nie geschafft hatte, sein Zeichentalent zu kultivieren. Eine Zeit lang hatte er mit Kohle und Zeichenstift herumdilettiert, sich dann aber auf Fotografie spezialisiert. Carina hatte er in allen möglichen Posen und Situationen abgelichtet, schwarz-weiß und in Farbe. Vor einem halben Jahr hatte er angefangen, mit digitaler Fotografie zu experimentieren. Aber immer noch konnte er der 8-Megapixel Minolta nicht dieselbe Qualität und Tiefe entlocken wie seiner Kodak Spiegelreflexkamera. „Georg Kolbe", dachte er, „du wärst entzückt. Im Gegensatz zu dir kann ich mein Modell aber vernaschen, wenn ich mit dem Kunstwerk fertig bin." Er war ein großer Verehrer des Bildhauers und seiner Werke vom Beginn des letzten Jahrhunderts. Besonders die Aktentwürfe des Künstlers hatten es ihm angetan, die mit minimalistischem Strich eine prickelnde Erotik erzeugten.
„So bleiben!", sagte er mehr zu sich selbst und kniete sich mit einem tiefen Brummen vor das weiße Benz-Sofa, auf dem Carina in einem roten Spitzenhöschen dahinfloss. Er griff nach einem der beiden Gläser auf dem Glastisch und begann, kleine Tropfen des perlenden Prosecco in ihren Bauchnabel zu träufeln.

***

19

Torsten Grothe hatte in seinem Berufsleben zu viel gesehen, um von Karl Wechslers Betroffenheit sonderlich beeindruckt zu sein. Er wusste, dass die überwiegende Zahl der Täter in ähnlich veranlagten Fällen im näheren Familienumkreis zu suchen war. Allerdings hütete er sich davor, das Weitere voreingenommen in Angriff zu nehmen. Da die mutmaßliche Identifizierung der Hose für eine zweifelsfreie Personenfeststellung nicht ausreichte, hatte er eine Mail an Dr. Schneider geschickt mit der Bitte, eine Darstellung des Zahnschemas der Leiche an den Zahnarzt von Kerstin Wechsler zu senden, dessen Namen er von Karl Wechsler erfahren hatte. Außerdem hatte er einen Beamten beauftragt, mit Wechsler nach Langerringen zu fahren und eine für eine DNA-Analyse geeignete Gewebeprobe von Kerstin Wechsler zu besorgen. Normalerweise waren das Haare, Hautpartikel oder Reste von Körpersekreten. Danach sollte Karl Wechsler für die weitere Befragung wieder ins Präsidium gebracht werden.

Es war fünfzehn Uhr, und normalerweise machte er um diese Zeit eine Kaffeepause. Routinemäßig klopfte er an Felix Webers Bürotür, um zu fragen, ob er ihm einen Becher aus dem Automaten mitbringen sollte. Nachdem er keine Antwort bekam, öffnete er die Tür und fand den jungen Kollegen gebannt auf den Bildschirm blickend vor. Noch bevor er etwas sagen konnte, platzte dieser heraus:

„Chef, das ist interessant. Schauen Sie mal."

Der Schirm zeigte eine Seite aus einer länderübergreifenden Kripo-Täterdatenbank mit dem Dreiseitenbild eines etwa fünfunddreißigjährigen Mannes und einer Tabelle mit persönlichen Daten und Körpermerkmalen. Er hatte volle, mittellange dunkle Haare und ebensolche Koteletten, die zu der Zeit in Mode waren.

„Wer ist denn der Jüngling? Eigentlich wollte ich nur wissen, ob Sie einen Kaffee möchten."

„Erstens ist das beileibe kein Jüngling mehr, das Bild ist von 1981. Und zweitens ja."

„Was ja?"

„Kaffee, bitte mit Milch und Zucker, oder was immer der

Blechkasten da zum Weißen und Süßen reinpanscht. Aber machen Sie schnell, das hier ist wirklich 'n Ding."
Grothe machte schnell, was zur Folge hatte, dass er mit zwei Plastikbechern und einem Fleck an einer äußerst unvorteilhaften Stelle seiner Hose wieder erschien. Er hatte die Schwierigkeiten beim Transport der heißen Becher mit zwei unterschiedlich einsatzbereiten Händen unterschätzt. Die linke Hand war durch die Schulterschlinge zwar nicht im Halten von Gegenständen beeinträchtigt, wohl aber im Ausgleichen von Schwankungen beim Gehen.
„Sie müssen einen guten Grund haben, mich zur Eile anzutreiben, Felix. Und zwar einen, den ich auch meiner Frau verkaufen kann."
Er deutete mit dem Mittelfinger der rechten Hand auf seinen Hosenbund, dabei schwappte etwas Kaffee aus dem anderen Becher auf die Hose.
„Sch... Jetzt reicht's aber."
„Ist er wenigstens heiß, Chef?"
Weber hatte Schwierigkeiten, sich das Grinsen zu verkneifen.
„Noch so eine blöde Bemerkung, Felix, und Sie können Ihren Kaffee aus dem Papierkorb trinken. Also was ist das für ein Knabe?"
„Tschuldigung, also der Herr dort heißt Dieter Krahmann beziehungsweise hieß, vor sechsundzwanzig Jahren, damals wurde er erkennungsdienstlich behandelt. Der Datensatz kam zutage, als ich die Namen aus der Besucherliste der Biogasanlage durch die Täterdatenbank gejagt habe."
„Wann war denn die Führung?"
„Am fünfzehnten August."
„Also etwa vor vier Wochen. Hat es sonst noch Übereinstimmungen gegeben?"
„Nein, das ist der einzige Name, bei dem es geklingelt hat."
„Und was macht Herrn Krahmann für uns interessant?"
„Er scheint einen ziemlich bunten Lebenslauf gehabt zu haben. Geboren am 19.01.1944, aufgewachsen in Wuppertal, Oberschule, mit achtzehn zum Bund und dort nach der Grundausbildung als Ausbilder in Nagold bei Coesfeld eingesetzt bis ..."

„Moment mal, Nagold? Da war doch was?“
„Ja genau, Chef. Im Sommer 1963 gab es bei der 1. Luftlandedivision in Nagold einen Todesfall. Ein Rekrut war in der Sommerhitze auf einem Fünfzehn-Kilometer Marsch von seinen Ausbildern so lange getrieben worden, bis er zusammenbrach und später im Krankenhaus verstarb. Der Hauptverantwortliche hieß Hans Dieter Raub und wurde zu acht Monaten Gefängnis verurteilt, aus der Bundeswehr entlassen und später wieder eingestellt.“
„Und Krahmann?“
„Der gehörte zu der Gruppe um Raub, die sich die ‚Schleifer von Nagold‘ nannten. Er wurde polizeilich vernommen, eine direkte Beteiligung an dem Vorfall war ihm aber nicht nachzuweisen. Krahmann schaffte es in die Feldwebellaufbahn und wurde für eine Stelle in den USA ausgewählt. In El Paso in Texas gibt es eine Raketenschule der Deutschen Luftwaffe, da war er für fünf Jahre als Ausbilder eingesetzt.“
„Und das steht alles in seiner Akte?“
„Unter anderem. Nach der Entlassung aus der Bundeswehr 1974 hat er als Fotolaborant gearbeitet. Die Ausbildung hat ihm noch der Bund bezahlt. Danach wird’s milchig, aber 1981 wird er aktenkundig. Zwischenzeitlich hatte er ein Fotogeschäft übernommen und Kunden erpresst, die private pornographische Fotos zum Entwickeln gaben. Das ging wohl einige Zeit gut, bis ihn jemand angezeigt hat. Aus der Zeit stammt die Akte.“
„Und was dann?“
„Zwei Jahre Haft auf Bewährung und danach nichts mehr. Deshalb gibt’s auch keine neueren Bilder.“
„Was stand denn in der Liste vom Biogasfachverband unter Wohnort und Telefonnummer?“
„Eine Adresse in Wuppertal. Hab ich schon überprüft. Da ist ein Dieter Krahmann weder gemeldet noch bekannt.“
„Und die Telefonnummer?“
„Eine Handynummer, unter fiktivem Namen mit Prepaid-Karte angemeldet. Geht aber keiner ran, ein Anrufbeantworter ist auch nicht aktiviert.“
„Aha, offensichtlich hat unser Freund etwas zu verbergen. Frage mich nur, warum der sich für eine Biogasanlage

interessiert. Haben Sie schon festgestellt, ob die Nummer bei der Anmeldung zu der Führung erreichbar war?"
„Ja, habe ich von Frau Bieler beim Biogasfachverband erfahren. Sie konnte sich erinnern, unter der Nummer angerufen zu haben, um Krahmann darauf aufmerksam zu machen, dass es in Wuppertal auch Biogasanlagen gäbe und sich die Anfahrt wegen einer Betriebsführung wohl kaum lohnen würde. Er wollte aber partout die Voith'sche Anlage besichtigen. Die Dame lässt Sie übrigens herzlich grüßen."
„So?"
Grothe dachte an den ‚Lieben Herrn Hauptkommissar' im Kopf der Mail mit den Besucherlisten.
„Wie erfolgt denn die Anmeldung zu den Führungen?"
„Telefonisch oder per Internet. Offensichtlich hat sich Krahmann per Telefon beim Energieverband angemeldet."
„Darauf kommt doch eigentlich nur ein Landwirt, der dauernd mit diesen Ämtern zu tun hat. Jeder andere würde doch bei den Betreibern selbst nachfragen."
„Klingt logisch, Chef. Vielleicht sollten wir den Herrn Voith mal danach fragen."
„Mit dem müssen wir sowieso reden wegen der Pflanzenschutzmittel. Rufen Sie ihn bitte an und sagen ihm, dass wir ihn morgen sprechen möchten. Wir fahren raus zu ihm, ach, und vielleicht bringen Sie ja noch mehr über diesen Krahmann in Erfahrung."
Als der Beamte mit Karl Wechsler eintraf, saß Grothe wieder hinter seinem eigenen Schreibtisch. Er rief Wechsler herein und vermied es aufzustehen, um den peinlichen Fleck auf seiner Hose mit der Tischplatte zu tarnen. Normalerweise hatte er eine Ersatzhose in einem schmalen Kleiderschrank in seinem Büro, um sich den Rucksack zu ersparen, wenn er mit seinem Rennrad in die Arbeit fuhr. Kürzlich hatte er aber alle Kleidungsstücke aus dem Schrank zum Tauschen mit nach Hause genommen und es bisher versäumt, neue mitzubringen. Mit dem Arm in der Schlinge und der nicht präsentablen Hose fühlte er sich unwohl. Es wurde höchste Zeit für den Feierabend. Er freute sich auf die versprochenen Thunfischfarfalle; beim Gedanken an Monikas zärtlichen Abschiedskuss vom Morgen musste er lächeln.

Karl Wechsler war überrascht, einen so freundlichen Kommissar vor sich zu sehen. Noch vor zwei Stunden hatte er ihn anders erlebt. Gleich darauf musste er allerdings feststellen, dass das Lächeln wohl nichts mit ihm zu tun hatte, denn es erstarb, sobald er sich gesetzt hatte.
„Haben Sie etwas dagegen, wenn wir diese Unterhaltung aufzeichnen, Herr Wechsler?“
„Na, warum? I hau nix zum verbergn.“
„Gut.“
Grothe stellte sein kleines Diktiergerät auf den Tisch und drückte den Aufnahmeknopf.
„Haben Sie etwas Verwertbares mitgebracht, Herr Wechsler?“
„Ja, a Haarbürschtn. Die hau i scho dem Herrn Beamten geba.“
„Wie sicher sind Sie, dass es sich bei der Hose um eine Jeans Ihrer Frau handelt?“
„Ziemlich. Des macht do sonscht niemad, des mit dena Knepf. Und die andern Stück hau i au mea kennt, Herr Kommissar.“
„Und warum haben Sie das nicht gleich gesagt?“
„Mei, da hau i's no it glauba wolla.“
Wechsler sprach sehr leise. Grothe versuchte, Wechsler direkt in die Augen zu sehen, der blickte jedoch konsequent nach unten.
„Herr Wechsler, wir hätten die Identifizierung auf jeden Fall durchführen lassen.“
„Des hau i mir scho denkt.“
Wechsler blickte kurz auf, und Grothe hatte den Eindruck, dass er diese Bemerkung lieber nicht gemacht hätte.
„Kann es sein, dass Ihre Identifizierung mit dieser Erkenntnis zu tun hat, Herr Wechsler?“
„Wos moinen S' damit?“
Grothe lehnte sich vor.
„Ich meine damit, dass Sie die Kleidungsstücke womöglich nur deshalb erkannt haben, weil Ihnen klar war, dass wir ohnehin herausfinden würden, dass es sich bei der Toten um Ihre Frau handelt.“
„Mei, Herr Kommissar. Kennen S' Eahna des vorstelln, wie des isch, wenn ma feststella muass, dass die eigene Frau tot

isch? No dazu auf so a unwürdige Art und Weis? Des will ma doch it wahrhaba. Des isch doch unfassbar!"
Die Stimme wurde lauter, und Grothe suchte nach Anzeichen von Trauer in Wechslers Gesicht.
„Herr Wechsler, ist es richtig, dass das Verhältnis mit Ihrer Frau nicht zum Besten stand?"
„Wer hat des gset?"
„Sie selbst, als mein Kollege Sie gefragt hat, ob Sie sich Sorgen um Ihre Frau machen. Da haben Sie auch gesagt, dass Ihre Frau nicht zum ersten Mal verschwunden ist."
„Sie wissen's ja eh scho."
„Ja, und wir wissen auch, dass Sie im Falle einer Trennung nichts von dem Hof bekommen hätten. Den hat Ihre Frau in die Ehe eingebracht. Und Unterhalt von Ihrer Frau wäre auch nicht zu erwarten gewesen."
Wechsler blickte Grothe mit großen Augen an.
„Woher wissen S' des?"
„Mein Gott, Herr Wechsler, das pfeifen in Langerringen die Spatzen von den Dächern. Glauben Sie, dass so etwas in einem schwäbischen Dorf geheim bleibt?"
Grothe war bewusst, dass er sich damit ziemlich weit aus dem Fenster gelehnt hatte, aber er war neugierig auf Wechslers Antwort.
Es kam keine.
„Herr Wechsler, bei unserem letzten Gespräch haben Sie gesagt, dass Ihre Frau mit einem ‚Kerl' fort ist. Was haben Sie damit gemeint?"
„Na, so a Dandytyp, so a übrigbliebener. Mit langa Haar und Sonnabrill und so weiter."
„Wann war das?"
„Vorletschte Woch, am Samstag."
„ Und wie ist sie mit dem fort?"
„Na mit'm Auto. So a Cabriolet, so a altes."
„Typ, Nummer?"
„Typ, mei, des war a weißer Zweisitzer. Alfa, glaub i. Nummer woiß i nimmer, aber mit ‚D' hat's angefangen."
„Düsseldorf?"
„Ja, scho möglich."
„Und woher kannte sie den Mann?"

„Keine Ahnung, Herr Kommissar. Den wird's scho irgendwo aufgabelt hau. Die isch ja ständig irgendwo gwesa. Disco, jeden Freitag war s' im Amadeus. Und des mit zwoiavierzg Jahr!"
„Wie oft kam denn das vor, dass Ihre Frau mal nicht daheim war?"
„Mei, so alle vier bis sechs Wochen. Dann war s' amal länger verschwunden, zwoi Wocha lang, das muass so anderthalb Jahr her sein."
„Wissen Sie, wo sie damals war?"
„Na, am Anfang hau i mi no aufgregt. Später hau i's dann lassa. Die hat ja doch gmacht, was gwollt hat."
Die weitere Befragung ergab keine grundlegend neuen Erkenntnisse. Karl Wechsler wurde entlassen mit der Auflage, etwaige Reisen oder längere Abwesenheiten von seinem Wohnort der Mordkommission mitzuteilen. Torsten Grothe gab sein Diktiergerät Felix Weber mit der Bitte, das Protokoll der Vernehmung bis zum nächsten Morgen um neun Uhr fertig zu haben. Er wusste, dass er diese Aufgabe auch dem Schreibdienst überlassen konnte, aber die Protokollierung durch Weber hatte mehrere Vorteile: Felix Weber war flink im Formulieren und Tippen und man konnte sicher sein, dass keine Nachbesserungen nötig sein würden. Außerdem hielt Grothe seinen jungen Kollegen so auf dem Laufenden, was die Erkenntnisse aus dem Gespräch mit Wechsler anging. Er wollte Weber bis ins Detail unterrichtet wissen, also auch über Nuancen wie Sprechpausen oder Stimmführung des Befragten. Diese Dinge wurden normalerweise nicht ins Protokoll aufgenommen.
Mittlerweile war es halb sechs, und im Präsidium begann es ruhig zu werden. Die meisten Bediensteten mit regulärer Arbeitszeit waren bereits gegangen, und nur die Sonderkommissionen und die Unentwegten saßen noch hinter ihren Schreibtischen oder unterhielten sich auf den Gängen. Grothe beäugte kritisch den Fleck auf seiner südlichen Front und zog den Pullover, den er trotz der Wärme im Gebäude übergezogen hatte, etwas tiefer. Er rief den Kollegen von der Wirtschaftskriminalität an und erfuhr, dass der noch eine halbe Stunde brauchte, um sechs würde er ihn abholen kommen. Grothe dachte daran, dass Nudeln auf den Punkt gekocht sein

müssen und dass er seine Ankunft für sechs Uhr angekündigt hatte. Er rief seine Frau an. Sie solle um zehn nach sechs das Wasser aufsetzen, erklärte er ihr.
„Warum sagst du mir nicht einfach, wann du heimkommst. Ich weiß ziemlich genau, wie lange Farfalle brauchen."
Irgendetwas hatte Monika die Stimmung verhagelt. Er bereitete sich auf einen gereizten Empfang vor.
Um fünf vor sechs schaute er auf den Gang vor seinem Büro und hoffte, dass der Kollege nicht ausgerechnet dann erscheinen würde, wenn sich der Rest der Belegschaft auf den Weg nach Hause machen würde. Einen dummen Kommentar konnte er jetzt überhaupt nicht vertragen, und der war ihm sicher, sollte er jemanden treffen, der ihn kannte. Um fünf nach sechs wartete er noch immer, und ihm wurde klar, dass seine Nudelplanung auf dem besten Wege war, in die Hose zu gehen. „Die muss heute einiges aushalten", dachte er und meinte die Hose.
Als der Kollege endlich um zwanzig nach sechs mit einem gemurmelten „Tut mir leid, Vernehmung hat länger gedauert" erschien, war ihm klar, dass er sich nicht nur auf verkochte Farfalle gefasst machen musste.
Monika Grothe saß am Esstisch und wartete offensichtlich nicht auf ihren Mann. Sie hatte bereits gegessen und schaute nur kurz auf, als er sich zu ihr an den Tisch setzte. Seine Sorge wegen der verdorbenen Hose war unbegründet, sie nahm die Flecken nicht einmal wahr.
„Na, Ärger gehabt?", war ihr Kommentar auf sein fragendes Gesicht.
„Das wollte ich eigentlich dich fragen. Heute früh hatte ich den Eindruck, du würdest dich auf den Abend mit mir freuen."
„Das war auch so, bis das hier aus dem Fax kam."
Sie deutete auf ein DIN-A4-Blatt auf dem Tisch. In akkurater Handschrift stand dort in wenigen Zeilen:
‚Sehr geehrter Herr Kommissar. Wenn Sie ehrliches Interesse an der Aufklärung des Mordes an Kerstin Wechsler haben, sollten Sie sich auf die wirklich Verdächtigen konzentrieren. Haben Sie schon einmal daran gedacht, den Großbauern Voith etwas näher unter die Lupe zu nehmen? Karl Wechsler ist unschuldig!
Eine Wohlmeinende'

„Wann ist das gekommen?"
„Vor zwei Stunden."
„Und warum bist du jetzt sauer?"
„Ich weiß doch genau, was jetzt passiert. Du hockst den ganzen Abend am Telefon und am Computer und gibst keine Ruhe, bis du weißt, woher das Fax kam. Du hast mir doch versprochen, deinen Beruf im Büro zu lassen."
Damit hatte sie recht. Torsten Grothe hatte selber kein Interesse daran, seine Freizeit den Menschen zu opfern, deren Verfehlungen er beruflich verfolgte. Es kam nur äußerst selten vor, dass er eine Akte mit nach Hause nahm oder das private Telefon für Ermittlungsarbeit benutzte.
„Aber dafür kann doch ich nichts! Außerdem halte ich das für einen ziemlichen Quatsch. Denunziationen hat es schon immer gegeben, da ist meistens nichts dahinter."
„Soll das heißen, ich gieße uns jetzt zwei Glas Wein ein, du isst deine lätscherten Farfalle und das war's?"
„Na ja, ganz so wohl doch nicht. Ich muss natürlich nachforschen. Aber mit etwas Glück geht das ganz schnell."
„Ganz schnell kenn ich. Du findest mich bei Christa, wenn du mich brauchst. Viel Spaß noch beim Stöbern. Jens ist im Training, Verena ist oben in ihrem Zimmer. Aber nicht allein, also platz da nicht einfach rein. Tschüss."
Noch bevor er die letzte Bemerkung hinterfragen konnte, war seine Frau verschwunden. Christa Simmer war die Nachbarin und Monika Grothes beste Freundin. Vor fünf Jahren, als die Grothes nach Kleinaitingen gezogen waren, hatten die Simmers sie in die Dorfgemeinschaft eingeführt. Peter Simmer arbeitete für eine Softwarefirma in Augsburg, die beiden hatten zwei Kinder in etwa dem gleichen Alter wie die Grothes, und bald hatte sich aus der Spielkameradschaft der Kinder eine Familienfreundschaft entwickelt. Die beiden Frauen teilten sich die Enttäuschungen über die häufige Abwesenheit ihrer Ehemänner. Peter Simmer war häufig auf Kundenbetreuung im In- und Ausland unterwegs, und Torsten Grothes Familie litt unter den in seinem Beruf üblichen unregelmäßigen Arbeitszeiten und Überstunden.
Grothe seufzte, holte sich eine Portion der mittlerweile kalten Nudeln mit der Thunfischsauce und stellte den Teller in

die Mikrowelle. Er hatte sich noch nicht daran gewöhnt, dass solche profanen Tätigkeiten nicht nur komplizierter waren, sondern auch länger dauerten als mit beiden Händen. Immer wieder griff er unwillkürlich mit der linken Hand nach einem Gegenstand und merkte erst dann schmerzvoll, dass sein Arm in einer Schlinge steckte. Er nahm den Teller mit einem Topflappen aus dem Gerät und ging ins Esszimmer. Das Fax mit der handgeschriebenen Nachricht lag noch auf dem Tisch. Es kam vor, dass anonyme Verdächtigungen auf diesem Wege mitgeteilt wurden, selten allerdings an die Heimatadresse oder das Faxgerät eines Ermittlers. Am Kopfende des Blattes war keine Absendertelefonnummer angegeben, was er aber auch nicht ernsthaft erwartete. Diese Funktion muss bei der Einrichtung eines Faxgerätes aktiviert werden, sofern der Eigentümer eine Angabe der eigenen Telefonnummer beim Empfänger wünscht. Der Text war in kurzen Zeilen angeordnet, die sauber und in gleichmäßigem Abstand untereinander standen. Die Zeilen waren freihändig, ohne Hilfslinien, geschrieben und perfekt waagerecht. Die Schrift war von einer Akkuratesse, wie er sie selten gesehen hatte. Die senkrechten und waagerechten Bestandteile der Buchstaben wiesen unterschiedliche Stärken auf, daher schloss er auf eine Feder oder einen Füllfederhalter als Schreibgerät. Wann immer er selbst versucht hatte, einen mehrzeiligen Text auf ein leeres Blatt zu bringen, beispielsweise auf eine Glückwunschkarte, war das Ergebnis eine peinliche Abfolge von unregelmäßigen Buchstabenschlangen gewesen. Was er hier vor sich hatte, bedurfte langer Übung und einer ruhigen Hand. Offenbar hatte der oder die Verfasserin eine Ausbildung in Kalligraphie gehabt. Der Text selbst erstaunte ihn durch die Höflichkeit der Anrede. ‚Sehr geehrter Herr Kommissar' war nicht die übliche Kopfzeile für ein Schreiben dieser Art. In der Regel kamen die Denunzianten sofort zur Sache und hielten ihre Mitteilungen kurz. Die Ausdrucksweise in diesem Schreiben war gewählt, aber deutlich. ‚Eine Wohlmeinende' sollte auf einen weiblichen Verfasser schließen lassen, konnte aber auch eine gewollte Irreführung sein. Der Zusatz ließ unterschiedliche Interpretationen zu. Offensichtlich sollte er darauf hinweisen, dass sich die Ermittlungen mit diesem Hinweis einfacher gestalten, also ihm die Arbeit erleichtern würden. Andererseits konnte man ‚wohlmeinend' auch für den vermeintlich Verdächtigten in Anspruch nehmen, das hieß, jemand setzte sich für Karl Wechsler ein. Was immer gemeint war, auf jeden Fall wusste der Verfasser, dass Karl Wechsler im Visier der Ermittler stand, aber das traf zu diesem Zeitpunkt für jeden im Umfeld des Opfers zu. Was die Sache brisant machte, war das Wort ‚Mord' und der Name der Getöteten. Bisher hatte er davon in den Pressemitteilungen nichts erwähnt. Der Nachweis des Mordes war auch jetzt noch nicht endgültig erbracht, solange die Tötungsart nicht vollständig geklärt war. Der Schreiber hatte offensichtlich Interesse daran, Richard Voith zu be- und Karl Wechsler zu entlasten. Das Wort ‚Großbauer' war in dem Text völlig überflüssig und bestätigte erneut die Animositäten gegenüber Voith persönlich oder seiner Familie. Für Torsten Grothe war klar, dass der Absender des Faxes im näheren Umfeld der beiden Familien zu suchen war.

Er bestreute die Farfalle mit dem Parmesan, der in einer Glasschale auf dem Esstisch stand. Der Käse war frisch gerieben und entfaltete auf den heißen Nudeln einen köstlichen Duft. Der konnte allerdings nicht darüber hinwegtäuschen, dass das Gericht abgestanden und aufgewärmt war. Außerdem vermisste er Monika. Grothe aß nur äußerst ungern allein, und wenn es sich trotz allem nicht vermeiden ließ, verdoppelte sich seine Essgeschwindigkeit. Er gabelte seinen Teller lustlos leer und schob ihn dann zur Seite. Er spürte, wie seine Gedanken begannen, von den Verwicklungen des Falles in das Obergeschoss seines Hauses abzuwandern. ‚Sie ist nicht allein', konnte nur bedeuten, dass Verena männlichen Besuch hatte, sonst hätte Monika erwähnt, dass eine Freundin bei ihr war. Er hatte keinen Zweifel, dass daran nichts Schlimmes war. Verena war fünfzehn, und seine Frau würde nie zulassen, dass sie sich mit einem älteren Jungen einließ, geschweige denn sie mit ihm in ihrem Zimmer allein lassen. Trotzdem fühlte er einen Stich bei dem Gedanken, dass er nicht mehr die Nummer eins in Verenas Vorstellung von der männlichen Menschheit sein würde. Für einen Moment dachte er daran, hinaufzugehen und ‚nach dem Rechten' zu sehen, verwarf die Idee aber sofort wieder. Er war glücklich und stolz darauf, dass seine Tochter nicht nur mit schulischen Problemen zu ihm kam. Dieses Verhältnis beruhte auf einem Urvertrauen, dass er auf keinen Fall gefährden wollte. Sein Sohn Jens war drei Jahre älter und sein Abnabelungsprozess weiter fortgeschritten. Seltsamerweise machte es ihm bei Jens aber weniger aus, wenn dieser seine eigenen Wege ging. Der Rollenwechsel in seiner Vaterfunktion war zwar nicht abrupt und auch nicht unerwartet, doch er musste sich eingestehen, dass er Schwierigkeiten hatte, seine Kinder loszulassen.

Er hörte eine Tür aufgehen und dann Verenas Lachen von oben. Sie kam die Treppe herunter und unterhielt sich mit einem jungen Mann, den er durch die offene Küchentür schemenhaft erkennen konnte. Die Haustür öffnete und schloss sich und Verena erschien im Türrahmen.

„Hi, Daddy, ich hab schon mit Mama gegessen, ich geh wieder hoch."

„Hallo, mein Schatz. Wer war denn das?"

„Ach, nur ein Klassenkamerad, wir haben Mathe geübt. Morgen schreiben wir 'ne Schulz. Wo ist denn Mama?"

„Bei Christa, sie ist geflüchtet, weil ich ein Fax bekommen habe."

„Ach das Ding aus dem letzten Jahrhundert?"

„Wie bitte?"

„Na diese Schrift. So was haben wir mal in Kunst geübt, Normschrift. Das haben die Leute früher in der Schule gelernt. Und deswegen muss sie gleich zu ihrer besten Freundin? Verstehe ich nicht. Bis später, Papa. Ich muss noch weiterlernen. Das Matheding wird der Hammer!"

Verena hatte völlig recht, dachte Grothe. Diese Sache mit der besten Freundin konnte er nur schwer verstehen. Er selbst hatte zwar auch gute Freunde, aber nie würde er wegen einer solchen Kleinigkeit sofort zu einem von ihnen laufen und ihm seine Probleme auftischen, und genau das stellte er sich bei Monika und Christa vor. Bestimmt würden die beiden jetzt wieder ihre Eheprobleme durchdeklinieren. Wahrscheinlich brauchte jede Frau so etwas. Jede Frau?

***

20

Der Dienstagmorgen fühlte sich nicht gut an. Torsten Grothe hatte nur wenig geschlafen, weil ihn seine Schulter geplagt und er auf Monika gewartet hatte. Sie war erst um ein Uhr heimgekommen und hatte sich dann lautlos neben ihn gelegt. Er hatte keine Lust auf Diskussionen gehabt und sich schlafend gestellt. Der Versuch, den Urheber des Faxes zu ermitteln, hatte nichts ergeben. Die Anruferliste seines DSL-Routers enthielt nur das übliche ‚unbekannt'. Damit gab es so gut wie keine Möglichkeit der Zurückverfolgung. Alle Versuche, auch im Internet, den Absender festzustellen, waren erfolglos geblieben. Er wusste, dass eine Recherche durch die Telefongesellschaft sinnlos war, wenn der Absender einen Analoganschluss hatte oder die ISDN-Nummer unterdrückte. Ihm blieb nur die Analyse der Schrift und des Textinhalts.
Felix Weber saß ihm gegenüber, das Fax lag auf seinem Schreibtisch zwischen ihnen.
„Was halten Sie davon, Felix?"
„Nicht viel, ehrlich gesagt. Wahrscheinlich das übliche Denunziantentum. Aber es wäre schon wichtig, den Urheber herauszufinden. Vielleicht kommen wir mit der Schrift weiter. Unseren Jungs von der Graphologie fällt bestimmt etwas dazu ein. Ich mache mal einen Scan und maile denen das durch."
Grothe liefen Schauer über den Rücken. Aber er musste zugeben, dass er Schwierigkeiten hätte, diese Dinge mit rein deutschen Worten auszudrücken. ‚Mailen' war einfach kürzer als ‚per Textnachricht über das Internet versenden', wobei das Wort ‚Internet' schon keine deutsche Entsprechung mehr hatte. Wahrscheinlich würde er sich irgendwann einfach geschlagen geben müssen.
„Gut Felix, was haben wir noch?"
„Dr. Schneider teilt mit, dass die Zahnschemen übereinstimmen. Damit ist die Identität der Leiche erwiesen. Einen schriftlichen Berichtszusatz liefert er noch nach. Die DNA-Analyse können wir uns dann wohl sparen."
Er spielte auf die Kosten an, die jede Analyse des Erbmaterials verursachte. Die Notwendigkeit der Analyse musste schriftlich begründet werden, und wenn ein Vergleich der Zahnschemen

ausreichte, musste es schon gute Gründe für das teure Verfahren geben. Für Grothe hatte allerdings die bloße Ankündigung der Identitätsfeststellung gegenüber Karl Wechsler ihren Zweck erfüllt. Wechsler hatte die Identität von sich aus zugegeben.

„Mit Richard Voith habe ich ausgemacht, dass wir gegen elf bei ihm sind. Natürlich wollte er wissen warum, ich habe aber noch nichts gesagt. Was ist eigentlich mit der Betriebsstilllegung? Er hat schon wieder danach gefragt."

„Mensch, das hatte ich total vergessen. Ich glaube, das können wir abbrechen. Die Leiche ist identifiziert, und neue Erkenntnisse werden wir mit dem Leerpumpen auch nicht gewinnen. Ach übrigens, der Erkennungsdienst hat endlich seinen Bericht geschickt. Wie ich mir schon gedacht habe – es gibt nichts unmittelbar Verwertbares. Die Spuren am Fermenter waren zu diffus und verwittert, und die Fingerabdrücke an allen Türen und Luken der Biogasanlage stammten ausnahmslos von Familienmitgliedern. Einige fremde Abdrücke sind deutlich älter und lassen sich mit Wartungsarbeiten durch die Herstellerfirmen der Aggregate erklären. Ich glaub, das war's erst mal. Wenn Sie sich um das Fax kümmern, versuche ich etwas Ordnung in meine Gedanken zu bringen. Um halb elf fahren wir zu Voith raus."

Der junge Kommissar verstand sofort, dass Grothe allein sein wollte und ging in sein Büro.

Grothe legte den Bericht zu der Akte und drehte seinen Schreibtischstuhl so, dass er die Flipchart vor sich hatte. Er schlug das aktuelle Blatt nach hinten und schrieb mit einem dicken roten Filzstift den Namen ‚Kerstin Wechsler' genau in die Mitte. Danach übertrug er die übrigen Namen von dem umgeschlagenen Blatt mit schwarzem Stift auf die freien Flächen um den Namen der Toten. Dann begann er, in grüner Farbe Querverbindungen einzuzeichnen und mit Kommentaren zu versehen. Nach einer halben Stunde war er so weit, dass die entstandene Struktur das Blatt füllte und er für weitere Eintragungen ein neues anfangen müsste. Er stand auf und stellte sich in einigem Abstand vor die Flipchart. Manchmal brachte ihm diese Betrachtung Erkenntnisse, die er aus der Nähe übersah. Das Bild glich einem Tafelbild, das er einmal bei einem

Volkshochschul-Englischkurs gesehen hatte. Der Lehrer hatte zu jedem neuen Wort, das in einem Text vorgekommen war, sogenannte ‚Wortfamilien' hinzugefügt. So ergaben sich immer mehr Abzweigungen zu anderen Wörtern, die alle eine gewisse Verwandtschaft miteinander aufwiesen. Die Namen auf der Flipchart hatten einen oder mehrere dieser Verbindungsstriche, lediglich der Name ‚Dieter Krahmann' stach dadurch heraus, dass er nur durch einen Strich mit Richard Voith verbunden war. Neben dem Verbindungsstrich stand ‚Besichtigung Biogasanlage'. Sein Gefühl sagte ihm, dass hier etwas fehlte.
Auf der Fahrt nach Langerringen ließ er sich von Felix Weber erklären, was die Graphologen im Präsidium zu dem Fax herausgefunden hatten. Die Schrift entsprach dem, was allgemein als ‚Englische Kursivschrift' bezeichnet wurde und eigentlich von jedem Grundschüler gelernt wurde. Allerdings entfernt sich jeder Mensch mit zunehmendem Alter von dieser Anfangsnormschrift, und schon in den späteren Schuljahren ist von dem ursprünglich einheitlichen Schriftbild zumeist nicht mehr viel vorhanden. Der Verfasser des Textes hatte es offensichtlich geschafft, sich diesem Erosionsprozess zu entziehen. Der Erfahrung nach legten Frauen mehr Wert auf eine schöne Handschrift, was sich mit der Unterschrift ‚Eine Wohlmeinende' deckte. Felix Weber erzählte von Schönschriftkursen, die von den Volkshochschulen angeboten wurden und in letzter Zeit immer mehr Zulauf hatten, angeblich auch von Männern. Grothe hörte zum ersten Mal von solchen Kursen, und die Vorstellung, dass es in der von Computern beherrschten Zeit Menschen gab, die sich nicht auf vorgefertigte Schriften von Textprozessoren verließen, gefiel ihm. Warum aber setzte sich der Verfasser dem Risiko aus, über das Schriftbild identifiziert zu werden? Offenbar war sich die Person dieser Gefahr nicht bewusst oder es war ihr egal. Beide Versionen hatten ihren Reiz, halfen ihm aber im Moment nicht weiter.
Richard Voith stieg aus der Fahrerkabine eines gewaltigen Traktors. Der angehängte Ladewagen war neu und bis zum Rand gefüllt mit Maisschrot. Als der Vectra mit Grothe und Weber vorfuhr, ging er den Kommissaren entgegen.
„Na, Herr Kommissar, hatten S' an Unfall?"

„Nichts wirklich Schlimmes, ein Sturz mit dem Fahrrad. In drei Wochen sitz ich wieder auf dem Rennrad."
Grothe erschien diese Ankündigung selber ein wenig zu optimistisch, aber er begann bereits, die Folgen seiner erzwungenen Rad-Enthaltsamkeit zu spüren: Ihm fehlte der körperliche Ausgleich, den ihm das Rennrad für seine meist sitzende Tätigkeit bot.
„Was verschafft mir denn die Ehre des Besuchs? Sie sind ja schon fast Stammgäscht auf meim Hof."
„Herr Voith, wir haben noch ein paar Fragen, aber zunächst das Angenehme: Sie können den zweiten Motor wieder anfahren, die Erkenntnisse sind gesichert und ein Auspumpen des Fermenters ist nicht nötig."
„Ja Gott sei ..., soll des hoißa, Sie wissen, wer die Tote isch?"
„Allerdings, es handelt sich um Ihre Nachbarin, Frau Wechsler."
Grothe fixierte Voith.
„Das scheint Sie nicht besonders zu treffen."
„I hau's ja scho fascht vermutet. Aber treffa, na des tut's mi wirklich it. I hau's it gwollt, des geb i gera zua. Die hat mir gnua Ärger gmacht."
„Niemand verlangt, dass Sie Ihre Nachbarn mögen, Herr Voith. Allerdings gehen wir mittlerweile ziemlich sicher von einem Gewaltverbrechen aus, und da müssen wir jede Äußerung berücksichtigen."
„Mei, deshalb bring i s' doch it glei um."
Grothe ging nicht auf die Bemerkung ein.
„Wir würden gerne noch einmal einen Blick in Ihr Giftlager werfen."
„Sie moinan des Pflanzenschutzmittellager, Herr Kommissar. Was gibt's denn dau Interessants zum seha?"
„Das erkläre ich Ihnen später."
„Dau muass i erscht da Schlüssel hola. Moment."
Er verschwand im Haus, kehrte aber sofort wieder zurück und ging über den Hof auf den Traktorschuppen zu.
„Wo bewahren Sie den Schlüssel denn auf, Herr Voith?"
„Im Schlüsselkaschta halt, hinter der Tür."
„Und der Kasten, ist der verschlossen?"
„Ja so a Schmarrn. Der isch doch im Haus, da hat doch koina

was verlora. Da isch no nie was wegkomma. Sie, Herr Kommissar, wenn S' mir jetz wegen so am Käs was a'hänga wolla."
„Keiner will Ihnen etwas anhängen, Herr Voith. Ich muss diese Fragen stellen, womöglich zu Ihrem eigenen Besten."
Voith sagte nichts mehr und schloss das Giftlager auf. Er trat beiseite und ließ den beiden Polizeibeamten den Vortritt. Grothe sah sich um, ging auf die am Boden und in Regalen stehenden Behälter zu und zeigte auf einen 20-Liter Kunststoffkanister mit der Aufschrift ‚Tamaron'.
„Wofür ist denn dieses Mittel?"
„Fragen S' lieber wogega. Das Zeug isch hochwirksam gegen Blattleis und alle Arten von Schädlingsinsekten. Warum wolln S' des wissen? Was hat'n des mit der Toten zum doa?"
„Wir haben eine große Menge einer Substanz im Magen der Toten gefunden, die ein Bestandteil dieses Mittels ist."
Voith schaute den Kommissar mit offenem Mund an und konnte erst nach einigen Sekunden antworten.
„Was soll des hoißa? Wie kommen Sie drzu zu vermuten ...?"
„Bisher vermute ich noch gar nichts, Herr Voith. Wir versuchen lediglich herauszufinden, woher die Substanz stammt. Wir wissen, dass dieses Mittel häufig in der Landwirtschaft eingesetzt wird. Aber Sie werden verstehen, dass wir zunächst in der Nähe des Fundortes der Leiche suchen müssen."
Richard Voith geriet sichtlich in Wallung. Seine Gesichtsfarbe wechselte und er atmete heftig.
„Das will ich hoffen, Herr Kommissar, sehr hoffen. Das Mittel steht bei allen Getreidebauern in Langerringen im Schrank, das können S' mer glauba. Wahrscheinlich auch beim Wechsler Karre."
Er war laut geworden, und die letzten in auffallendem Hochdeutsch herausgeschleuderten Worte hallten in dem kahlen Raum nach.
„Was wollen Sie damit sagen, Herr Voith?"
„I moin ja bloß, wegen dem Ärger, den's dau oft gab. Des hat ma bis zu uns nüber hera kenna. Wie die den a'brüllt hat. Mit mir tät des koine macha. I woiß it, was i mit der gmacht het, wenn des die mei gwesn wär."
„Soweit ich weiß, hat Herr Wechsler die Landwirtschaft vor zwei Jahren an den Nagel gehängt. Da wäre es doch sehr un-

wahrscheinlich, wenn er noch Pflanzenschutzmittel lagern würde."
„Da miassn S' scho selber fragn."
Der jüngere Kommissar hatte sich in dem Raum weiter umgesehen und trat jetzt an ein Regal heran, in dem eine Reihe von Utensilien stand, die für das Umfüllen der Flüssigkeiten in die Spritzbehälter benötigt wurden. Neben verschiedenen Trichtern und Schläuchen, Schutzhandschuhen und Atemmasken lag ein Gerät, das einer Silikon-Spritzpistole ähnelte. Felix Weber beäugte die Vorrichtung, soweit es möglich war, ohne sie aus dem Regal zu nehmen. Sie bestand aus einem horizontalen Zylinder, an dem vorne ein Griffstück befestigt war. Am hinteren Ende des Zylinders befand sich ein Hebel, der mit einer Hand auf das Griffstück zubewegt werden konnte und dabei offensichtlich einen Kolben im Inneren des Zylinders vorwärts bewegte. Der Zylinder saß an einem ebenfalls horizontalen, topfartigen Behälter aus transparentem Kunststoff, der wiederum an seiner Vorderseite ein circa dreißig Zentimeter langes, dünnes Metallrohr trug, das mit einer abgewinkelten und aufgedickten Spitze versehen war. Auf dem Metallröhrchen steckte ein etwa ebenso langer Schlauch aus rotem Gummi.
„Herr Voith, was ist das hier?", fragte er, und deutete auf das Gerät.
„Des isch a Drenchspritze, für Medikamente."
Voith wollte das Gerät aus dem Regal nehmen, aber Felix Weber hielt seinen Arm zurück.
„Moment, Herr Voith, das machen wir anders."
Aus seiner Kunststoff-Aktenmappe, die er wie immer unter den Arm geklemmt hielt, zog er einen großen Asservatenbeutel mit Tunnelzug. Er stülpte ihn über die Spritze und zog den Beutel unten zu. Dann nahm er das Ganze aus dem Regal und hielt es Richard Voith hin.
„Und wie funktioniert so etwas?"
Voith blickte die beiden Kommissare ungläubig an, als wollte er sagen, dass doch wohl jeder Dummkopf die Funktionsweise schon beim Ansehen begreifen müsste, und begann dann langsam, den Beutel in seinen Händen hin und her zu drehen.

„Also, des Medikament wird hier eigfüllt."
Er wies auf den Kunststoffbehälter.
„Und dann schiabt ma dem Tier des Röhrle ins Maul und drückt den Handgriff. So ..."
Er sprach sehr langsam, so als konnte er selbst nicht glauben, was hier vor sich ging. Er drückte die beiden Griffe gegeneinander, wobei aus dem Schlauch etwas von einer milchigen Flüssigkeit trat, die sich im Boden des Beutels sammelte. Weber nahm ihm den Beutel wieder aus der Hand. Er öffnete vorsichtig den Tunnelzug und schnupperte an der Öffnung, zog die Nase aber schnell wieder zurück.
„Wann haben Sie die Spritze das letzte Mal gebraucht?", fragte Grothe.
„Mei, so vor drei Wocha, da hamma die Katzen entwurmt. Des machma selber, der Tierarzt verlangt a Vermögen für den Schmarrn."
„Also müssten in der Spritze noch Reste vom Entwurmungsmittel sein."
„Eigentlich it, i spül die Spritzn jedsmal aus, wenn i s' benutzt hau."
„Wo befinden sich denn die Arzneimittel für die Tiere?"
„In am Medikamentenschrank im Saustall, glei neben der Tür."
„Dann sollte doch die Spritze eigentlich auch dort sein, oder?"
„Ja scho ..."
„Und was macht sie dann hier, bei den Pflanzenschutzmitteln?"
„I woiß it. Mei, in so am Betrieb, wenn's hektisch zuagauht, da kommt scho amol was durchanand. Wahrscheinlich hau i s' selber mitgnomma, weil s' am Hof stauhblieba isch."
„Herr Voith, wir nehmen die Spritze mit ins Präsidium, und wir brauchen noch eine Probe aus dem Tamaronkanister."
Weber holte ein kleines Schraubglas und eine Ballonpipette aus seiner Aktenmappe, zog damit eine kleine Menge des Gifts auf und spritzte sie in das Glas. Voith atmete hörbar durch die Nase ein.
Grothe ging mit Richard Voith aus dem Giftlager durch den leer stehenden Traktorschuppen und trat auf den von der

Mittagssonne beschienenen Hof. Aus der Brusttasche seines Jacketts zog er einen Computerausdruck und hielt ihn Voith unter die Nase.
„Kennen Sie den Herrn auf dem Bild?"
„Na, wer soll'n des sei?"
„Der Mann heißt Dieter Krahmann. Das Bild basiert auf einem Foto, das fünfundzwanzig Jahre alt ist. Es wurde künstlich gealtert, und möglicherweise schaut der Mann auch anders aus, allerdings müsste es eine gewisse Ähnlichkeit geben."
Das Bild zeigte einen bart- und kotelettenlosen Mann um die sechzig, mit leicht verschwommenen Zügen, aber eindeutig dem Dieter Krahmann ähnlich, der auf dem erkennungsdienstlichen Foto dargestellt war.
„Dieter Krahmann? Warten S', den Namen hau i scho amol ghert. Der war doch ..., mei, der war bei a Betriebsbesichtigung drbei, so vor vier Wocha. Zoign S' amol. Ja, des kennt sei. Des war so a typischer Preiß, so a Aufsprecher. Wia der scho gredt hat. Was hat'n der mit dera Sach zum dua?"
„Das wissen wir noch nicht, wir sammeln bisher nur Informationen. Hat sich der Herr mit Ihnen direkt in Verbindung gesetzt?"
„Ja, der war amal dau und hat gfragt zwecks oina Führung. I hau'n dann an den Biogasfachverband verwiesa. Und dann isch a amol auftaucht zur Führung. Hat umanandafotografiert wie a Bleder mit seiner Digitalkamera. Der hat au unbedingt Fotos von uns macha wolla, von dr Hildegard und mir. Moment amol. I hau den später noch amol gsehn, moin i wenigschtens. Und zwar mit der Wechsler zamm, in so am alta Alfa. I hau mi no gfragt, was die mit so am alta Schnösel will. Sonscht war'n die Kerl immer jünger, mit denen s' umanandgschossn isch."
„Wissen Sie noch das Kennzeichen?"
„Na, nur die Farbe, weiß. Des war a Spider 2000, Baujahr so um 1975. Von so oim hab i damals träumt."
Grothe konnte sich an den Typ genau erinnern. Es war der letzte klassische Spider gewesen, bevor Alfa-Romeo den unsäglichen Plastikspoiler auf den Kofferraum geschraubt hatte, der das Auto zur ‚Gummilippe' machte und für viele Fans ein Grund war, der Marke den Rücken zu kehren. Immerhin hatte Voith mit seiner Bemerkung die Aussage von Karl Wechsler

bestätigt. Es war an der Zeit für etwas polizeiliche Fieselarbeit, die er den Kollegen im Präsidium überlassen würde. Felix Weber hatte bereits verstanden und sein Handy aus der Brusttasche gezogen. Er ging über den Hof auf das Wohnhaus zu, bis er außer Hörweite war, und bat mit knappen Worten den Kollegen Krüger aus dem Drogendezernat um eine Halterfeststellung von allen weißen Alfa-Romeo Spider 2000 der Baujahre 1970 bis 1980 mit einem D als Anfangsbuchstaben im Kennzeichen.
„Herr Voith, ich muss Sie bitten, sich weiterhin zu unserer Verfügung zu halten. Bitte informieren Sie auch Ihre Familie, dass weitere Befragungen möglich sind."
Grothe gab Richard Voith die Hand und ging mit Felix Weber zu dem geparkten Dienstwagen. Im Wagen fragte Weber:
„Was ist mit dem Fax? Wollten Sie es ihm nicht zeigen?"
„Noch nicht, ich bin mir zwar nicht ganz sicher, aber ich glaube, wir sollten damit warten. Mittagessen im Deutschen Haus?"
„Prima Idee."
Der angebotene Mittagstisch in der Dorfwirtschaft bestand aus Schweinsbraten mit Semmelknödel und Fruchtsalat zum Dessert. Grothe bestellte Kässpatzen, nicht, weil ihm der Schweinsbraten nicht zugesagt hätte, sondern weil er sich vor Felix Weber keine Blöße geben wollte. Er hätte das Fleisch mit einer Hand nicht allein zerteilen können, und den jungen Kollegen um Hilfe zu bitten, wollte er sich nicht antun. Beim Essen machten die beiden Kommissare erneut mit dem Mitteilungsbedürfnis der Dorfbewohner Bekanntschaft. An der Theke standen einige Bauarbeiter, die sich mit dem Wirt lautstark über das Ableben der Frau Wechsler unterhielten. Ihre Verwunderung darüber, woher die Arbeiter die Identität der Toten kennen konnten, hielt sich in Grenzen. Jede Nachfrage hätte nur zu der Antwort: „Das weiß doch jeder!" geführt. Grothe konnte sich lebhaft vorstellen, wie sich die Nachricht buschfeuerartig im Dorf verbreitete. Zu oft hatte er selbst erlebt, wie ihm sehr persönliche Dinge, die ihn eigentlich gar nichts angingen, unter dem Siegel der Verschwiegenheit anvertraut wurden. Die Gründe dafür waren oft nur Wichtigtuerei, er hatte aber auch echte Sorge um Freunde, Bekannte

oder Nachbarn erlebt. Einerseits war er froh und stolz, in die Dorfgemeinschaft integriert zu sein, andererseits hatte er Schwierigkeiten, sich mit der damit verbundenen Einschränkung seiner Privatsphäre abzufinden. Wollte man jegliche Diskussion privater Angelegenheiten vermeiden, blieb nur die totale Abschottung, was allerdings wieder zur Entstehung von wilden Gerüchten führen konnte. Nach einem Cappuccino zahlte Grothe die moderate Rechnung und sagte:
„Und nun bringen Sie mich zu meiner Verabredung."

***

21

„Welcome to Frankfurt, Mr. Coggan, anything to declare?" Die junge Dame hinter dem Zollschalter war auffallend hübsch und sprach einwandfreies Englisch. Paul Coggan war klar, dass dies vorerst die letzten Worte in seiner Muttersprache sein würden, die er in diesem Land hören würde. Zwischen einem dicken Amerikaner im dunklen Dreiteiler, der sich mit Laptoptasche und dem unvermeidlichen Samsonite-Rolli abmühte, und einem Rucksack-Pärchen, dass seinen Trekkingurlaub in Wanaka beendet hatte und jetzt nach Deutschland zurückkehrte, hatte er gehofft, dass sein leichtes Gepäck weniger auffallen würde. Trotzdem hatte sein kleiner Rucksack einige erhobene Augenbrauen verursacht. Es war doch ungewöhnlich, wenn ein Reisender aus Los Angeles nur mit Handgepäck ankam, und gegen Männer mit kleinen Rucksäcken war man in Europa anscheinend allergisch. Der fette Geschäftsmann schwitzte, so wie er den ganzen Flug über geschwitzt hatte. Paul hatte in der Reihe hinter ihm gesessen, und der zunehmende Schweißgeruch war ihm nicht mehr aus der Nase gegangen. Er hatte nichts gegen Naturdüfte wie den von frisch geschorener, nach Schaffett riechender Wolle. Der technische Geruchscocktail aus verbranntem Öl, Benzin, Schmierfett und altem Leder, der jedem alten Flugzeug anhaftete, war das reinste Parfüm. Aber abgestandener Menschenschweiß war ihm zuwider. Er hatte gehofft, dass sich der Mann während des zehnstündigen Transatlantikfluges in der Toilette frisch machen würde, aber der Amerikaner dachte nicht einmal daran. Stattdessen hatte er umständlich seine Weste ausgezogen, wofür er auf den Gang treten musste und dunkle Ränder unter seinen Achseln entblößte. Nach der Landung hatte sich Paul beeilt, der Schweißfahne zu entkommen, was aber gründlich schiefging, denn um seine Position hinter den Trekkingtouristen einzunehmen, hatte er einige Passagiere vorlassen müssen, und schon fand er sich in der Warteschlange vor dem Zollschalter vor dem penetrant transpirierenden Amerikaner wieder. Nach der Kontrolle holte er sich an einem der Automaten einen Kaffee und atmete einige Zeit tief über dem Plastikbecher ein, um den Geruch aus seiner

Nase zu bekommen. Danach kaufte er sich ein Baguette mit Ei und Schinken, das er mit dem Kaffee an einem der Stehtische hinunterspülte. In Wanaka hatte er einhundertfünfzig Dollar in Euro umgetauscht, hatte aber keinen Begriff, was diese Dinge in seiner Landeswährung kosten würden. Es war halb elf am Vormittag, er hatte zweiunddreißig Stunden Flug und viel Warterei auf drei Flughäfen hinter sich und sehnte sich nach einem Bett. Er spürte schon jetzt den kommenden Jetlag in den Gliedern, doch der Gedanke an Jenny und die Jungs hielt ihn wach und gab ihm Kraft. Er hatte ihr versprochen, die Anzahlung für die Chaika zurückzuholen und den Kauf rückgängig zu machen. Dafür müsste er aber nach Auckland fliegen, da Greg Szerbsky nicht mehr in Wanaka war. Jenny hatte ihm die kalte Schulter gezeigt und gesagt, er solle eben tun was nötig sei. Sie hatte keinen Zweifel daran gelassen, dass er sich einiges einfallen lassen müsste, um ihre Gunst zurückzugewinnen. Er hatte versprochen, in fünf Tagen wieder aus Auckland zurück zu sein – und den nächsten Flug nach Frankfurt gebucht. Jenny durfte von der Reise nichts erfahren, denn noch immer hatte sie keine Ahnung von dem Testament und seinen Recherchen in Deutschland. Von der Detektei hatte er nichts mehr gehört, die Internetseite zeigte nach wie vor nur die Ankündigung, dass die Seite bearbeitet und demnächst wieder aktiviert würde. Immer wieder hatte er die Seite der Kieswerke Voith aufgerufen und überlegt, ob er mit dem Inhaber über die angegebene E-Mail-Adresse Kontakt aufnehmen sollte. Aber was hätte er ihm schreiben können? Dass er beabsichtigte, ihn um einen Teil seines Unternehmens zu bringen, da er im Besitz eines Testaments aus dem Jahre 1943 sei, das seine Frau an den Einkünften aus den Kieswerken beteiligte? Was immer auch der Grund für das Schweigen seines Agenten war, er würde es herausfinden. Er musste diese Sache zu Ende bringen, das war er Jenny schuldig.
Er ging mit den Resten seines frugalen Mittagessens zum nächsten Abfalleimer und wunderte sich über die drei in Deutsch und Englisch beschrifteten Schächte, die offensichtlich für unterschiedliche Arten von Abfall gedacht waren. Unschlüssig versenkte er den Plastikbecher und die Serviette, aus der er das Baguette gegessen hatte, in dem Schacht mit

der Aufschrift ‚other waste / Restmüll'. Dann setzte er sich in Richtung des Pfeiles auf dem Schild mit der Aufschrift „To Trains" in Bewegung und ließ sich von der Menge verschlucken.

***

22

Sonja Meyer war achtunddreißig und Kerstin Wechslers beste Freundin. Torsten Grothes Erkenntnis, dass jede Frau eine beste Freundin braucht, hatte ihn veranlasst, Karl Wechsler anzurufen und danach zu fragen. Wechsler hatte ihm mit offensichtlicher Missbilligung Sonja Meyer genannt, die Adresse entstammte dem Telefonbuch. Nachdem er sie am Dienstagnachmittag nach mehreren vergeblichen Versuchen erreicht hatte, sagte sie ihm, dass sie am Mittwoch ab vierzehn Uhr daheim sein würde. Felix Weber hatte ihn in Gennach, einem Nachbardorf von Langerringen, vor dem älteren Zweifamilienhaus abgesetzt, und war dann auf seine Anweisung hin nach Augsburg gefahren, um die Asservaten aus Voiths Giftkammer ins Labor zu bringen. Danach sollte Weber ihn wieder abholen. Er hatte am Hauseingang geklingelt, aber offenbar war die Klingel defekt. Die Haustür hatte eine normale Klinke, nicht den üblichen Knauf, und war nicht verschlossen. Er wunderte sich nicht mehr über die Nachlässigkeit. Mittlerweile war ihm klar, dass diese Form der Offenheit einem Urvertrauen entsprang, das es wohl nur in diesen kleinen Dörfern gab – es gehörte sich einfach nicht, sich einzuschließen. Er stieg in den ersten Stock, so wie auf dem Namensschild angegeben. Sonja Meyer öffnete sofort und bat ihn in ihr mit Nippes und Plüschtieren überladenes Wohnzimmer. Die Wohnung war zu groß für eine Person, aber offensichtlich lebte die Frau allein, Anzeichen männlicher Präsenz konnte er nicht entdecken. Den Tee, der vor ihm auf dem Tisch stand, hatte er noch nicht angerührt. Zu sehr war er fasziniert von der Art und Weise, wie sie sich beim Erzählen echauffierte. Ihr kurzes rotes Haar passte dazu, wie sie ihren Körper in Szene setzte. Wenn das Adjektiv ‚vollschlank' auf irgendjemand zutraf, dann auf Sonja Meyer. Bei genauem Hinsehen hatte sie ein paar Hüftpolster zu viel und einiges an Taille zu wenig. Ihre üppigen Brüste wogten je nach Zuhilfenahme der Arme auf und ab oder hin und her, und Grothe konnte nicht umhin, auf ihren Blusenausschnitt zu starren: Sommersprossen – offenbar hatte sie die überall. Aus einer plötzlichen Idee hatte er Felix Weber gesagt, dass er diesen Termin allein wahrnehmen wollte, weil er sich von einem

Gespräch unter vier Augen mehr erwartete. Fast bereute er diesen Entschluss, schließlich war er im Dienst, und mit dem jungen Oberkommissar wäre es ihm leichter gefallen, sich auf die Befragung zu konzentrieren. Sein digitales Aufnahmegerät stand vor ihm auf dem niedrigen Glastisch, und er tat so, als ob er die Aufnahmezeit überprüfen müsste. Er drückte die Abspieltaste: „Mittwoch, den elften September, vierzehn Uhr zwanzig. Befragung im Fall Wechsler Kerstin. Befragte Meyer Sonja, geboren am achten Februar 1969, wohnhaft in Gennach, Kirchstraße zweiunddreißig, Vorschulerzieherin, bekannt mit Kerstin Wechsler seit 1998."
Danach hatte er sich wieder im Griff und folgte Sonja Meyers wort- und gestenreichen Ausführungen.
„Immer wieder habe ich ihr gesagt, Kerstin, mach endlich reinen Tisch und schmeiß den Karl raus. Das hast du nicht nötig. Das Leben geht an dir vorbei, der Kerl kostet dich die besten Jahre. Und jetzt ..."
Sie zog ein neues Papiertaschentuch aus der Packung, die auf dem Tisch lag, und putzte sich geräuschvoll die Nase.
„Jetzt ist sie tot, das hat sie nicht verdient. Und schon gar nicht so."
Die letzten Worte gingen im Taschentuch unter.
„Was hat sie denn an ihrem Mann auszusetzen gehabt. Offenbar war er doch ein guter Vater."
„Ja, das schon, aber sonst war mit dem nichts los. Den Betrieb hat er in Grund und Boden gewirtschaftet, und wenn Kerstin etwas unternehmen wollte, hatte er grundsätzlich keine Lust. Der kannte nur sein Sofa und sonntags Fußballplatz, das war alles."
„Frau Meyer, Herr Wechsler sagte mir, dass Sie öfter zusammen in die Disco gegangen sind."
„Ja, natürlich. Kerstin brauchte das. Sie war so voller Leben. Deshalb hat sie ja auch diesen Dieter kennengelernt, die ist richtig aufgelebt mit dem."
„Dieter, und wie hieß der weiter?"
„Keine Ahnung. Sie hat immer nur von ihrem Didi gesprochen."
„War das dieser Herr?"
Er zeigte ihr das Bild des gealterten Dieter Krahmann.

„Ja, so ähnlich zumindest sieht er aus. Ich hab dem ja nie getraut. Hat der was mit ihrem Tod zu tun?"
„Das versuchen wir gerade herauszufinden. Wo hat sie ihn denn kennengelernt. In der Disco?"
„Nein, das war bei einer Führung durch die Biogasanlage bei ihrem Nachbarn, dem Voith. Als die Führung vorbei war, hat er sie angesprochen. Er wollte alles über Richard Voith und den Betrieb wissen."
„Hat sie Ihnen erzählt, warum er das wissen wollte?"
„Sie hat gesagt, dass er in eine Biogasanlage investieren wollte. Wo der herkam, gibt es wohl noch nicht so viele, und deshalb wollte er sich hier in Bayern informieren."
„Und wie ging es dann weiter?"
„Als sie ihm von Richard Voith erzählt hatte, begann er, sich für sie zu interessieren. War ja auch zunächst ein ganz lustiger Typ, bis auf den Dialekt."
„Wieso?"
„Na, der war aus Nordrhein-Westfalen oder so. Jedenfalls hatte er ein ‚D' auf seinem Nummernschild. Einmal war er mit uns im Amadeus, hat uns den ganzen Abend freigehalten. Das hat mächtig Eindruck gemacht bei der Kerstin."
„Bei Ihnen nicht?"
„Ehrlich gesagt, mir war der zu alt. Und irgendwie halbseiden. Ich mag es nicht besonders, wenn sich Typen so großkotzig aufspielen."
„Wann war das alles?"
„Vor acht Wochen etwa. Danach haben sich die beiden dann regelmäßig getroffen. Und vor vier Wochen hat Kerstin mir erzählt, dass sie mit ihm fortgehen wollte."
„Woher der plötzliche Entschluss?"
„Angeblich hatte er ihr versprochen, sich um sie und den Leonhard zu kümmern. Und dann sagte sie noch, dass sie was gegen den Voith in der Hand hätte. Und bis sie den Hof verkaufen könnte, würde das genug Startkapital einbringen, wenn man es geschickt einsetzte. Und dass ihr der Dieter dabei helfen würde."
„Was meinte sie damit?"
„Das habe ich sie auch gefragt. Zuerst wollte sie überhaupt nichts dazu sagen, aber dann kam heraus, dass der Voith wohl

irgendwelche archäologischen Gegenstände, so alte Römersachen, unterschlagen hat. Die gibt's hier oft, beim Ausheben von Baugruben kommt es immer wieder zu Verzögerungen, weil die Archäologen alles ganz genau aufzeichnen müssen. Erst neulich haben sie bei Untermeitingen wieder mehrere Gräber ausgebuddelt. Da waren jede Menge Grabbeigaben drin. Die von dem zuständigen Amt haben das lange geheim gehalten, wegen der Grabräuber. Muss wohl echt wertvoll sein, das Zeug."

Erst jetzt fiel Grothe auf, dass Sonja Meyer ohne jeden Dialekt sprach, und das Wort ‚buddeln' hatte er von einem Ortsansässigen noch nie gehört. Es trug ihn an den Ort seiner Jugend in der Lüneburger Heide. Seltsam, wie schnell die Erinnerungen hochkamen. Er sah die große Sandkiste vor dem 24-Familienhaus, in der er als kleiner Junge mit seinen Freunden ‚gebuddelt' hatte. Der kleine Fluss mit der Anlegestelle für die Tretboote, die alte Mühle, der vermooste Kurpark, Kiefernwälder, feiner grauer Sandboden, sanfte Hügel, weite Kartoffel- und Rübenfelder, die Herbstluft, die nach offenen Äckern und Nässe schmeckte, der kleine Teich, auf dem sie im Winter Eishockey gespielt hatten – alles war glasklar wie in einem Fotoalbum mit Bildern, hinter denen sich immer neue Ansichten öffneten.

„Herr Grothe?"

Sie hatte seine Abwesenheit bemerkt, und es dauerte einige Sekunden, bis er wieder in dem Wohnzimmer und beim Thema war. In der ‚Augsburger Allgemeinen' hatte er von dem Fund aus der Bronzezeit gelesen, der als archäologische Sensation eingestuft wurde. Private Sondengänger, die sich als Hobby-Archäologen ausgaben, waren ein großes Problem in der Archäologie, und wo immer es etwas zu finden gab, waren diese Schmarotzer der amtlichen Ausgrabungen schon da.

„Woher wusste sie das, das mit den unterschlagenen Funden?"

„Sie hat es selbst gesehen. Ihr Sohn kam immer mit diesen Sachen an, als der Voith die Biogasanlage gebaut hat, Tonscherben und einmal eine ganze Schale."

„Und damit wollte sie Voith erpressen? Mit einer Tonschale?"

„Na ja, der hat dann wohl noch mehr gefunden. So richtig wertvolle Kunstgegenstände, Statuen und so."
„Und wie hat sie davon erfahren?"
„Das hat sie mir nicht gesagt. Aber irgendwie hat sie Wind davon bekommen und es wohl ihrem Dieter erzählt. Und der hat ihr dann gesagt, wie man so was zu Geld machen kann."
„Mit Erpressung. Hat sie Ihnen davon auch erzählt?"
Ihr Busen bebte, und sie schaute ihn mit großen Augen an. Die Stimme zitterte.
„Herr Kommissar, ich will nicht, dass die Kerstin nach ihrem Tod in den Schmutz gezogen wird."
„Frau Meyer, Kerstin Wechsler ist aller Wahrscheinlichkeit nach ermordet worden, und deshalb muss ich alles wissen, was mit ihr zusammenhängt."
„Also ..."
Sie verstummte und schaute Grothe unentschlossen an. Er sagte nichts.
„Also gut. Ein paar Mal hat sie ihm wohl gesagt, sie würde ihn melden, den Voith, und der hat auch gezahlt, ein- oder zweimal. Aber dann hat er sie vom Hof gejagt. Danach wollte sie aufhören, aber ..."
„Ja?"
„Der Dieter hat ihr keine Ruhe gelassen. Er hat gesagt, dass sie nur mitkommen darf, wenn sie den Voith weiter ausnimmt. Sie wollte aber nicht mehr."
„Und das hat sie dem Dieter dann auch gesagt?"
„Natürlich, der hat aber keine Ruhe gegeben. Wenn sie nicht mindestens fünfzehntausend Euro aus dem rausholt, hat er gesagt, dann kann sie bleiben, wo der Pfeffer wächst."
„Und das hat Ihnen die Kerstin Wechsler alles so einfach erzählt?"
„Herr Kommissar, sie war meine beste Freundin, wir haben uns immer alles erzählt. Die war echt fertig danach. Das Geld, das sie vom Voith bekommen hat, hat sie ja auch sofort an den Dieter abgeben müssen. Ich habe ihr noch gesagt, Kerstin, der nimmt dich nur aus. Aber sie wollte das absolut nicht hören. Die war ganz vernarrt in den."
Torsten Grothe musste an seine Frau und Christa Simmer denken. Schon oft hatte er sich vorgestellt, wie es wäre, wenn er

bei ihren Gesprächen ‚Mäuschen' spielen könnte. Natürlich war er neugierig, aber die Sache hätte auch einen praktischen Vorteil. Er glaubte, dass sich so viele eheliche Missverständnisse aus der Welt schaffen ließen. Seiner Erfahrung nach waren der Grund für die meisten Eheprobleme nicht Meinungsverschiedenheiten, sondern Verständigungsschwierigkeiten. Mann und Frau, so glaubte er, redeten schlicht aneinander vorbei, und manchmal wünschte er sich einen Dolmetscher, wenn er wieder mal den Eindruck hatte, eine völlig andere Sprache zu sprechen. Offenbar dachte seine Frau ähnlich, denn den Satz „Du verstehst mich nicht!“ hatte er schon zu oft gehört. Bei der Polizei hatte man dieses Problem seit einiger Zeit erkannt, und setzte für die Vernehmung von Frauen wann immer möglich geschultes weibliches Personal ein. Leider waren diese Befragerinnen viel zu rar, um bei jedem Termin mit einer weiblichen Zeugin vor Ort dabei sein zu können.
„Warum hat sie nicht einfach Schluss gemacht mit dem Dieter?“
„Na, habe ich doch gesagt, die war dem regelrecht verfallen. Aber irgendwie hatte sie dann auch Angst. Ich hab das genau gespürt. Mei, Herr Kommissar, ich hab doch noch den Kuchen von gestern. Ich bin noch gar nicht dazu gekommen, den aus der Speisekammer zu holen. Sie hatten ja direkt Glück, dass ich schon so bald Feierabend habe. Eigentlich wäre ich heute dran mit der verlängerten Gruppe, aber eine Kollegin wollte tauschen, weil sie morgen Nachmittag etwas vor hat. Einkaufen mit ihrem Freund, und den kriegt sie nur alle heilige Zeiten dazu, dass er mit ihr shoppen geht. Apfelkuchen, Herr Kommissar, nach einem Rezept von der Kerstin. Die konnte echt gut kochen und backen. Warten Sie, ich bringe Ihnen ein Stück, oder?“
Sie stand auf. Grothe war einigermaßen konsterniert wegen des unvermittelten Redeschwalls und des Themenwechsels. Er schaute Sonja Meyer nur ausdruckslos an, bis er merkte, dass er etwas sagen sollte.
„Ja, aber nur ein Stück.“
Bis ihm klar wurde, dass der Zusatz völlig sinnlos war, hatte sie schon zwei Kuchenteller aus einer Vitrine geholt, in der offensichtlich das Sonntagsgeschirr stand, und verschwand

durch die Küchentür aus seinem Blickfeld. Er hörte sie in der Speisekammer rumoren und kurz darauf das Geräusch eines Rührgerätes.
„Da gehört Sahne drauf. Ohne Sahne geht es nicht, das hat die Kerstin auch immer gesagt“, schallte es aus der Küche. Die Stimme klang aufgekratzt und fröhlich, mühelos übertönte sie das Rasseln des Mixers. Grothe dachte nicht an Sahne auf Apfelkuchen. Er fragte sich, wie intensiv eine Freundschaft war, wenn nach dem Tod eines nahen Menschen eine korrekte Bewirtung wichtiger war als die Trauer. Andererseits hatte er schon an zu vielen Beerdigungen teilgenommen, bei denen nach altem Brauch ‚das Fell versoffen‘ wurde, um wirklich von Sonja Meyers Stimmungswandel betroffen zu sein. Er nahm zu ihren Gunsten an, dass sie die Taschentücher nicht mit Krokodilstränen genässt hatte.
Sie erschien mit zwei Tellern, auf denen jeweils ein gigantisches Stück Kuchen mit einem matterhornähnlichen Berg Sahne darüber aufragte.
„Der ist erst am zweiten Tag richtig gut, der muss durchziehen. Das habe ich von meiner Oma.“
Ich auch, dachte Grothe, behielt es aber für sich, um sie nicht zu weiteren Ausführungen über kulinarische Kniffe zu ermuntern. Er hatte keinen Zweifel, dass zu den irdischen Genüssen von Frau Meyer die Zubereitung von Speisen und der üppige Verzehr derselben gehörte, was sich wieder bestätigte, als sie sich vor ihm über den Tisch beugte, um seinen Teller vor ihm abzustellen. Sie setzte sich ans Kopfende des Couchtisches in den grünen, samtbezogenen Sessel aus den Achtzigern, der deutliche Spuren des Verfalls zeigte. Er war Teil einer Art von Sitzgruppe, die in vielen Mittelschicht-Haushalten nach einer Konsolidierung des Lebensstandards modernem und weniger kindresistentem Mobiliar weichen musste. Grothe nahm an, dass der Möbelmix der Wohnung teilweise aus Erbstücken des elterlichen Heimes bestand, die nach und nach, je nach dem Stand des Sparkontos, ersetzt wurden.
Der Apfelkuchen schmeckte vorzüglich, was besonders durch das Fehlen von Rosinen befördert wurde. Grothe hasste Rosinen. Für ihn waren diese scheinbar unverzichtbaren Bestandteile vieler ansonsten köstlicher Gerichte und Backwaren

Relikte einer längst vergangenen Konservierungskultur. Warum war es heute noch notwendig, reife und saftige Weintrauben zu einem höchst unwürdigen Schatten ihrer selbst verschrumpeln zu lassen, nur um dann zu behaupten, sie seien das ‚Tüpfelchen auf dem I', der Gipfel der Raffinesse? Für Grothe lag die Steigerung des Genusses hier eindeutig im Weglassen.
Er nahm einen Schluck von dem mittlerweile lauwarmen Tee.
„Der Kuchen ist wirklich lecker, ihre Oma hat völlig recht. Sie sagten, Frau Wechsler hätte Angst gehabt. Wovor denn?"
„Das wollte sie mir nicht so genau erzählen. Aber irgendwie hatte der Dieter wohl gemerkt, dass sie nicht mehr weitermachen wollte mit den Erpressungen. Jedenfalls ist die Kerstin am Schluss immer sehr nervös gewesen, wenn sie von ihm sprach."
„Was heißt am Schluss? Wann haben Sie sie das letzte Mal gesehen?"
„Vor zwei Wochen, da sagte sie mir, dass es jetzt so weit sei. Der Dieter würde sie und den Leonhard mitnehmen. Sie müsste nur noch ihre Sachen regeln."
„Wohin wollte er sie denn mitnehmen?"
„Das hat sie nicht gesagt. Ich habe versucht, es aus ihr herauszubekommen, aber die wollte nichts mehr rauslassen. Sie ist dann gegangen, weil sie packen müsste, hat sie gesagt. Ich habe sie noch einmal angerufen, auf dem Handy. Aber da war nur ihr Anrufbeantworter. Ich habe ihr hinterlassen, dass sie mich zurückrufen sollte, aber danach habe ich nichts mehr von ihr gehört."
„Wissen Sie noch den Tag?"
„Warten Sie, das war ... am Freitag vor zwei Wochen."
Grothe zog einen kleinen Kalender aus seiner Brusttasche und faltete ihn mit einiger Mühe einhändig auf. Sonja Meyer beugte sich zu ihm hinüber und half ihm, die Seiten umzublättern. Dabei berührten sich ihre Finger, und sie machte keine Anstalten, das zu verhindern.
„Freitag, der 24. August."
„Ja genau, ich weiß das noch genau, weil ich an dem Tag erfahren habe, dass meine kleine Schwester heiraten will – ich

war völlig geschockt. Wissen Sie, die macht schon ewig 'rum mit ihrem Therapeuten, und jetzt hat sie ihn wohl so weit. Ich glaub ja nicht, dass das was wird. Mit so Psychotypen würde ich mich nicht einlassen. Das habe ich ihr immer wieder gesagt, aber die hört ja nicht auf mich. Ich hab da so meine Erfahrungen."

Grothe war drauf und dran zu fragen: „Was für Erfahrungen?" Aber er spürte, dass die Befragung so kurz vor dem Abschluss noch aus dem Ruder laufen konnte. Er steckte den Kalender wieder ein und zog den Faxausdruck aus der Tasche.

„Noch etwas, Frau Meyer. Erkennen Sie diese Schrift?"

Grothe faltete das Blatt so, dass Sonja Meyer nur drei Zeilen davon lesen konnte: „Wenn Sie ehrliches Interesse an der Aufklärung des Mordes an Kerstin Wechsler haben, sollten Sie sich auf die wirklich Verdächtigen konzentrieren."

Nach einem kurzen Blick sagte sie: „Sieht aus wie Normschrift. So was habe ich mal in der Schule gelernt. Wo haben Sie das denn her?"

„Wenn wir das wüssten, wären wir einen großen Schritt weiter."

„Tut mir leid, Herr Kommissar, das können viele geschrieben haben. Ich tippe auf einen älteren Menschen, sonst schreibt doch keiner mehr so."

„Ich glaube, Sie haben uns sehr geholfen, Frau Meyer. Sollten wir noch Fragen haben, werden wir Sie anrufen. Wenn Ihnen noch etwas einfällt, können Sie mich unter meiner Dienstnummer erreichen oder etwas hinterlassen."

Grothe schaltete das Diktiergerät aus, stand auf und ging zur Tür.

Sonja Meyer folgte ihm betont langsam.

„Müssen Sie wirklich schon gehen, Herr Kommissar? Ich hätte da noch einen prima Apfelbrand, auch von meiner Oma."

„Klingt verlockend, aber ich muss wirklich. Ach übrigens, ich wollte Sie noch fragen, wo Sie geboren sind."

„In Hermannsburg, das kennt kein Mensch, ein winziges Dorf bei ..."

„Celle", sagte Grothe. Bei einem Stadtfest in dem niedersächsischen Celle hatte er seine erste große Liebe kennengelernt, und die kam aus Hermannsburg. Er verabschiedete sich schnell.

Er ging auf die Straße und schaute auf seine Uhr. Bis Felix Weber ihn abholen würde, hatte er noch Zeit. Sein Blick fiel auf ein unscheinbares Schild mit der Aufschrift ‚Rosengarten'. Es wies in Richtung eines kleinen ungepflasterten Weges. Grothe folgte dem Weg über eine Holzbrücke und gelangte nach drei Minuten zu einem Garten neben einem restaurierten Bauernhaus, das die örtliche Raiffeisenbank beherbergte. Noch bevor er den Garten betrat, erreichte ihn der betörende Duft von Rosenblüten, die an Dutzenden von Stauden blühten. Jemand musste sich enorme Mühe mit der Pflege dieses Gartens machen, dachte er. Er sah Rosen in allen Farben und Formen, jede Staude hatte ein kleines Schild mit dem Namen der Züchtung vor sich stehen. Der Garten war nicht groß, und nach einem kurzen Rundgang durch die Beete setzte er sich auf eine von der Nachmittagssonne beschienene Bank, die unter einem Baum stand. Er blinzelte in die Sonne und sah einige Spinnfäden in den Blättern der Rosen, die im hellen Licht glitzerten – die ersten Anzeichen des Herbstes. Das Wetter war in den letzten Tagen stabil geblieben. Ein kompaktes Hochdruckgebiet sorgte für die typischen warmen, leicht dunstigen Tage und kühlen Nächte. Der Wetterbericht hatte den ersten Bodenfrost in den Alpentälern gemeldet. Bald war die Radsaison vorbei, und Grothe sah seine Hoffnung schwinden, die letzten fünfhundert Kilometer, die er sich für dieses Jahr noch vorgenommen hatte, zu schaffen. Seine Schulter fühlte sich nicht so an, als ob er die Schlinge dieses Jahr überhaupt noch loswerden würde. Er wollte sein Handy aus der rechten Jackentasche holen, fand es aber nicht. Also links. Mit der rechten Hand versuchte er, unter dem linken Ellenbogen hindurch seine linke Jackentasche zu erreichen. Schließlich gelang es ihm, das Telefon aus der tiefen Tasche zu fischen. Wie war es dort hineingekommen, und wieso waren die Dinge immer auf der falschen Seite? Er dachte daran, wie er oft nach dem Einkaufen mit einem Arm voller Lebensmittel vor seiner Autotür stand und der Schlüssel grundsätzlich in der Tasche unter seinem vollgepackten Arm steckte. Das führte gelegentlich zu Verlusten in Form von zerplatzten Joghurtbechern oder aufgerissenen Nudeltüten auf dem Parkplatz des Supermarktes. Die mitleidsvollen Blicke der wohlorganisierten

Hausfrauen mit ihren Einkaufskörben waren ihm peinlich, führten aber nicht dazu, das nächste Mal vorher an ein geeignetes Traggerät zu denken. In letzter Zeit war er ständig auf der Suche nach einem passenden Karton in den Lebensmittelregalen, den er nach einem verstohlenen Blick nach beiden Seiten leer räumte, um ihn dann als Korb zu missbrauchen. Die Kartons stapelten sich seit einiger Zeit in der heimischen Garage und warteten darauf, in den Kachelofen zu wandern.
Er drückte die Kurzwahlnummer von Felix Webers Diensthandy. Dem Hintergrundgeräusch nach war der junge Oberkommissar schon auf dem Weg, um ihn abzuholen. Grothe bat ihn, zu dem Garten neben der Bankfiliale zu kommen.
Nach zehn Minuten traf Weber ein und setzte sich neben ihn auf die Bank.
„Hübsches Plätzchen. Gibt's hier auch Kaffee?"
„Nein, aber Licht und Luft zum Denken. Sind Sie die Asservate losgeworden?"
„Ja, vielleicht haben wir morgen schon ein Ergebnis. Hat Frau Meyer Ihnen helfen können?"
Weber grinste über das ganze Gesicht.
Grothe verstand die Anspielung nur zu gut. Normalerweise hätte Weber ‚uns' gesagt. Er biss sich auf die Unterlippe, aber er hatte nicht vor, den Kollegen in die Fährnisse einzuweihen, die er bei der Befragung durchgemacht hatte.
„Ich glaube schon. Es sieht so aus, als ob unser Freund in Düsseldorf einiges mit der Sache zu tun hat. Haben Sie noch etwas herausgebracht?"
„Über Krahmann selber nicht, aber sein Auto ist interessant. Krüger hat über das Kraftfahrtbundesamt achtzehn Alfas der fraglichen Baujahre in Düsseldorf identifiziert, vier davon sind weiß. Der Typ ist schon ziemlich selten geworden – gut für uns."
„Halter?"
„Keine Übereinstimmung, der Name Krahmann taucht nicht auf. Zwei gehören Rentnern, die sich wohl ihren Traum aus den Siebzigern endlich leisten können. Einer wird gerade von einer Fachwerkstatt restauriert und der vierte gehört einer Frau. Den einen Rentner habe ich erreicht, er hat nach eigenen Angaben den Wagen in den letzten Wochen nur für Ausflüge

zu Veteranentreffen um Düsseldorf und im Bergischen Land benutzt. Den anderen habe ich nicht erwischt. Die Kollegen in Düsseldorf überprüfen beide Fahrzeuge soweit möglich vor Ort. Die Frau hatte ich am Telefon, und hier wird's interessant."
„Wieso, wir suchen doch nach einem Mann, und Rentner klingt eigentlich ganz gut. Nach allem was wir wissen, müsste Krahmann in den Sechzigern sein. Und wer sagt, dass er seinen eigenen Namen benutzt hat?"
„Ja, aber die Dame konnte nicht lückenlos angeben, wo der Wagen in den letzten Wochen war. Außerdem schien sie reichlich nervös."
„Das heißt noch nichts, viele werden nervös, wenn die Polizei anruft."
„Ich hatte den Eindruck, sie wollte nicht so recht raus mit der Sprache. Ich glaube, sie benutzt den Alfa nicht alleine. Auf die Frage, wo der Wagen in den letzten vier Wochen gefahren wurde, hat sie sich gewunden wie ein Aal."
„Also gut, Felix. Offenbar ist Ihre Spürnase wieder mal empfindlicher als mein durch jahrzehntelangen Einsatz abgestumpfter Zinken. Wir werden der Dame auf den Zahn fühlen."
„Okay. Wie war's denn nun bei Frau Meyer? Den Dorfbewohnern nach ist sie kein Kind von Traurigkeit."
„Felix, Sie haben doch nicht ..."
„Nur ein bisschen umgehört, in der Sonne, so heißt der Dorfkrug hier. Ich war gestern Abend mit Claudia dort im Biergarten, sie mag doch diese Dorfschänken. Wir sind ziemlich schnell mit ein paar Stammtischlern ins Gespräch gekommen und haben uns als Interessenten für ein Einfamilienhaus ausgegeben – mit Kleinkind. Und für das brauchen wir natürlich einen Kindergartenplatz."
„Und das nennen Sie ernsthafte Ermittlungsarbeit?"
„Der Zweck heiligt die Mittel, oder? Zugegeben, so ganz astrein war das nicht. Aber mal ehrlich, sollte das rauskommen, bin ich gegen die meisten Fernsehkommissare immer noch ein Bibelprediger. Aber das Dorf gefällt mir. Die haben hier mal den Wettbewerb ‚Unser Dorf soll schöner werden' gewonnen, und Bauplätze gibt's auch. Ich könnte mir direkt vorstellen, hier einmal sesshaft zu werden."
Grothe konnte sein Erstaunen nur schwer verbergen. Er hatte

angenommen, dass es Felix Weber in die weite Polizeiwelt zog. Aber vielleicht meinte er ja auch die Zeit nach seiner internationalen Karriere. Außerdem hielt er den jungen Oberkommissar für einen Familienmenschen, so wie er auch einer war. Er hatte bemerkt, wie er stets aufmerksam zuhörte und Fragen stellte, wenn er von seinen Kindern oder seinen Familienurlauben erzählte. Er traute ihm ein Landleben mit Familie durchaus zu.
„Und warum haben Sie mir nichts davon erzählt, als wir hergefahren sind?“
„Ich wollte Sie nicht beeinflussen. Ich dachte, Sie machen sich ein eigenes Bild von der Dame. Also, die sagen ihr so einiges nach, nur keinen soliden Lebenswandel. Aber als Kindergärtnerin ist sie Klasse.“
„Und das haben Sie alles einfach so herausbekommen?“
„Nur die richtigen Fragen stellen, Chef. Und dann gut zuhören. Das ist alles.“
Grothe musste zugeben, dass er die Fragetechnik von Felix Weber immer ein wenig bewundert hatte. Mit Charme und Geduld konnte er die unglaublichsten Dinge aus seinen Vernehmungskandidaten herauskitzeln – ein Naturtalent. Außerdem hatte er den unbestreitbaren Vorteil, hier aufgewachsen zu sein, während er selbst für den Rest seines Lebens als ‚Zuagroaster‘ gelten würde.
„Und was hat das mit unseren Ermittlungen zu tun, Felix?“
„Nun ja, ich dachte, ein unsteter Lebenswandel hat vielleicht auch Einfluss auf die Glaubwürdigkeit eines Menschen.“
„Wo haben Sie denn das her? Sie wollen doch nicht etwa uralte Klischees aufwärmen? Was heißt schon unsteter Lebenswandel? Ein paar Männerbekanntschaften machen einen Menschen noch nicht unglaubwürdig. Das hier ist Polizeiarbeit, Felix, keine Kaffeesatzleserei! Und mit Vorverurteilungen kommen wir schon gar nicht weiter. Die Frau hat ...“
Grothe war laut geworden und brach unvermittelt ab, er wunderte sich über sich selbst. Warum verteidigte er Sonja Meyer? Felix Weber schaute ihn erstaunt an. Es kam selten vor, dass sich sein Chef während der Ermittlungsarbeit aufregte. Und wenn doch, dann hatte es meistens mit Fehlern oder Versäumnissen zu tun, die zu Verzögerungen in der

Aufklärung eines Falles führten. Emotionale Ausbrüche hatte er noch nicht erlebt.

„Frau Meyer hat sehr detaillierte Angaben gemacht, die wir nachprüfen können. Unter anderem wusste sie, dass Kerstin Wechsler etwas gegen Richard Voith in der Hand hatte. Bei genauer Betrachtung reicht das durchaus für ein Motiv."

Grothe hatte sich beruhigt, und Felix Weber tat so, als sei nichts geschehen. Grothe setzte ihm die Einzelheiten auseinander. Als er fertig war, sagte er:

„Übrigens, das gesamte Gespräch mit Frau Meyer ist auf dem Diktiergerät."

Felix Weber sagte nichts.

Im offenen Eingang zum Rosengarten war eine ältere Frau aufgetaucht, die sich nun mit einer Rosenschere den Pflanzen widmete. Sie arbeitete vorgebeugt, und Grothe erkannte den von Arthrose geplagten Rücken der Landfrauen, den er schon oft gesehen hatte. Die harte Arbeit im Stall und auf dem Acker forderte ihren Tribut, und mit siebzig hatten viele Landwirte und ihre Frauen die ersten künstlichen Gelenke. Zuerst kamen die Hüften, dann die Knie, für den kaputt gearbeiteten Rücken gab es jedoch keinen Ersatz. Die Frau bewegte die Lippen, und Grothe nahm an, sie würde Selbstgespräche führen. Nach einiger Zeit wurde ihm klar, dass sie zu den Rosen sprach. Jeder Trieb, den sie abschnitt, wurde mit einem Satz begleitet. Er konnte nicht verstehen, was sie sagte, ihren Bewegungen und der Art, wie sie die Lippen schürzte, entnahm er aber, dass sie sich für ihre Schnitte entschuldigte. Wie eine Mutter, die ihrem Kind ein Pflaster abreißt, und es wegen der Schmerzen tröstet, ihm erklärt, dass die Schmerzen sein müssen, damit die geheilte Wunde Luft bekommt. Die entfernten Triebe legte sie säuberlich aufeinander, und die abgeschnittenen Blüten wanderten in einen Korb, den sie auf dem Boden abgestellt hatte. Grothe tat so, als würde er nur beiläufig zuschauen, in Wirklichkeit war er fasziniert von der Hingabe, mit der die Frau arbeitete. Ihm kam die Melodie von Henry Mancinis ‚Pink Panther' in den Sinn. Sie setzte sich in ihm fest und er begann leise zu pfeifen, eine Angewohnheit, die ihn begleitete, so lange er denken konnte. Felix Weber schaute ihn an. Er hatte die Frau ebenfalls beobachtet, und die Melodie hatte absolut

nichts mit der Situation zu tun. Torsten Grothe hatte keine Lust zu erklären, dass es sich um ein Stück aus der Begleitmusik zu den Gymnastikübungen handelte, die jeden Freitagabend in der Turnhalle aus der Lautsprecherkiste dudelte. Die Frau nahm ihren Korb auf und ging zum nächsten Beet. Der Korb wackelte im Rhythmus ihrer schwankenden Schritte hin und her. Sie blickte zu den beiden Männern herüber und lächelte. Grothe hörte auf zu pfeifen. Die Frau hatte ihn nur kurz direkt angeschaut, aber dieser Blick hatte mehr ausgedrückt, als tausend Worte sagen konnten. Es war eine Mitteilung, und er hatte sie verstanden. Die Frau sagte ihm, dass sie glücklich war, sie hatte alles Glück, das sie brauchte. Was immer sie in ihrem Leben durchgemacht hatte, die Schmerzen, die ihr krumm gearbeiteter Rücken ihr zufügte, all das zählte hier und jetzt genauso wenig wie das, was noch kommen sollte. Die Rosen waren der Inhalt dieser Stunde, die sie wahrscheinlich jeden Tag hier verbrachte. Ihre ganze Liebe galt diesen Pflanzen. Diese Frau hatte keinen Lebenstraum mehr, ihr Leben hatte sich erfüllt, und sie konnte sich vorbehaltlos dem Augenblick widmen. Grothe wünschte sich, die Frau würde ihn noch einmal anschauen, dann könnte er zurücklächeln. Er würde ihr zeigen, dass er begriffen hatte. Aber sie drehte sich nicht einmal mehr um.
„Felix, ich ..."
„Ja, Chef?"
„Fahren Sie mich heim?"
Nach wortloser Fahrt setzte Felix Weber ihn vor seinem Haus in Kleinaitingen ab. Auf die Frage, ob er noch etwas im Büro erledigen könne, nachdem er den Dienstwagen abgeliefert hatte, erwiderte Grothe nur, er solle die Mailbox prüfen und den Anrufbeantworter abhören. Er verabschiedete sich kurz und ging auf den Eingang zu. In den fünf Sekunden, die er brauchte, um den Vorgarten zu durchqueren und die zwei Stufen zur Eingangstür hinaufzusteigen, durcheilten ihn die Ereignisse des Tages wie der Schnelldurchlauf eines Diavortrags. Er brachte es sogar noch fertig, sich erneut über seine Reaktion auf Felix Webers Bemerkung über Sonja Meyer zu ärgern. Über allem schwebte Henry Mancini wie leichter Hochnebel über einer Herbstlandschaft.

Die Melodie in seinem Kopf wurde pulverisiert, sobald er die Tür aufgeschlossen hatte – aus dem Keller brandete ein unglaublicher Lärm. Green Day, wie er nach kurzem Zuhören erkannte. Die junge Gruppe stand bei seinem Sohn Jens und seinen Freunden hoch im Kurs, allerdings nur, wenn sie ‚voll aufdrehen' konnten. Das ging entweder mit Kopfhörern, wenn man allein war, oder eben mit voller Dröhnung im Keller. Jens hatte ihm ein paar Kostproben Green Day mit seinem MP-3 Player verabreicht. Als er ihm sagte, dass er mehr auf Pink Floyd und Genesis stehe, hatte Jens ihn ungläubig angestarrt. „Papa, ich hab immer gedacht, du bist eigentlich ganz cool drauf. Das ist doch für Grufties, hört kein Mensch mehr. David Gilmour haben sie neulich bei Madame Tussauds wieder eingeschmolzen, der ist jetzt Camilla Parker Bowles."
Grothe wunderte sich nicht, woher Jens den Namen des legendären Bandleaders hatte. Er interessierte sich für England und seine Geschichte, und dazu gehörte auch die jüngere Musikgeschichte. Über die Bemerkung zu seinen Lieblingsbands hatte er sich geärgert, aber er machte sich nichts vor. Die Titanen seiner Jugend existierten zwar noch und Genesis feierte gerade fröhliche Urständ, aber das Publikum auf dem Konzert im Olympiastadion, das er sich im Sommer gegönnt hatte, war im Durchschnitt nur knapp jünger als er.
Grothe spürte, wie der Boden vibrierte. Er hängte den Schlüssel an den Haken im Flur und ging in die Küche. Aus dem Ofen schlug ihm der Duft eines Auflaufs entgegen, dessen Käseschicht Blasen warf. Monika saß am Tisch und las den Lokalteil der ‚Augsburger Allgemeinen'. Er gab ihr einen flüchtigen Kuss auf die Wange und setzte sich neben sie. Sie war bei den Todesanzeigen, die sie wie immer mit Akribie studierte. Die Todesanzeigen interessierten ihn nicht die Bohne, und er nahm sie nur zur Kenntnis, wenn Monika ihn darauf hinwies, dass jemand aus dem Dorf gestorben war, den er kennen müsste. Normalerweise las sie die Zeitung am Morgen, aber heute war einer ihrer zwei wöchentlichen Bürotage im Verlag. Sie arbeitete als Lektorin für einen Industrieverlag in Landsberg und kam in der Regel am Montag und Mittwoch um vier Uhr heim. Den Großteil der Arbeit konnte sie zuhause am Computer erledigen, einige Dinge mussten jedoch in der

Redaktion besprochen werden. Außerdem bearbeitete sie ihre Post im Büro.
„Was ist da los im Keller?“, fragte er mit hochgezogenen Augenbrauen.
„Kleine Fete, Jens feiert den Anfang vom letzten Schuljahr.“
„Um sechs Uhr? Der geht doch sonst nicht vor neun zum Feiern.“
„Die Jungs sind nach dem Volleyball direkt zu uns gekommen. Jens hat mit dem Handy angerufen, ob das in Ordnung ist. Sie bleiben auch zum Essen.“
Grothe hatte sich auf einen ruhigen Feierabend eingestellt und musste sich erst an den Gedanken gewöhnen, eine Horde Achtzehnjähriger beim Abendessen um sich zu haben.
Monika hatte die Todesanzeigen durch und widmete sich dem Bericht über die Inthronisation des Königsbrunner Faschingsprinzenpaares in Berlin.
„Keine zwanzig Zeilen kriegen die fehlerlos hin“, sagte sie und wies mit dem Zeigefinger auf die erste Zeile. ‚Die Königsbrunner Zopfabschneider bleibt ihrem Ruf treu‘ stand da.
„Liest das keiner mehr durch vor dem Druck? Wenn ich so arbeiten würde, wäre ich meinen Job längst los.“
Grothe musste zugeben, dass Korrektheit in Orthografie und Grammatik nicht die Stärke der Zeitung war, aber das kannte er von anderen Blättern auch. Er wusste, dass im Grunde jeder Redakteur für seine Artikel selbst verantwortlich war. Für Korrekturlesen war heute keine Zeit mehr, und selbst die besten Computer-Korrekturprogramme hatten Schwierigkeiten, solche Fehler aufzuspüren. Allerdings hatte die Verwirrung um die Rechtschreibreform in den letzten Jahren nicht gerade dazu beigetragen, ein einheitliches Verständnis von Korrektheit zu entwickeln. Die Schulen taumelten von einer Regeländerung in die nächste, und die großen deutschen Zeitungen hatten sich eine nach der anderen vom Diktat des ‚Dudens‘, der bislang unangefochtenen Rechtschreibinstanz, verabschiedet. Dort hatte man inzwischen reagiert und war dazu übergegangen, bei vielen Begriffen mehrere Schreibweisen zuzulassen. ‚Phantasie‘ war weiterhin genauso gefordert wie ‚Fantasie‘, und ‚Delfine‘ tummelten sich ungestraft neben ‚Delphinen‘. Die Königsbrunner Zopfabschneider waren allerdings immer noch keine weibliche Einzelperson.

Grundsätzlich schätzte Grothe Monikas Genauigkeit in sprachlichen Dingen, aber für gewöhnlich überlas er diese Art von Fehlern. Er betrachtete eine Zeitung als ein schnell zu konsumierendes Medium, aus dem er Informationen bezog. Wenn er literarischen Genuss wollte, nahm er sich ein Buch. Monika hatte einen Hang zur peniblen Genauigkeit ihres Vaters, und gelegentlich geriet er mit ihr in Streit, wenn sie wieder einmal eine Deutscharbeit ihrer Tochter zerlegte, unter der ‚nur' eine Drei stand. Monikas Vater war ein pensionierter Gymnasiallehrer und lebte mit seiner neuen Lebensgefährtin in der Nähe von Frankfurt, nachdem seine Frau vor zwölf Jahren an Krebs gestorben war. Grothe fühlte sich in der Gesellschaft seines Schwiegervaters nie besonders wohl. Bei Familienbesuchen interessierte diesen wenig mehr als die Zensuren seiner Enkelkinder, und er ließ keine Gelegenheit aus, an ihnen herumzuschulmeistern.
Er stand auf und ging zur Kellertreppe. Der Lärm im Partykeller musste infernalisch sein. Er stieg die Treppe hinunter und blieb vor der Tür stehen. Wie würde es aussehen, wenn er jetzt dort hineinplatzte? Er müsste einiges Geschick an den Tag legen, um seinen Besuch nicht wie eine Kontrolle aussehen zu lassen. Früher hatte er sich im Umgang mit seinen Kindern um solche Dinge wie Diplomatie keine Gedanken gemacht. Offenbar hatte ihre Entwicklung seine Erziehungsstrategien überholt. Oder gab es da nichts mehr zu erziehen? Er seufzte und drehte sich um. Die Tür ging auf und ein schlanker junger Mann von mindestens einsfünfundneunzig stand vor ihm. Grothe war einen Meter achtundachtzig groß und es nicht gewohnt, zu Menschen aufzuschauen. Er fühlte sich unwohl, weil er so offensichtlich nichts im Keller zu tun hatte. Er griff sich eine Flasche von seinem dunklen Lieblingsbier aus dem Kasten, der in einem Metallregal neben der Treppe stand. In dem Kasten waren nur noch vier Flaschen.
„Hi, Herr Grothe", brüllte der Schlaks. „Jens ist da drin. Ich muss nur mal schnell aufs Klo."
Er stürmte an Grothe vorbei und war mit drei Schritten am oberen Treppenabsatz. Grothe spähte durch die halb geöffnete Tür und konnte Jens in dem Dämmerlicht einer Stehlampe halb liegend auf dem alten Sofa sehen, eine Bierflasche in der

linken Hand. Mit der Rechten gestikulierte er wild und lachte. Wer immer noch in dem Keller war, musste gute Ohren haben, um ihn bei dem Radau aus der Stereoanlage zu verstehen. Grothe wandte sich langsam um und stieg die Treppe hinauf.

Aus dem Vernehmungsraum kamen tumultartige Laute. Torsten Grothe ging hinein und trat hinter Felix Weber, der neben einem leeren Stuhl vor einem Schreibtisch saß. Außer dem Schreibtisch, auf dem ein Telefon und eine einfache Halogenlampe standen, gab es noch einen Metall-Aktenschrank, der allerdings außer einigen Notizblöcken nichts enthielt, wie Grothe wusste. Das Wesentliche waren die drei Stühle, deren asymmetrische Anordnung keinen Zweifel am Zweck des Zimmers aufkommen ließen. Auf dem einzelnen Stuhl gegenüber saß Richard Voith. Er trug seinen Arbeitsblaumann und hielt eine dazu passende Schirmmütze in der rechten Hand, mit der er sich auf dem Oberschenkel abstützte. Der Oberkörper war aufrecht und eine Handbreit von der Stuhllehne entfernt. Die linke Hand hielt er nach oben geöffnet vor sich. Er schaute zu Torsten Grothe auf.
„Des wird au Zeit, Herr Kommissar. Erklärn S' mir amol, was der Schmarrn soll. Ihr junger Hupfer fragt mi jetzt scho a halbe Stund des Gleiche! I hau an Betrieb dahoim. Die Maisernte lauft, da wird jede Hand braucht, und i muass den groß a Bulldog fahra. Mir hant nur zwoi Fahrer, mei Sohn und i. Und da lassn S' mi von dahoim abhola! A Frechheit isch des. Was glauben S' was morga im Dorf gredt wird!“
„Tut mir leid, Herr Voith, wir hätten das nicht getan, wenn es nicht nötig wäre. Und überhaupt tue ich so etwas äußerst ungern. Was fragt er sie denn, der Kollege?“
„Ja was i mit dem Tod von dera Schnepfn zum doa hau. Ja nix! Dass die in meim Fermenter umanandaschwimmt is schlimm gnua. Des koscht mei Geld, des isch mei Ärger. I hau Eahna doch gset, i will mit dem Gschwerl nix zum doa hau. Ja was hätt'n i davon, wenn i die umbringa dät? Was dät'n mir des bringa? Des isch doch lächerlich ...“
„Ich glaube, das kann ich Ihnen sagen, was das bringen würde, Herr Voith. Sie hätten zum Beispiel keinen Ärger mehr mit Erpressung wegen Unterschlagung von archäologischem Fundmaterial. Sie müssten keine Anzeige vom Landesamt für Denkmalspflege befürchten. Und Sie hätten keine Verzögerung beim weiteren Ausbau Ihrer Biogasanlage.“
Grothe hielt inne. Er beobachtete Voith, der mit offenem Mund dasaß und linkisch seine eben noch gestikulierenden

Arme anlegte. Der Ausdruck in den weit aufgerissenen Augen wechselte von funkelnder Selbstsicherheit in blanke Furcht.
„Wie ... Was ... Woher ...?“
„Herr Voith, wir sind nicht dumm, unsere Nachforschungen haben ergeben, dass Sie von Kerstin Wechsler erpresst wurden. Und die Tatsache, dass Sie gezahlt haben, zeigt doch, dass es sich durchaus gelohnt haben muss, die Funde zu unterschlagen. Das ist doch Grund genug anzunehmen, dass Sie etwas mit dem Tod von Frau Wechsler zu tun haben. Wir nennen so etwas ein Motiv. Würden Sie uns jetzt bitte darüber aufklären, wie sich die Sache verhält.“
Voith saß ohne jede Regung da und starrte die beiden Kommissare abwechselnd an. Die zur Schau getragene überhebliche Fassade war in sich zusammengefallen und hatte einem Ausdruck von Furcht und Hilflosigkeit Platz gemacht, den Grothe kannte. Er hatte Dutzende von Kriminellen mit ihren Taten und deren Hintergründen konfrontiert, und selten waren die Delinquenten so offensichtlich zusammengebrochen wie Richard Voith. Aber bei diesen Befragten handelte es sich in der Regel um erfahrene Kriminelle, die sich nicht leicht ins Boxhorn jagen ließen. Die Fälle, in denen er nach einem mutigen Schuss ins Blaue im Nachhinein klein beigeben musste, weil den Angeschuldigten nichts nachzuweisen war, klebten an ihm wie Stigmata. Die Kriminalgeschichte war voll von Figuren, die selbst angesichts erdrückender Beweislast nicht verurteilt werden konnten, nur weil ein kleines Detail in der Beweiskette fehlte. Auch dieser Fall war weit von der Aufklärung entfernt. Grothe wusste das, trotzdem war er beeindruckt von Voiths Reaktion. Neunzig Prozent seiner Stammkunden würden versuchen, ein Pokerface aufzusetzen und ihn weiterreden zu lassen, um zunächst die Lage zu sondieren, immer auf der Suche nach den besten Chancen, sich herauszureden oder zumindest eine Strafmilderung zu erreichen. Voith war kein Profi, er war sicher auch kein Verbrecher. Grothe hatte von Kollegen erfahren, wie schwierig es war, Raubgräber dingfest zu machen und einer Strafe zuzuführen. Der illegale Verkauf und die Weitergabe solcher Fundstücke konnte hingegen als Hehlerei ausgelegt werden, und darauf standen empfindliche Strafen. Über diese Feinheiten würde

er Richard Voith allerdings nicht aufklären, sondern ihn im Glauben lassen, etwas Illegales getan zu haben.
Voith fing sich schnell. Er sammelte seine entgleisten Züge und räusperte sich.
„Aber Herr Kommissar, des isch doch koi Grund it, jemand umzumbringa. Schaun S', i woiß doch, dass Sie z'erscht bei mir nachschaua tätn. Da werd i s' doch it bei mir am Hof töten und dann au noch glei dau versteckn. Da muass i doch wissen, dass Sie mir draufkomma täten. Und außerdem, wegen dera paar alta Scherben mach i mi doch it unglücklich."
Offensichtlich reichte ihm das als Gegenargument für eine Beteiligung an dem Tod von Kerstin Wechsler. Er schaute Grothe erwartungsvoll an, der sich wenig beeindruckt zeigte.
„Mei, i bin doch it dumm, i woiß doch, dass die Polizei dene immer draufkommt, am Schluss, des woiß ma doch, Herr Kommissar."
Grothe musste zugeben, dass Voith damit recht hatte. Die Mord-Aufklärungsquote schwankte seit Jahren um die fünfundneunzig Prozent. Allerdings trug sich die Aufklärung nicht so zu wie im Fernsehen, wo ein Fall in der Regel nach ein paar Tagen abgeschlossen werden konnte und woher Richard Voiths Kenntnisse offenbar stammten.
„Des miassn S' doch einsehn, Herr Kommissar. Was hätt'n i davo. Die hat ja dann au aufghert mit dene Forderunga. Dau bring i s' doch it au no um! Des isch doch it logisch ..."
„Herr Voith, die Sache mit den Funden werden wir an das Landesamt für Denkmalpflege melden. Die Kollegen werden sich einschalten und die Sache in einem gesonderten Verfahren verfolgen. Aber der eigentliche Grund, warum Sie hier sind, ist ein anderer."
Voith schaute ihn erwartungsvoll und mit erneut wachsender Unsicherheit an.
„Wir haben auf der Drenchspritze Fingerabdrücke gefunden – ihre Fingerabdrücke."
„Ja, des isch doch klar, Herr Kommissar, i hau s' ja au benutzt. Wie alle andern am Hof au. Natürlich send dau meine Fingerabdrücke drobn."
„Ihre Fingerabdrücke – und sonst keine, Herr Voith."
„Mei, des isch scho möglich, i wisch die Spritzn nauch'm

Gebrauch scho amol ab, wegen der Hygiene, verstengen S'? Die vom Aufsichtsamt kommen scho zum Nachschaun. Des isch it guat, wenn dau verdreckte Instrumente umananderstehn."
„Ich bin noch nicht fertig. In der Spritze waren Reste von Tamaron, exakt in der Zusammensetzung wie die Substanz, die wir aus dem Behälter in Ihrem Giftlager entnommen haben."
„Des ka it sei, Herr Kommissar. I hab die Spritzn nie für Pflanzengift gnomma. Des muass an andern Grund hau. Und außerdem beweist des gar nix, soviel woiß i au."
„Grundsätzlich haben sie recht, das würde als Beweis nicht unbedingt ausreichen, allenfalls als Indiz. Aber da ist noch etwas. Auf der Außenseite des Spritzenrohrs und des Schlauchs befanden sich Anhaftungen von Schleimhautsekret, und das stammt aus der Speiseröhre von Frau Wechsler. Und all das zusammengenommen, Herr Voith, reicht für einen starken Verdacht."
Den Rest, nämlich dass das Gift vermutlich erst nach dem Tod eingebracht worden war, behielt Grothe für sich.
Während der Ausführungen des Kommissars war Richard Voith in sich zusammengesunken, auf seiner Stirn zeigten sich tiefe Falten.
„Ich fürchte, wir müssen Sie hierbehalten, wenn Sie uns nicht endlich erklären, wie die Dinge zusammenhängen und welche Rolle Sie beim Tod von Frau Wechsler gespielt haben."
„Aber i woiß do nix, so glauben S' des doch."
„Das sollen wir Ihnen abnehmen, bei all den Hinweisen? Das glauben Sie doch selber nicht! Und offenbar gibt es noch mehr Menschen, die Ihnen eine Verwicklung in den Fall zutrauen."
Grothe zog ein zusammengefaltetes DIN-A4-Blatt aus seiner Brusttasche und hielt es Richard Voith unter die Nase.
„Was halten Sie davon?"
Voith nahm das Blatt und faltete es auseinander. Er las es sorgfältig, legte es dann auf den Tisch und sagte bedächtig:
„Wo haben S' des her?"
„Das hat mir jemand per Fax geschickt. Leider habe ich den Absender nicht feststellen können. Die Nummer war unterdrückt oder es wurde von einem Analoganschluss gefaxt.

Haben Sie eine Ahnung, wer das gewesen sein könnte?"
„Na, und außerdem isch mir des wurscht. Neider gibt's überall."
„Neider?"
„Des kennen Sie it wissa. In so am Dorf gibt's alls, bloß koin Großmut. Neid und Missgunscht. Da wird gratscht und ausgricht, was das Zeug hält. Und wenn oiner ebbas hat, dann isch'r glei a Großkopfata. Des hoißt gar nix, des Blatt. A Schmutzkampagne, wenn S' mi fragen. Von der ganz üblen Sorte."
Voith hatte sich vollkommen beruhigt und schaute Grothe ausdruckslos an.
„Das werden wir sehen."
Er blickte Voith direkt in die Augen. Der hielt dem Blick nicht lange stand und schaute zur Seite.
„Noch einmal, Herr Voith, was haben Sie mit dem Tod von Frau Wechsler zu tun?"
„Und noch einmal, Herr Kommissar, nix, rein gar nix."
„Aber Sie müssen doch selber zugeben, dass die Umstände gegen Sie sprechen. Und mit Schweigen machen Sie Ihre Lage nicht besser."
Voith schaute an die gegenüberliegende Wand, an der sich ein großer Spiegel befand.
„Gut, ich hatte zwar gehofft, dass wir so etwas wie Vertrauen zueinander haben, aber offensichtlich habe ich mich getäuscht. Mein Kollege wird Ihnen noch ein paar Fragen stellen. Dann sehen wir weiter."
Grothe verließ das Befragungszimmer und ging in sein Büro, wo das Briefsymbol für eingegangene Nachrichten auf dem unteren Bildschirmrand seines Computers blinkte. Die Mail war von den Kollegen aus Düsseldorf. Der dritte der vier identifizierten weißen Alfas war abgeklärt und im fraglichen Zeitraum nachweislich nicht außerhalb Nordrhein-Westfalens benutzt worden. Der Eigner führte ein penibles Fahrtenbuch, aus dem hervorging, dass der Wagen nur im Sommer und bei besonderen Gelegenheiten gefahren wurde. Die Kilometerangaben im Fahrtenbuch stimmten mit dem Stand des Fahrzeugtachos überein. Übrig blieb ein Alfa Romeo Fastback Spider Veloce 2000, Baujahr 1976 in Originalweiß. Grothe wusste,

dass die weiße Farbe für die Ermittlungen ein Glücksfall war. Neunzig Prozent der damals ausgelieferten Spider waren rot, und viele davon liefen noch oder wieder als Oldtimer mit einem Kennzeichen für historische Fahrzeuge, was den Unterhalt erschwinglich machte. Ein roter Wagen hätte die Suche erheblich erschwert. Halterin des Fahrzeugs war eine Karin Krämer, Telefonnummer und Adresse waren in der Mail angegeben. Offenbar hatte Felix Weber die richtige Eingebung gehabt. Die Düsseldorfer Kripo hatte die Halterin befragt, aber wie Felix Weber nichts Konkretes über die Nutzung des Fahrzeugs in den letzten vier Wochen erfahren. Grothe klickte auf das Feld ‚Antworten‘ und schrieb einen kurzen Dank verbunden mit der Bitte, Frau Krämer gezielt nach dem Verbleib des Wagens am vierundzwanzigsten August zu fragen. Dann löschte er die letzte Zeile wieder und schickte die Mail ab. Er wählte die angegebene Telefonnummer und war überrascht, nach dem zweiten Klingelton eine Frauenstimme zu hören.
„Ja bitte?“
„Grüß Gott, Kripo Augsburg, mein Name ist Torsten Grothe. Spreche ich mit Frau Karin Krämer?“
„Worum geht es?“
„Ich hätte ein paar Fragen zu Ihrem Alfa.“
„Schon wieder, da hat doch schon einer angerufen. Was gibt’s denn noch?“
„Frau Krämer, es ist sehr wichtig, dass Sie mir sagen, wo der Wagen in letzter Zeit gefahren wurde.“
„Warum?“
Die Stimme klang unsicher.
„Es geht um einen Todesfall, mehr kann ich dazu im Moment nicht sagen.“
„Um Gottes willen. Wer denn?“
„Auch dazu kann ich nichts sagen.“
„Ist was mit ...?“
„Mit wem, Frau Krämer?“
„Ach nichts. Ich dachte nur ...“
„Frau Krämer, wenn Sie mir etwas sagen wollen, dann tun Sie es bitte. Sie können sich und uns möglicherweise Ärger ersparen.“
„Es ist nur ...“
„Ja?“

„Mein Freund ... ist seit drei Tagen verschwunden, mit meinem Wagen, und ich kann ihn nicht erreichen."
„Ist das ungewöhnlich?"
„Normalerweise kann ich ihn auf dem Handy anrufen. Aber das ist tot, noch nicht einmal die Mailbox."
„Wie heißt Ihr Freund?"
„Ich weiß nicht ... Ich glaube nicht, dass ihm das recht ist."
„Wir bekommen es sowieso heraus, Frau Krämer. Also bitte!"
„Herbert Strehlow."
„Adresse und Telefonnummer?"
„Er wohnt bei mir."
„Aha, und wo könnte er jetzt sein?"
„Weiß ich nicht, habe ich doch schon gesagt."
„Irgendwelche Verwandten, Freunde oder zweite Wohnsitze?"
„Nicht dass ich wüsste."
„Dazu brauche ich noch genauere Angaben. Aber zunächst noch einmal zu Ihrem Wagen. Wo war der Alfa am vierundzwanzigsten August?"
Statt einer Antwort hörte Grothe ein Klicken – sie hatte aufgelegt. Er wählte die Nummer noch einmal, hoffte aber nicht wirklich darauf, sie noch einmal ans Telefon zu bekommen. Grothe nahm an, dass Karin Krämer einen guten Grund dafür hatte. Nach fünf Ruftönen legte er auf und drehte sich zu seiner Flipchart um. Er musterte das Geflecht von Namen und Verbindungen, griff nach einem roten Filzstift und setzte den Namen ‚Herbert Strehlow' unter den von Dieter Krahmann. Daneben machte er eine senkrechte Klammer und schrieb ‚Alfa Romeo' auf den rechten Rand des Blatts. Danach fügte er unter die beiden Namen noch den von Karin Krämer und malte nach kurzem Nachdenken ein Fragezeichen dahinter. Er griff zum Telefon und wählte die Nummer des Vernehmungszimmers. Weber meldete sich mit einem kurzen „Ja?".
„Felix, machen Sie Schluss und kommen Sie zu mir rüber, bitte."
„Sind Sie sicher?"
„Ja, ich glaube nicht, dass wir im Moment noch etwas aus Voith herausbekommen. Oder täusche ich mich?"
„Nein."

„Na also. Lassen Sie ihn abführen. Die Indizien reichen für eine vorläufige Festnahme aus. Bis gleich."
Grothe legte auf. Seine kurzen Anweisungen beruhten auf einer Schulung in Gesprächstaktik, die er mit Felix Weber gemeinsam besucht hatte. Bei einem Telefongespräch mit einer Person, die nicht frei sprechen konnte, bestand die Kunst darin, den Gesprächspartner nicht in die Lage zu bringen, nach Ausflüchten suchen zu müssen, weil ‚der Feind mithörte'. Präzise Entscheidungsfragen und klare Anweisungen eigneten sich dafür am besten und wurden von Felix nicht als unhöflich oder von Torsten Grothe als anmaßend empfunden.
Nach zwei Minuten erschien der junge Kommissar mit zwei dampfenden Plastikbechern in Grothes Büro.
„Neues Programm, Chef. Der Heini vom Automatenverleih hat die Latte-Macchiato-Taste aktiviert."
Er stellte einen Becher vor Grothe hin, der den weißgelben Schaum an der Oberfläche skeptisch musterte.
„Jetzt noch etwas italienisches Flair."
Felix Weber zog zwei Strohhalme aus seiner Brusttasche und steckte sie in die Becher.
„Wollen Sie mich veräppeln, Felix?"
„Keineswegs, das ist top italienisch. Eislöffel im Kaffee gibt's nur in Deutschland."
Grothe unterließ es zu fragen, woher Weber plötzlich die Halme hatte. Vermutlich hatte er die Kantinenpächterin bezirzt. Er beugte sich über den Tisch und sog den Kaffee durch das Röhrchen. Eigentlich war er ganz froh über die ungewohnte Trinkweise, denn so musste er den heißen und viel zu weichen Becher nicht in die Hand nehmen. Mehr als einmal hatte er sich verbrüht, als er den Becher mit einem festen Griff daran hindern musste, aus seinen Fingern zu rutschen. Und mit der anderen Hand hätte er im Moment ohnehin nicht eingreifen können.
„Wie hat Voith auf die Verhaftung reagiert?"
„Erstaunlich ruhig. Allerdings hat ihn das mit der Raubgräberei ziemlich getroffen. Das Fax hat er scheinbar nicht so ernst genommen. Der scheint sich bewusst zu sein, dass er Feinde im Dorf hat. Halten Sie ihn für schuldig?"
„Ich weiß nicht, Felix. Bevor wir nicht die genaue Todesursache

haben, können wir niemandem etwas nachweisen, auch Voith nicht."
Grothe war sich bewusst, dass er damit Webers Frage nicht beantwortet hatte.
„Ist dazu noch etwas aus München zu erwarten?"
„In dem Bericht stand nichts, was darauf hindeutet. Doktor Schneider hält normalerweise mit Vermutungen nicht hinterm Berg. Aber diesmal ist außer der Sache mit dem CO2 nichts weiter angeführt. Wahrscheinlich läuft es wirklich darauf hinaus, dass wir zuerst den Täter und dann die Todesursache bekommen."
Er richtete sich auf und wies nach hinten.
„Darüber wollte ich mit Ihnen reden, Felix."
„Sieht cool aus, die Tafel, besonders die grünen Striche."
Grothe drehte sich um und hasste sich sofort dafür.
„Quatsch beiseite, Felix. Was sagt Ihnen das alles?"
„Ich hab das Ding ja sozusagen in seiner Entstehung verfolgt. Ich muss zugeben, dass diese Flipcharts einen großen Vorteil haben – sie werden nicht dunkel, wenn man den Strom abschaltet."
„Mensch, jetzt hören Sie schon auf. Schauen Sie lieber mal genau hin."
Zum ersten Mal fokussierte Weber die Tafel aufmerksam.
„Moment mal, der Name war bis heute Morgen noch nicht da. Herbert Strehlow – wo haben Sie denn den her?"
„Das ist der Wohngenosse unserer Alfafreundin. Und es spricht alles dafür, dass er mit Dieter Krahmann identisch ist. Ihre Nase hat Sie nicht getrogen. Ich hatte gerade ein sehr aufschlussreiches Gespräch mit der Dame. Herr Strehlow scheint ausgeflogen zu sein, und sie macht sich Sorgen um ihn, weil er sich seit Tagen nicht gemeldet hat."
„Fahndung?"
„Fahndung! Und außerdem möchte ich, dass Sie unseren DB-Freifahrtschein in Anspruch nehmen."
„Düsseldorf?"
„Düsseldorf!"

***

23

Die Schmerzen in der Hand ließen nur langsam nach. Er hatte den Schlag sauber geführt, aber den Unterkiefer so unglücklich getroffen, dass er sich die Knöchel geprellt hatte. Der Kerl musste Knochen aus Stahl haben! Normalerweise hätte er sich an einem Mann dieses Alters überhaupt nicht vergriffen, aber die Arroganz dieses Menschen, gepaart mit der plötzlichen Erkenntnis, dass er für all das Unglück der letzten Tage verantwortlich war, hatten ihn die Beherrschung verlieren lassen. Er wollte nur sein Geld zurück, all das Geld, das er überwiesen hatte. Aber schon nach den ersten Sätzen hatte er eingesehen, was er vorher nicht hatte wahrhaben wollen: Der Typ hatte ihn beschissen! Stundenlang hatte er vor dem Haus gewartet und den Eingang beobachtet. Als der Mann endlich kam, um seine Post aus dem Briefkasten zu holen, hatte er ihn angesprochen. Der Deutsche hatte in akzentfreiem Yankee-Englisch geantwortet, sich dann aber dumm gestellt. Als er sich umwandte, um zurück ins Haus zu gehen, hatte er ihn am Arm aufgehalten. Er spürte den Zorn in sich aufwallen. Jetzt hätte auch kein vernünftiges Wort mehr genügt, um ihn zu beruhigen. Aber der Deutsche hatte es nicht anders gewollt. Der Kampf war eigentlich gar keiner gewesen. Der andere sah durchtrainiert aus, und er hatte Widerstand erwartet. Der Mann hatte zwar noch die Hände zur Abwehr gehoben, aber da war es schon zu spät. Seine Rechte war krachend auf der Kinnspitze eingeschlagen, und er hatte gespürt, wie etwas zu Bruch ging. Sein Gegner hatte sich nach hinten überstreckt und war dann wie ein Sandsack auf das Betonpflaster vor dem Wohnblock gesunken. Es hatte kein Blut gegeben, aber der andere war nicht wieder aufgestanden. Er lag einfach da. Die Briefumschläge, die der Mann in der Hand gehalten hatte, alle versehen mit der Adresse, die er so gut kannte, lagen aufgefächert neben der leblosen Figur. Der Unterkiefer sah verschoben aus, sonst gab es keine Anzeichen einer Verletzung. Niemand hatte die Szene gesehen. Es war früher Nachmittag, die Leute waren in der Arbeit, und die wenigen, die um diese Zeit zu Hause waren, hielten die ‚Mittagsruhe' ein. Die Kinder wurden aus den Sandkästen geholt und durften erst am frühen Nachmittag

wieder spielen. Wieder so etwas, was er nicht verstand an diesem Land. Jenny hatte ihm einiges erzählt, was sie gelesen oder von ihrer Großmutter über Deutschland erfahren hatte, aber die Sache mit der Mittagsruhe ging über seine Vorstellung. Wie konnte ein gesamtes Volk von zwölf bis vierzehn Uhr dreißig seine Aktivitäten einstellen? Selbst die Geschäfte waren geschlossen – unglaublich! Er schaute sich um und war versucht, davonzulaufen. Dann besann er sich und ging auf den Hauseingang zu, aus dem der Deutsche gekommen war. In der Wand vor der Glastür war eine Metallplatte mit Briefschlitzen und Namensschildern eingelassen. Das Fach mit dem Namen ‚Soltau International Investigations' stand offen. Er drückte wahllos auf drei oder vier der mittleren Knöpfe und wartete. Nach einer Weile meldete sich eine junge Stimme.
„Ja bitte?"
„Listen, there's somebody lying in front of the building."
Zunächst hörte er keine Antwort. Dann ein schüchternes:
„What? Who speaks?"
Offensichtlich ein Schulkind im ersten oder zweiten Jahr Englisch als Fremdsprache. Er überlegte, wie er sich möglichst einfach und unmissverständlich ausdrücken konnte. Er wollte keine Konversation, sondern einfach sicherstellen, dass der Mann versorgt wurde.
„There is a man lying in front of the building. On the pavement, unconscious. You understand?"
„Pavement?"
Verdammt, Jenny hatte doch gesagt, dass die Kinder in Deutschland britisches Englisch lernen!
„On the sidewalk, dammit. Tell your mum and then call the ambulance, will you?"
„Dammit?"
„Oh sh ...! Man – ill – on the ground. Understand?"
„Yes."
„Call the ambulance – hospital, okay?"
„Hm."
„Hurry, okay?"
„Wer ist denn da, Sebastian?"
„Ich weiß nicht, Mammi, der Mann kann kein Deutsch. Da soll ein Mann auf dem Boden liegen, vor dem Haus."

„Geh und sieh aus dem Fenster, wer da ist."
Paul Coggan verstand kein Wort. Er stand vor den Lautsprecherschlitzen und wartete. Offensichtlich war die Mutter dazugekommen. Hoffentlich konnte die etwas mehr Englisch.
„Hallo!"
Die Stimme kam nicht aus dem Lautsprecher – sie kam von oben. Er schaute auf und blickte in das runde Gesicht eines Zwölfjährigen, das zwei Meter über ihm aus der Wand ragte. Er drückte sich unter das Vordach in den Hauseingang und überlegte. Der Junge hatte ihn höchstens für zwei Sekunden gesehen – eindeutig zu wenig für eine Identifizierung. Er schlug den Jackenkragen hoch, schulterte seinen Rucksack und machte sich in der dem Fenster entgegengesetzten Richtung davon.

***

24

Richard Voith sah sich um. Die Wände der Arrestzelle waren grau gefliest und im unteren Drittel von schwarzen Schuhsohlenmarken übersät – Zeugen von Wutausbrüchen unschuldig Eingesperrter, so wie er. Auf der dünnen Schaumstoffmatratze der gemauerten Pritsche lag eine graue, verfilzte Wolldecke. Er setzte sich auf die Bettkante und legte die Hände in den Schoß. Was passierte hier eigentlich? Warum holten die ihn mitten aus seiner Arbeit, vor den Augen aller Nachbarn, die sich inzwischen sicher das Maul zerrissen. Er hatte nichts getan, was so etwas rechtfertigen würde. Die Sache mit den Fundstücken, na gut. Aber wie hatte Grothe überhaupt davon erfahren? Und seine Fingerabdrücke auf der Spritzflasche – die besagten doch überhaupt nichts. Irgendjemand hatte die Wechsler umgebracht und wollte es ihm in die Schuhe schieben! Hatte nicht der Kommissar gefragt, ob der Schlüsselkasten mit den Schlüsseln für die Giftkammer verschlossen war? Natürlich war der nicht verschlossen! Das ging ja gar nicht, schon weil da jeder mehrmals täglich ranmusste. Das machte doch keiner im Dorf, die meisten hatten überhaupt keinen Schlüsselkasten. Den Schlüssel hätte sich jeder holen können, der sich im Betrieb auskannte oder ihn beobachtet hatte. Sein Betrieb war immer vorbildlich, was ihm bei mehreren Überprüfungen durch das Landwirtschaftsamt bescheinigt worden war. ‚Keine Beanstandungen' stand auf allen Prüfberichten. Außer den üblichen kleinen Blessuren hatte es bei ihm auch noch keinen Betriebsunfall gegeben. Bis auf einmal vor zehn Jahren, als ihm in einem Windwurf die Motorsäge in den Sicherheitsschuh gefahren war, direkt hinter der Stahlkappe in der Schuhspitze, und er mit viel Glück einer schweren Verletzung entgangen war. Die messerscharfen Zähne der Säge hatten sich in den Spann gefressen und die Fußmittelknochen nur knapp verfehlt. Zunächst hatte er keine Schmerzen. Wenn er nicht hingeschaut hätte, wäre ihm die Verletzung überhaupt nicht aufgefallen. Später begann der Fuß zu pochen und zu brennen. Er hatte allein im Wald gearbeitet und war zum Traktor zurückgehumpelt. Daheim hatte er das Blut aus seinem Schuh gegossen, den Fuß verbunden und war ins Krankenhaus gefahren. Hildegard hatte er erzählt, dass er sich beim Umbau einer Zapfwelle verletzt hätte. Sie wollte nicht, dass er allein im Wald arbeitete. Zu oft hatte sie von tödlichen Unfällen bei Holzarbeiten nach starken Stürmen gehört. Das Holz stand unter Spannung, und die richtige Schnittführung erforderte lange Erfahrung, mehr als ein Landwirt mit Viehzuchtbetrieb haben konnte. Er wusste das, aber für ihn waren diese Stunden eine Quelle innerer Ruhe. Die Arbeit im Holz gab ihm mehr als die Tätigkeit im Stall das Gefühl, etwas zu vollbringen. Das Ergebnis der Mühe war unmittelbar zu sehen: ein sauber aufgeschichteter Holzstapel unter dem Stallvordach war Zeugnis seiner Arbeit sowohl für ihn selbst als auch für jeden anderen, der ihn sah. Dazu kam das Gefühl der Sicherheit – was immer auch passierte, seine Familie würde im Winter nicht frieren müssen. Schon deshalb hatte er dem Wunsch, den alten Herd in der Küche durch eine moderne Kochstelle zu ersetzen, stets widerstanden. Die Pflicht, seine Familie zu versorgen und den Hof zu bestellen, stand über allem und war von seinen Vorfahren auf ihn übergegangen. Diese Einstellung verlangte er auch von Hildegard. Er hatte nie bezweifelt, dass das Versprechen, das er seinem Vater am Sterbebett geben musste, nur diesem Zweck diente, deshalb hatte er es auch nicht hinterfragt. Nie dürfe er das Land für den Kiesabbau hergeben, hatte der Alte gefordert, so wie sein Vater es von ihm gefordert hatte. Es hatte Zeiten gegeben, da war Richard die Einhaltung dieses Versprechens schwer gefallen. Wohl wissend um die reichen und hochwertigen Wandkiesvorkommen unter seinem Land, hatte er sich oft vorgestellt, wie es wäre, einen Industriebetrieb hochzuziehen. In den Nachkriegsjahren war der Bedarf an Kies für den Straßen- und Betonbau sprunghaft angestiegen, und einige Familien auf dem Lechfeld hatten sich durch den Verkauf von Ländereien an Kies- und Quetschwerke eine goldene Nase verdient. Aber er war der Tradition verpflichtet, und er würde dafür sorgen, dass der Wunsch seiner Vorväter erfüllt wurde, auch wenn er den Sinn des Gelöbnisses nie verstanden hatte. Mehr als einmal hatte er Hildegard und neuerdings auch Richard klarmachen müssen, dass ein Abbau nicht in Frage kam. Wenn die Zeit gekommen war, den Hof zu übergeben, würde er seinem Sohn das alte Versprechen wieder abnehmen. Er freute sich auf die Zeit danach. Er würde guten Gewissens in den Austrag gehen. Richard hatte die Landwirtschaftsschule als einer der Besten im Bezirk abgeschlossen. Sein Betriebspraktikum auf einem landwirtschaftlichen Großbetrieb in Aichach hatte ihm hervorragende Referenzen eingebracht. Schon jetzt kannte er alle Arbeitsabläufe auf dem Hof, die Biogasanlage hatte Richard Voith von Anfang an mit ihm gemeinsam geplant und mit der Option zur Erweiterung gebaut. Wenn die Energiepreise weiter stiegen, würde die Anlage mehr als nur ein zweites Standbein werden. Richard könnte weiter expandieren, und dabei würde er sich nicht von kleinkarierten Verdachtschöpfern wie Kerstin Wechsler aufhalten lassen. Voith musste sich eingestehen, dass ihm ihr Tod gelegen kam, nicht nur weil die dummen Erpressungen ein Ende hatten. Ihr Ableben würde vieles leichter machen, aber zunächst hatte sie ihm ein letztes Mal ein Bein gestellt – er saß im Knast. Richard Voith lächelte bitter. Du kriegst mich nicht klein, dachte er. Alles wird sich aufklären – schon bald.

***

25

„I muass di sehen. Heit no.“
„Na, des gauht it. Des isch zu gfährlich.“
„Itz wo i alls gmacht hau wia du gset hasch. Itz wo’s endlich klappt hat. I muass, ... in zehn Minuten bin i bei dir.“
„Na, gib a Ruah. Und ruaf mi nimma a, i ruaf di a, hasch ghert?“
„Aber ...“
„A Ruah, isch! Mach koin Schmarrn. Alls so wia besprochn.“

***

26

Felix Weber war begeistert. Der ICE 2112 war pünktlich in Düsseldorf angekommen – nach nur viereinhalb Stunden Fahrt. Seine Dienststellung berechtigte ihn zur freien Fahrt in der Ersten Klasse, und Zugfahren war ein Privileg, das er beanspruchte, wann immer es möglich war. Er hatte sich ein leichtes Mittagessen im Zugbistro gegönnt und die übrige Zeit gedöst oder in seiner Illustrierten geblättert. Dabei hatte er Musik von Clannad, seiner Lieblingsband, aus seinem iPod gehört. Die Gruppe war seit langer Zeit ein Geheimtipp unter Liebhabern irischer Folkmusik, und ihre getragenen, leicht psychedelischen Klänge waren ein perfekter Hintergrund für den Landschaftsfilm, der mit 200 km/h im Zugfenster ablief. Er hätte auch fliegen können, aber für ihn hatte das Flugzeug seine Exklusivität längst verloren. Ein paar Mal hatte er sich von Claudia zu kurzen Pauschal-Urlaubstrips überreden lassen, die damit verbundenen Flüge waren jedoch alles andere als ein Genuss. Vor einem halben Jahr war er auf einer Dienstreise mit einer Billiglinie von München nach Hamburg geflogen. In der eng bestuhlten A-319 war er sich vorgekommen wie eine Sardine in der Dose. Sein Mittagessen hatte aus einem Sandwich bestanden, das er sich selbst kaufen musste. Schon vor der Landung tat ihm sein Rücken weh, und nach dem Auschecken hatte er eine Stunde auf den Fahrer warten müssen, der im hanseatischen Verkehrsgewühl stecken geblieben war. Insgesamt war die Reise nur unwesentlich schneller gewesen als mit der Bahn. Dazu kam die leichte Angst, die er sich selber nur ungern eingestand, ihn aber jedes Mal feuchte Hände bekommen ließ, wenn der Flieger auf der Startbahn beschleunigte. Er fragte sich, ob all die Geschäftsleute ihre coole Gleichgültigkeit bei Start und Landung nur aufsetzten oder ob ihnen genauso unwohl war wie ihm.

Er trat auf den Vorplatz des roten Backsteinbahnhofs. Die Front des Zweckbaus aus dem Dritten Reich wirkte unterkühlt. Innen hatte man in den letzten Jahren mit einem Glasanbau die Strenge zu mildern versucht, von außen aber sah das Gebäude noch so aus wie vor fünfundsechzig Jahren. Er stellte die kleine Reisetasche mit den Gummirollen neben sich ab, den

Teleskopgriff ließ er ausgezogen. Die Kollegen hatten ihm zugesagt, ihn von einem Streifenwagen ins Präsidium bringen zu lassen. Der Wagen war noch nicht da. Er setzte die Ohrhörer wieder ein und genoss den absurden Kontrast zwischen dem ruhigen Harfensolo, das seinen Kopf ausfüllte und für nichts anderes Platz ließ als für diesen Moment, und dem hektischen Treiben vor dem Bahnhof. Er legte den Kopf in den Nacken und verlor sich im dunstigen Schleier des Nachmittagshimmels. Zu der Harfe gesellte sich eine ätherische Gitarre, untermalt von gälischem Gesang, Es dauerte eine Weile, bis er das Zittern in seiner Herzgegend bemerkte. Erschrocken fasste er unter den Aufschlag seiner Windjacke. Er bekam einen vibrierenden Metallriegel zu fassen, riss ihn heraus und wurde sich abrupt bewusst, dass er dabei war, sein Handy fortzuschleudern. Im letzten Moment fischte er das Gerät mit beiden Händen aus der Luft und brachte es mit einer weit ausholenden Bewegung zurück, drückte auf die grüne Anruftaste und hielt es an sein rechtes Ohr. Er blickte sich um und sah in das lachende Gesicht eines jungen Mädchens, das mit zwei Freundinnen auf der Lehne einer Bank hockte und ihn offenbar bei seiner gymnastischen Übung beobachtet hatte. Er lächelte zurück und wartete auf die Stimme des Anrufers. Nichts. Er nahm das Gerät vom Ohr und schaute auf den kleinen Bildschirm – die Verbindung stand. Er presste es wieder an den Kopf und lächelte das Mädchen an, das mittlerweile lauthals lachte und auf ihr Ohr zeigte. Bis er verstand, dass sie die Ohrhörer meinte, die er immer noch aufhatte, hatte sie ihre zwei Freundinnen mit ihrem Lachen angesteckt. Verlegen wandte er sich ab, pflückte die Plastikknöpfe heraus und legte das Handy zum dritten Mal ans Ohr. Er hörte immer noch nichts. Dafür war das Lachen der Mädchen auf eine Gruppe von gleichaltrigen Jungen übergesprungen, die vor der Bank standen und mit dem Trio gescherzt hatten. Der Anrufer hatte aufgelegt. Weber holte sich die Nummer des Anrufers aufs Display und drückte die Anruftaste.

„Felix, was ist los, haben Sie Tomaten auf den Ohren?"

Na super, es war Grothe, und er klang alles andere als amüsiert.

„Nein Chef, ich war nur leicht abgelenkt."

„Ja, das höre ich, bei Ihnen ist ja offenbar prima Stimmung."

Weber schaute auf, die jungen Leute hatten sich in einen kollektiven Lachkrampf gesteigert.
„Ja, nein, äh, Moment."
Er ging fünf Meter zur Seite und steckte sich den linken Zeigefinger ins Ohr.
„Jetzt, Chef. Ich bin bei Ihnen."
„Felix, wir haben ihn. Evangelisches Krankenhaus, Kirchfeldstraße vierzig. Die Meldung kam über den Führerschein, der ist übrigens gefälscht."
„Wieso Krankenhaus?"
„Das weiß ich nicht genau. Fahren Sie hin und finden Sie es raus. Herbert Strehlow ist heute Morgen dort eingeliefert worden, verletzt und verwirrt. Die Kollegen dort haben den Fall aufgenommen."
Er gab eine Kurzfassung der in dem Protokoll beschriebenen Umstände.
„Und warum wusste seine Freundin nichts davon?"
„Keine Ahnung, wie gesagt, finden Sie es heraus. Und melden Sie sich, sobald Sie mehr wissen."
„Aye aye, Käptn. Ach, und ..."
Aber Torsten Grothe hatte bereits aufgelegt.
„ ... wie geht es Voith?", sagte Weber zu sich selbst. Er drückte auf die rote Taste und ließ das Handy in seine Brusttasche gleiten. Dann nahm er es wieder heraus, schaltete den Vibroalarm aus, steckte es in die Seitentasche der Jacke und zog den Reißverschluss zu. Als er den Streifenwagen im Verkehrsgewühl erkannte, ging er zurück zu seinem Reisetrolley und schob den Teleskopgriff zusammen.
Der Fahrer des Streifenwagens, ein circa fünfundfünfzigjähriger, beleibter Polizeihauptmeister, gab ihm ein DIN-A4-Blatt mit dem Bericht über die Ereignisse vor dem Haus, vor dem Herbert Strehlow aufgefunden worden war. Der Mutter des Jungen war die Sache komisch vorgekommen und sie hatte sowohl Krankenwagen als auch die Polizei alarmiert. Die Befragung der Nachbarn hatte ergeben, dass die Schlägerei von einem Rentner im Erdgeschoss beobachtet worden war. Sowohl der alte Mann als auch der Junge hatten angegeben, dass sie eine Englisch sprechende Person beobachtet hätten, die sich nach dem Vorfall schnell entfernte.

Nach sechzehn Minuten Fahrt hielt der Streifenwagen vor dem Krankenhaus in Düsseldorf-Unterbilk, einem gewaltigen Gebäudekomplex in T-Form mit 1.500 Beschäftigten. Felix Weber hatte den Bericht durchgelesen und dann von dem Kollegen in ruhigem Dialekt erfahren, warum er seine Heimatstadt liebte und warum das Beste an der Nachbarstadt Köln die Autobahn nach Düsseldorf war. Offensichtlich sollte das ein Witz sein, der ihm jedoch verschlossen blieb. Ihm gefiel die Mundart, deren gemessenes Tempo der Wesensart der Rheinländer entsprach. Im Fernsehen hatte er Übertragungen von den Karnevalszügen gesehen und sich oft gefragt, was das für Menschen waren, die bei Temperaturen um den Gefrierpunkt in kurzen Röckchen und dünnen Jacken auf den Festwagen standen und händeweise Bonbons in die Menge warfen. Der Augsburger Fasching war vital und die Narren einfallsreich, aber an den Enthusiasmus und die bedingungslose Hingabe der Rheinländer an ihren Karneval reichte in ganz Deutschland nichts heran. Er konnte sich den Mann neben ihm gut in Narrenkappe und der bunten Uniform einer Karnevalsvereinigung vorstellen, wie er mit dem Elferrat einer Faschingsgesellschaft vorsaß und die Auftritte der Büttenredner ankündigte.
Er stieg aus dem Wagen, beugte sich an das offene Seitenfenster und bat den Kollegen, ihn auf Anruf wieder abzuholen.
„Dat is bloß en Kilometer bis zom Präsidiom. Dat kannse zo Foß jonn, Kolleje. Jürjensplatz, finnse jleich. De Tesch kannse bei mir abholen, PHM Steinke, jibbet nur eemol“, war die Antwort. Weber wollte noch etwas einwenden, als der Wagen anfuhr und der PHM zum Abschied ein fröhliches „Tschö“ durch das Seitenfenster schmetterte. Weber schaute dem Wagen ratlos hinterher, klemmte sich seine Aktenmappe, die er schon am Bahnhof aus der Reisetasche genommen hatte, unter die Achsel und ging auf den Haupteingang zu. Nach kurzer Anfrage an der Rezeption wurde er in die Innere Abteilung geschickt. Der Patient sei vor Kurzem auf Station verlegt worden, ließ ihn die Schwester hinter dem Empfangstresen wissen.
Felix Weber musste nicht nach dem Zimmer suchen. Auf dem Gang saß ein junger Polizeibeamter auf einem Stahlstuhl und blätterte in einer Illustrierten. Weber zeigte ihm seine Dienstmarke und erfuhr, dass Herbert Strehlow vor

einer Viertelstunde hereingebracht worden war. Er bat den Beamten, sich eventuell als Zeuge bereitzuhalten. Die Tür zum Krankenzimmer stand offen, ein junger Zivildienstleistender war damit beschäftigt, das vordere Bett abzuziehen. Das Zimmer war schmucklos, an der Wand gegenüber den Betten hingen ein Kreuz und der übliche Kalender mit Blumenmotiven. Im hinteren Bett lag ein Mann flach auf dem Rücken. Er blickte in Richtung Fenster. Felix Weber klopfte an die offene Tür.
„Wollen Sie zu Herrn Strehlow?“, fragte der Zivi. „Der ist gerade reingekommen, aus dem Aufwachraum. Fraktur des Condylus occipitalis und Commotio cerebri. Aber Sie können schon mit ihm sprechen. Der ist nur nicht sehr gut drauf.“
„Commotio was?“ Weber kam sich dämlich vor. Wieso konnte der Klugscheißer nicht deutsch reden?
„Ach so, Entschuldigung“, lachte der junge Mann. „Ich fange nach meiner Dienstzeit mit dem Medizinstudium an und lerne schon mal ein bisschen Latein. Bruch des Unterkiefergelenks und Gehirnerschütterung.“
Der Zivi packte das Bettzeug aufeinander und ging aus dem Zimmer. Felix Weber schaltete seinen MP-3 Spieler auf Aufnahme und steckte ihn in die Brusttasche seines Hemds.
„Herr Strehlow?“
Der Mann drehte ihm langsam sein Gesicht zu. Es war eingerahmt von mehreren kunstvoll angeordneten Verbänden, die offenbar der Fixierung seines Unterkiefers dienten. Die viel zu langen, dünnen weißen Haare lagen auf der kissenlosen Matratze wirr um den Kopf herum. Die auffällige Bräunung der Haut entstammte deutlich einem Solarium, der Gesamteindruck war der eines Playboys, der sich mit seinem Alter nicht abfinden konnte.
„...assis?“
„Können Sie sprechen, Herr Strehlow?“
„...s ...ollen Sie?“
Die Laute kamen gepresst zwischen den zusammengebundenen Zähnen hervor.
„Mein Name ist Felix Weber. Ich bin von der Kripo Augsburg.“
Der Mann wandte den Kopf ab und sah wieder zum Fenster.

„Herr Strehlow, Sie stehen unter dringendem Verdacht, etwas mit einem Gewaltverbrechen zu tun zu haben."
Strehlow schaute unverwandt in die andere Richtung.
„Lassensemichinruhe!"
„Herr Krahmann!"
Felix Weber hatte sich zu dem Schnellschuss entschlossen, als er merkte, dass Strehlow blocken würde. Der Mann drehte den Kopf abrupt in Richtung des Kommissars und blickte ihn mit erstaunten Augen an.
„So heißen Sie doch mit wirklichem Namen. Versuchen Sie gar nicht erst, mir etwas anderes zu erzählen. Es braucht genau eine Gegenüberstellung, und Ihre Fassade ist hinfällig! Außerdem ist Ihr Führerschein gefälscht und ein Herbert Strehlow ist nirgendwo gemeldet. Also machen Sie keine Zicken. Ich ermittle im Falle des Todes von Frau Kerstin Wechsler. Was können Sie mir dazu sagen?"
„Todes? ...ieso Todes?"
„Frau Wechsler ist offensichtlich gewaltsam zu Tode gekommen. Und Sie sind einer der Letzten, die sie lebend gesehen haben."
„...oher ...ollen Sie das ...issen? ... kenne die Frau nich."
„Das haben unsere Ermittlungen ergeben. Sie können sich Ausflüchte sparen, das kostet nur Ihre und unsere Zeit."
„...s soll das. ...rum werde ich bewacht?"
„Weil Sie hiermit vorläufig festgenommen sind."
Weber erklärte dem Mann seine Rechte und fuhr fort:
„Zunächst mal, wer hat Sie so zugerichtet und warum?"
„...eisichnich. Irgend so'n Prolo."
„Der Mann sprach Englisch. Kannten Sie ihn?"
„Nö."
„Circa dreißig Jahre alt, hellblond. Er hatte einen Rucksack dabei. Beige Windjacke, hellbraune Dockers und braune Cordhose."
„...s das denn?"
„Was, Cordhose?"
„Dockers!"
„Ach so, das sind Schnürstiefel mit dicken Sohlen. Sehen aus wie Wanderstiefel. Also was ist, kannten Sie den Mann?"
„Nö."

„Also gut, nächste Frage: Warum haben Sie Ihre Freundin verlassen?"
Strehlow schaute Weber feindselig aus zusammengekniffenen Augen an.
„Habichnich."
„Sie weiß aber nicht wo Sie sind."
„Na und?"
„Frau Krämer macht sich Sorgen um Sie."
Der Mann verzog den Mund zu einem gequälten Lachen, das aber sofort von einem schmerzverzerrten Stöhnen abgelöst wurde.
„Guter ...itz, Mann", stieß er hervor. „...ahrscheinlich ist der Tank leer. Die iss och zu doof zum ... – ...oher ...issen Sie das alles?"
„Wir wissen noch viel mehr, Herr Krahmann. Zum Beispiel wissen wir, dass Sie am vierzundzwanzigsten August mit einem weißen Alfa in Langerringen waren, nachdem Sie Kerstin Wechsler dazu angestiftet haben, den Landwirt Richard Voith zu erpressen. Sie wollten sie mitnehmen, wenn sie genug aus ihm rausholte, haben Sie ihr versprochen. Und danach war Kerstin Wechsler tot. Also, was ist genau passiert vor drei Wochen?"
„So'n Scheiß. ...as hab ich'n damit zu tun? ...ie ...ollen Sie das alles be...eisen? Ich kenn die Frau überhaupt nich!"
„Es dürfte kein Problem sein, zu beweisen, dass Kerstin Wechsler bei Ihnen im Auto war. Der Alfa ist schon in der KTU. Und irgendwas finden wir immer, Haare, Faserreste von der Kleidung, Körperflüssigkeiten. Und die werden wir dann mit der DNA der Getöteten vergleichen."
Der Mann schaute Felix Weber lange an und seufzte dann.
„Ich hab die nich umgebracht. ...as hätte ich davon?"
„Zum Beispiel die Gewissheit, dass sie Sie nicht verpfeifen könnte. Zum Beispiel Ruhe vor einer lästigen Landpomeranze, die Ihnen keinen Gewinn mehr verschaffen würde, weil sie ihre Funktion erfüllt hatte, weil sie ausgebrannt war. Oder wie nennt man so was in Ihren Kreisen?"
„Also gut. Die Tante ...ar 'ne Zeitlang ganz lustig. Gut im Bett, die ...ar richtig ausgehungert. Bis sie mir mit ihrem ‚Nimm-mich-mit-Scheiß' auf die Nerven ging. Das hab ich mir 'ne

ganze ...eile angehört. Okay, ich habe ihr versprochen, sie und das Blag mitzunehmen. Die hat das auch geglaubt. Aber ...ohin hätte ich sie denn mitnehmen sollen? Nach Düsseldorf? Lächerlich! Von Erpressung ...eiß ich nichts."
„Wir schon. Wo haben Sie in der Zeit gewohnt, als sie in Langerringen waren?"
„Im Gasthof Krone in Königsbrunn."
„Bleibt die Frage, was Sie überhaupt in der Gegend wollten. Sie haben doch kein wirkliches Interesse an Biogasanlagen?"
„Natürlich."
„Herr Krahmann, erzählen Sie mir keinen Unsinn. Meine Menschenkenntnis sagt mir, dass Sie der Letzte sind, der sich mit so etwas auseinandersetzt. Außerdem gibt es in Nordrhein-Westfalen auch Biogasanlagen. Dafür hätten Sie nicht nach Bayern kommen müssen. Als Sie aufgefunden wurden, hatten Sie verschiedene Postsendungen an eine Firma ‚Soltau International Investigations' bei sich. Alle adressiert an eine Wohnung in dem Wohnblock, vor dem Sie lagen. Die Wohnung ist auf den Namen Herta Krahmann gemietet. Wer ist das?"
Der Mann gab keine Antwort.
„Also gut. Wir finden es sowieso heraus. Sie haben mir aber immer noch nicht gesagt, warum Sie sich bei Frau Krämer nicht mehr gemeldet haben."
„Is mir auf'n Geist gegangen, die dumme Kuh. Die is' einfach zu dämlich für'n richtiges Gespräch. Ich brauch meine Auszeiten. Dafür hab ich die ...ohnung in ...ersten."
„Von der aus Sie offensichtlich ein Gewerbe betreiben. Wir werden das nachprüfen. Was genau ist nach dem vierundzwanzigsten August in Langerringen passiert?"
„Die ...echsler – Kerstin – hat einfach keine Ruhe gegeben. Ich halt's nicht mehr aus. Du musst mich hier rausholen. Der ganze Scheiß eben. Da hab ich gesagt, okay. Geh dein Zeug holen, ich ...arte hier."
„Wann war das?"
„Am Sonnabend vor z...ei Wochen, glaube ich."
„Also am fünfundzwanzigsten."
„Ja, muss ...ohl."
„Und dann?"

„Dann bin ich nach Hause gefahren.“
Felix Weber konnte es nicht glauben.
„Sie sind nach Hause gefahren?“
„Na klar, ich hab ja nie vorgehabt, die ...irklich mitzunehmen.“
„Und was war dann?“
„...ie, dann?“
„Mensch, stellen Sie sich doch nicht so blöd? Hat sie Sie angerufen, haben Sie nochmal was von ihr gehört?“
„Die hat pausenlos auf'm Handy angerufen, aber ich hab sie ...eggedrückt. ...ar ja froh, dass das Getue endlich vorbei ...ar, ...ollte nur noch nach Hause. Hat dann auch bald aufgehört, das Generve.“
Eine junge Schwester kam ins Zimmer und steckte eine Urinflasche in einen Halter, der seitlich am Bett befestigt war.
„So, Herr Strehlow, hier ist Ihre Flasche. Wenn Sie mal müssen, dürfen Sie sich auf die Seite drehen, sonst aber bitte flach liegen bleiben.
Die nächste Bemerkung kam prompt.
„Sind Sie sicher, dass das Ding groß genug ist, Fräulein? Haben Sie nichts mit größerem Durchmesser?“
„Absolut sicher, Herr Strehlow. Was glauben Sie, wer Sie hier reingelegt und Ihnen das Hemd angezogen hat, als Sie aus dem OP kamen? Für Stuhlgang bringe ich Ihnen eine Bettpfanne.“
„Da sei Gott vor!“
„Na mal sehen, wie lange Sie das aushalten. Möchten Sie etwas trinken?“
„Sehr ...itzig, Fräulein. ...ie soll denn das gehen, durch die Nase oder ...as?“
„Durch die Zahnlücke hinter Ihrem rechten Eckzahn, mit einem Röhrchen. Wir hätten Tee oder Fruchtsaft.“
Sie hatte den wunden Punkt getroffen. Die Zahnlücke war ein Makel, mit dem sich Herbert Strehlow nur schwer abfinden konnte. Aber eine Korrektur hätte eine langwierige zahnärztliche Behandlung erfordert, und Zahnärzte gehörten zu den wenigen Menschen, vor denen er ‚Respekt‘ hatte, wie er selber zugab. Eine selbstkritischere Betrachtung hätte das Wort ‚Bammel‘ angebrachter erscheinen lassen. Aber er lief schnell wieder zu voller Form auf.

„Prosecco ...äre angenehm, Sch...esterchen. Und danach ’ne Massage, aber nehmen Sie sich viel Zeit, hab sonst nix mehr vor heute.“
„Ich aber, und Ihre Sprüche können Sie sich sparen. In fünf Minuten ist Visite. Ich muss Sie bitten, Ihr Gespräch bis dahin zu beenden, Herr Kommissar.“
„Schwester, dies ist eine polizeiliche Vernehmung, und wir sind noch nicht fertig.“
Felix Weber war hörbar genervt.
„Hier gelten medizinische Grundsätze, außer wenn Gefahr im Verzuge ist. Das wissen Sie doch besser als ich.“
Hey, hey, die Kleine hat in Rechtsmedizin gut aufgepasst, dachte Weber. Chapeau!
Herbert Strehlow grinste, soweit es sein verschnürter Kiefer zuließ.
„Noch irgend...elche Fragen, Herr Kommissar?“
Entweder war der Mann ein guter Schauspieler, oder er war tatsächlich unschuldig. Felix Weber hatte Mühe sich zu beherrschen.
„Also wie gesagt, fünf Minuten, meine Herren. Ach, und Herr Strehlow, wenn Sie die Bettpfanne brauchen, Knopfdruck genügt.“
Sie deutete auf den Druckschalter, der an einem Kabel über Strehlows Kopf baumelte und verließ freundlich lächelnd das Zimmer. Das Grinsen erstarb augenblicklich.
„Krahmann, Sie wollen mir weismachen, das war’s dann? Einfach die Anrufe wegdrücken, und fertig?“
„Klar, Mann, ...as denn sonst? Ich hab ...ichtigeres zu tun, als mich mit ’ner bayerischen ...aldschnepfe abzugeben.“
Weber platzte der Kragen.
„Sie selbstgefälliges Arschloch! Die Frau ist tot, haben Sie überhaupt kein Mitgefühl? Immerhin haben Sie sie gut gekannt, und wahrscheinlich auch den kleinen Sohn, der seine Mutter verloren hat. Und jetzt hören Sie mir mal zu, Krahmann. Die Sache ist wie folgt abgelaufen: Sie haben bei einer Betriebsführung, an der Sie aus welchem Grunde auch immer teilgenommen haben, den Hof von Richard Voith ausspioniert. Dabei ist Ihnen aufgefallen, dass der Zugang zum Giftlager kinderleicht ist, dass praktisch jeder an den Schlüssel heran

kann. Bei oder nach der Betriebsführung haben Sie Kerstin Wechsler kennengelernt und gehört, dass sie Richard Voith hasst und etwas gegen ihn in der Hand hat. Da haben bei Ihnen die Alarmglocken geklingelt. Damit musste sich doch Geld machen lassen! Also haben Sie die Wechsler veranlasst, Voith zu erpressen. Nach einiger Zeit wollte sie aber nicht mehr mitmachen. Mehr noch, sie wollte mit Ihnen mitkommen, weg von ihrem Mann, den sie für einen Versager hielt. Das konnten Sie natürlich überhaupt nicht brauchen. Sie haben Panik gekriegt und die Notbremse gezogen. Sie haben Sie umgebracht! Danach haben Sie der Leiche Gift eingefüllt, um den Mord jemand anders in die Schuhe zu schieben – Richard Voith. Der hatte ja schließlich ein Motiv, er war ja erpresst worden. Danach dann nur noch die Leiche entsorgen, aber so, dass der Verdacht erneut auf Richard Voith fiel – in seinem eigenen Fermenter. Dann sind Sie seelenruhig nach Düsseldorf gegondelt und haben Ihrer Freundin erzählt, dass Sie auf wichtiger Geschäftsreise waren. Übrigens mit ihrem Wagen, um die Spuren zu verwischen. Sehr fein ausgedacht, Herr Krahmann! Die Sache hat aber leider zwei Haken: Erstens, das Gift lief nicht bis in den Magen, es konnte gar nicht mehr von der Schleimhaut aufgenommen werden, Frau Wechsler war ja schon tot. Zweitens, Frau Krämer hat uns Ihren Namen schon sehr bald genannt, sie kann schlecht lügen. Außerdem macht sie sich wirklich Sorgen um Sie, das passt wohl in Ihren Machoschädel nicht rein, was?“
Weber schaute Strehlow interessiert an, allerdings erwartete er auf diese Bemerkung keine Antwort. Er wusste genau, dass er sich mit seiner Tirade weit vorgewagt hatte. Besonders der Ausfall am Anfang war etwas, was ihm sonst nie passierte. Die Aufnahme auf seinem MP-3 Spieler würde als Beweismittel dienen, und der Kraftausdruck musste ins Protokoll aufgenommen werden. Er konnte sich lebhaft vorstellen, was er von Grothe zu hören bekommen würde. Allerdings hatte er auch selten ähnlich arrogante Gegenüber bei Vernehmungen.
„Wie haben Sie sie umgebracht, Krahmann?“
„So ein Quatsch, Mann. ...o haben Sie denn die Story her?“
Der Ton wurde sachlicher.
„Was soll der Blödsinn mit dem Gift? Ich weiß von keinem

Giftlager, und ...arum sollte ich irgendjemand ...as in die Schuhe schieben? Ich hab nichts mit einem Mord zu tun, und ...egen der paar alten Scherben sollten Sie nicht so ein Ge...ese machen. Da kam so...ieso kaum ...as bei rüber, die ...echlser hatte doch nur Schiss! Und jetzt sollten Sie zusehen, dass Sie Land ge...innen, sonst gibt's Stress mit Sch...esterchen und Doktor Scheffe."
Felix Weber kochte innerlich, aber noch einmal würde er sich nicht provozieren lassen. Er hatte, was er brauchte.

***

27

Torsten Grothe hatte selten erlebt, dass ein Insasse einer Untersuchungshaftzelle nicht sofort nach einem Anwalt verlangt hätte. Man hatte Richard Voith darauf hingewiesen, dass er ein Recht auf juristischen Beistand hatte, aber er saß seit fünf Stunden in der Zelle und verhielt sich völlig ruhig. Irgendetwas machte ihn sicher, dass Grothe ihn nicht lange festhalten konnte, und genau so war es auch. Vorschriftsgemäß hatte Grothe die Ermittlungsakten dem Staatsanwalt zur Haftprüfung übergeben und war prompt aufgelaufen. „Zu dünn, und keine Fluchtgefahr“, war die Reaktion. Allerdings war er sich schon bei der Verhaftung nicht absolut sicher gewesen, dass die Beweislage standhalten würde, und wenn er ehrlich war, konnte er noch nicht einmal behaupten, dass es ihm besonders leid tat, Richard Voith wieder laufen zu lassen. Und. Er stieg über das Treppenhaus in den Keller, ging in den Zellenblock und ließ sich die Gittertür zu Richard Voiths Zelle aufschließen. Voith saß mit gefalteten Händen auf der Pritsche und schaute langsam auf.

„I hau scho auf Sie gwartet, Herr Kommissar.“

„Wieso?“

„Sie wollen mir saga, dass i gauh ka, stimmt’s?“

„Wie kommen Sie darauf?“

„I glaub an die Grechtigkeit, Herr Kommissar. Des ham mir immer so gmacht in dr Familie. Mei Vater hat allwei gset ‚Zwing’s it, das Recht, es kommt zu dir, wenn du es verdienst.‘“

„Herr Voith, Sie sind keineswegs aus dem Verdacht entlassen, etwas mit dem Tod von Kerstin Wechsler zu tun zu haben. Aber für eine weitere Haft reichen die Beweise nicht aus. Das hat der Staatsanwalt festgestellt. Allerdings müssen Sie sich für weitere Ermittlungen zur Verfügung halten. Und was Ihre Unterschlagung von Fundstücken betrifft, sind Sie auch nicht aus dem Schneider. Gibt es noch irgendetwas, was Sie mir sagen wollen?“

„Na, des gibt’s it. Aber eine Bitte hätt i.“

„Ich höre.“

„Kennt i heit Nacht da herinna bleiba.“

Grothe traute seinen Ohren nicht.
„Wie bitte?“
„I mag it hoim. Morgen in der Früh isch früh gnua.“
„Aber Herr Voith, Sie haben doch gesagt, dass Sie daheim dringend gebraucht werden.“
„Ja scho, aber jetz isch ja scho Abend, und da isch eh wurscht, ob i no hoimkomm.“
„Herr Voith, was soll das jetzt?“
„Bitte, Herr Kommissar, wenn S' ma an Gfalla doa wolln.“
Grothe überlegte. Er hatte keine Ahnung, was Voith zu dieser Bitte veranlasste, aber etwas musste in der Zwischenzeit geschehen sein. Voith hatte nicht telefoniert und auch keine Telefongespräche erhalten, was seltsam genug war. Offenbar hatte er schon bei seiner Abholung angekündigt, dass er bald wieder zurück sein würde. Aber dass jemand freiwillig in der Zelle bleiben wollte, gab es sonst nur bei Verdächtigten im Bandenmilieu, denen nach ihrer Freilassung Konsequenzen aus den eigenen Reihen drohten. Im Extremfall führte das zu einem Zeugenschutzprogramm. Grothe bezweifelte, dass Richard Voith daheim etwas zu befürchten hatte. Andererseits – was, wenn die Tat nicht von einem Einzelnen verübt worden war, wie bei Agatha Christies ‚Tod im Orientexpress‘? Dann wäre jede Aussage von ihm eine potentielle Gefahr für den oder die Mittäter. Reichlich exotisch, aber nicht unmöglich, dachte Grothe. Allerdings würde das eine ganz andere Ermittlungsstrategie erfordern. Voith müsste erneut vernommen werden, unter völlig anderen Vorzeichen. Aber wer hätte ein Motiv für eine Gemeinschaftstat? Was konnte Kerstin Wechsler getan haben, um so etwas heraufzubeschwören? Wenn es wirklich so gewesen sein sollte, müsste er sein Bild von der Dorfidylle komplett umwerfen. Aber wieso Idylle? Gab es nicht ständig Mordfälle im Dorfmilieu? Die meisten davon waren Beziehungstaten: Kinder und Ehefrau erschlagen und zerstückeln gewalttätigen Vater mit der Axt, weil sie die Demütigungen nicht mehr ertragen; junge Ehefrau vergiftet aus reiner Habgier gemeinsam mit ihrem Liebhaber den Ehemann mit kaum nachweisbaren Medikamenten; Frau ersticht Ehemann im Affekt nach Entdeckung seiner Nebenfamilie. Die Archive waren voll von diesen Tragödien, die in der Zeitung auf der

Bayern-Seite in Vierzeilern abgehandelt wurden. Es gibt nichts, was es nicht gibt, dachte Grothe. Warum also nicht ein Mord mit mehreren Tätern? Aber machte es Sinn, Voith noch heute in dieser Richtung zu befragen? Kaum. Was er bis jetzt nicht gesagt hatte, würde er auch später nicht mehr preisgeben. Grothe beschloss, den nächsten Tag und Webers Bericht aus Düsseldorf abzuwarten. Danach würde er den Fall neu bewerten und die Ermittlungen gegebenenfalls neu ausrichten. Jetzt musste er erst einmal eine Entscheidung zu Voiths Bitte treffen. Die Vorschriften sahen einen solchen Fall nicht vor, jedenfalls wusste er nicht davon. Andererseits, was gab es zu verlieren, und vielleicht war morgen früh noch etwas aus Grothe herauszubekommen.

„Also gut, einverstanden. Sie bekommen etwas zum Anziehen für die Nacht und Waschzeug. Abendessen gibt's auch. Allerdings werden Sie gegebenenfalls für die Kosten aufkommen müssen. Soll ich Ihre Familie benachrichtigen?"

„Na, des isch it nötig."

„Wie Sie wollen. Ich lasse Ihnen meine Telefonnummer da, falls Sie mir später noch etwas mitteilen wollen. Sie können das Diensttelefon beim Aufsichtsbeamten benutzen."

„Vielen Dank, Herr Kommissar."

Grothe hielt Richard Voith seine Visitenkarte hin und versuchte, ihm in die Augen zu schauen, aber der Landwirt hatte schon wieder die Hände gefaltet und stierte an die gegenüberliegende Wand. Grothe legte die Karte auf die Bettdecke.

***

28

Der Versuch, nach der Chefarztvisite noch einmal mit Herbert Strehlow zu reden, endete bei der resoluten Krankenschwester. Der Patient müsse jetzt ruhen, der Herr Kommissar solle morgen wiederkommen. Es gab tatsächlich kein rechtliches Mittel, eine weitere Einvernahme zu erzwingen, deshalb machte sich Felix Weber auf den Weg ins Präsidium. Der Fußweg dauerte tatsächlich nur eine Viertelstunde, und im Grunde war er froh, sich die Beine vertreten zu können. Das Polizeipräsidium befand sich direkt neben der Oberfinanzdirektion in einem gewaltigen Ziegelbau. PHM Steinke hatte ein kleines Büro mit einem überbordenden Ficus Benjamini und Blick auf den ruhigen, von Gebäuden aus der Gründerzeit gesäumten Jürgensplatz. Mittlerweile war es siebzehn Uhr dreißig, und das Gebäude hatte sich geleert. Steinke hatte sich erboten, sich um eine Bleibe für Weber zu kümmern und ihn in seinem Büro allein gelassen. Weber sah direkt auf den einladend gestalteten Eingangsbereich eines Hotels in einem der restaurierten Gebäude und fragte sich, welche Art von Unterkunft Steinke für ihn vorgesehen hatte. Der Arbeitsplatz war mit einem Polizei-Intranet- sowie Internetanschluss ausgestattet, den Steinke für ihn offengelassen hatte. Er klickte ein paar Seiten an, wählte dann Grothes Dienstnummer und war nicht erstaunt, den Hauptkommissar nach dem ersten Klingeln am Apparat zu haben.
„Na Felix, was sagt unser Freund?“
„Ich habe leider abbrechen müssen, der Herr braucht seine Ruhe. Er sieht nicht besonders attraktiv aus, der Engländer oder was auch immer hat ihn übel zugerichtet. Angeblich kennt er den Mann nicht, aber ich vermute, es hat was mit seinen Geschäften zu tun. Ich weiß jetzt, dass er zumindest von der Erpressung von Voith wusste. Er hat von sich aus von Scherben gesprochen, obwohl ich kein Wort von archäologischen Fundstücken erwähnt habe. Ich bin überzeugt, dass er dick in der Sache drinsteckt. So, wie er über die Wechsler spricht, ist nicht anzunehmen, dass ihm ihr Ableben irgendetwas bedeutet. Übrigens, ich habe ‚Soltau International Investigations‘ im Internet gefunden. Die Seite wird angeblich gerade umgestaltet, mehr war nicht zu erfahren.“

„Wie hat er sich benommen?“
„Ein unglaublich arroganter Typ. Passt komplett auf das Bild, das wir aus seiner Vergangenheit haben. Anscheinend hat er ein Problem mit Frauen, über seine Freundin redet er auch nicht respektvoller.“
Weber hoffte, dass Grothe ihm in seiner Beurteilung folgen und ihm seine Entgleisung bei der Vernehmung nachsehen würde.
„Gut, Felix, machen Sie morgen weiter. Und kümmern Sie sich gegebenenfalls um die weitere Inhaftierung von Krahmann nach der Entlassung aus dem Krankenhaus.“
Grothe unterrichtete Felix Weber über sein letztes Gespräch mit Richard Voith und sein eigenartiges Verhalten. Er fragte ihn nach einer möglichen Erklärung, aber Weber konnte sich ebenfalls keinen Reim darauf machen.
PHM Steinke erschien in der Tür und dröhnte sofort los.
„Also Kolleje, et jib keene Zemmer mehr. Allet belecht. Maht nix, kommse mit zo mir na Huus. Min Frau weeß schonn Bescheed. Krichs dat Zemmer von min Jong, de Penz können in eenem Zemmer schlofe. Dat is janz jemütlich, wirse sehn, und Kölsch hab ich ooch im Keller. Machen wa ons en schönn Abend, wa?“
Felix Weber wusste zwar nicht, was ‚Penz‘ waren. Er konnte nur vermuten, dass es sich um die Kinder von Steinke handelte. Er hatte eigentlich keine Lust auf eine Familie von rheinischen Frohnaturen. Wenn die alle so waren wie der Familienvater, dann gute Nacht! Aber er wollte nicht undankbar sein, außerdem würde er die Unterstützung der Kollegen weiterhin brauchen, und eine Ablehnung wäre der Amtshilfe sicher nicht dienlich.

***

29

Torsten Grothe hatte um achtzehn Uhr dreißig einen Termin bei einem Orthopäden, der ihm im Krankenhaus empfohlen worden war. Der Kollege, mit dem er nach Hause fuhr, setzte ihn vor dem Haus in Schwabmünchen ab. Die Schmerzen in der Schulter hatten zwar nachgelassen, waren aber besonders in der Nacht noch immer lästig. Er hatte es sich zur Gewohnheit gemacht, vor dem Schlafengehen eine Voltaren zu schlucken, hatte aber kein gutes Gefühl dabei. Er war grundsätzlich gegen jede Art von Schmerzmitteln, wenn es sich irgendwie vermeiden ließ. Aber so konnte er wenigstens ruhig einschlafen. Der Arzt ließ ihn leichte Bewegungen ausführen und fragte ausführlich nach Befinden und Fortschritten. Dann verschwand er in einem Nebenzimmer und kam mit einer Vorrichtung zurück, die wie eine Kombination aus Armprothese und einem Computerjoystick aussah. Er band seinen Unterarm in die Schiene und wies ihn an, den unten angebrachten roten Gummiball regelmäßig und so oft zu drücken, wie es die Schmerzen zuließen. Das würde die Hand- und Unterarmmuskulatur stärken und den Heilungsverlauf fördern. Grothe wollte protestieren, doch der Arzt versicherte ihm, dass er sich damit eine Woche Ruhigstellung sparen könne. Außerdem könne man die Rehabilitation verkürzen. Das überzeugte ihn sofort. Er konnte sich zwar die Kommentare der Kollegen vorstellen, doch die Aussicht, schneller wieder in den Sattel zu kommen, bestärkte ihn. Vor dem Haus wartete Monika im Daimler. Beim Anblick des roten Gummiballs fragte sie ihn, ob er vorhabe, damit demnächst den Rollstuhl zu steuern, den er doch sicher auch bald bekäme. Sie lächelte bittersüß, und er kannte Monika gut genug, um das unterschwellige ‚Selbst schuld!' nicht zu überhören, sagte aber nichts dazu. Er seufzte, lehnte sich im Sitz zurück und begann, unauffällig den Gummiball zu kneten.

In der Nacht zum Donnerstag hatte es geregnet, die Straßen waren noch nass, aber es blies ein warmer Südwind – Föhn. Die Berge strahlten schon im Sonnenlicht, und die Wolken zogen sich nach Norden zurück. Das gesamte Bergpanorama der Allgäuer Alpen stand hinter dem grünhügeligen und mit

Zwiebeltürmen dekorierten Alpenvorland wie eine Theaterkulisse. Bis Mittag würde die Wolkengrenze Buchloe erreicht haben, wo sie bei schwachem Föhn oft verharrte. Die Windstärke ließ hingegen für die nächsten Tage blauen Himmel bis zur Donau und angenehme Temperaturen erwarten. Anfällige Naturen litten unter dem abrupten Wetterwechsel, aber Grothe mochte die trockene Luft, die ihre Feuchtigkeit an der Alpensüdseite in heftigen Regenfällen abgeschüttelt hatte und nun befreit von der Last des Wassers nach Norden stürmte.
Grothe öffnete sein elektronisches Postfach und fand eine Nachricht von der Rechtsmedizin. Die Leiche von Kerstin Wechsler war zur Beerdigung freigegeben worden. Offenbar hatte man die Leiche pathologisch soweit dokumentiert, dass eine nachträgliche Rekonstruktion der Todesursache aufgrund der Unterlagen möglich sein würde. Er öffnete die Fallakte und wollte sich die Nummer von Karl Wechsler heraussuchen, zögerte aber. Schon gestern Abend hatte er sich vorgenommen, Voith selbst nach Langerringen zu bringen. Also könnte er auch ohne Voranmeldung bei Wechsler erscheinen. Sollte er nicht daheim sein, würde es keinen Unterschied machen, ob er vorher angerufen hatte oder nicht. Grothe dachte an Karl Wechslers Sohn Leonhard. Spätestens jetzt wäre es Zeit für eine Befragung des Jungen. Er nahm an, dass Leonhard Dieter Krahmann zumindest vom Sehen, wenn nicht sogar näher kannte. Er würde mit dem Vater über eine Erlaubnis reden müssen.
Grothe ging davon aus, dass Richard Voith mittlerweile gefrühstückt hatte und auf ihn wartete. Gestern Abend hatte sich Voith nicht mehr bei ihm gemeldet. Diesmal fuhr er mit dem Aufzug in den Zellentrakt und fand Voith wieder auf dem Bett sitzend vor. Neben ihm lag eine Tasche mit Einmalrasierer und Zahnbürste, daneben ein sauber zusammengelegter Trainingsanzug.
„Guten Morgen, Herr Voith. Wie war die Nacht auf Staatskosten?“
„I hau scho minder gschlaufa, Herr Kommissar.“
„Sie haben mich nicht mehr angerufen. Wollen Sie mir vielleicht jetzt sagen, warum Sie hierbleiben wollten?“
„Na, des it. Däten Sie mi hoimbringa?“

„Ja, das hatte ich ohnehin vor. Ich muss noch mit Karl Wechsler reden.“
Die Fahrt dauerte fünfundzwanzig Minuten, während der Richard Voith kein Wort sprach. Torsten Grothe saß im Beifahrersitz und sah aus dem Augenwinkel, dass Voith gedankenverloren aus dem linken Seitenfenster blickte. Die breite Schneise der B17 gab den direkten Blick frei auf die Zugspitze, bei solch einem Wetter konnte man mit einem guten Fernglas sogar die Seilbahnstützen erkennen. Richard Voith hatte kein Auge dafür übrig.
Die Fahrerin, eine junge Beamtin der Verkehrspolizei, fuhr den Vectra über den Kies bis vor das Wohnhaus. Grothe und Voith stiegen aus, die Beamtin blieb sitzen und wurde gebeten, beim Wagen zu bleiben.
„Ich komme gleich noch zu Ihnen, Herr Voith. Ich gehe nur schnell zu Herrn Wechsler.“
Voith gab keine Antwort, schaute sich nicht einmal um. Er verschwand im Hauseingang. Torsten Grothe schritt den kurzen Weg zum Wechsler'schen Haus. Der Wind hatte weiter aufgefrischt und die Wolkenkante war jetzt deutlich sichtbar, der Föhn hatte sie bis Schongau vor sich hergetrieben. Die Sonne schien von Süden unter die Kante und verschärfte den Kontrast zwischen den unbeleuchteten Flächen der Lechebene und der strahlenden Bergkette. Die Szenerie war dramatisch, eine sturmumtoste Wasserfläche im Vordergrund wäre die perfekte Ergänzung für eines jener Landschaftsgemälde aus dem achtzehnten Jahrhundert gewesen, die Grothe in der Münchner Alten Pinakothek gesehen hatte.
Er erreichte das Haus und trat an den Eingang auf der Südseite. Die Wetterseite war, wie bei vielen alten Bauernhäusern, mit Eternitschindeln beschlagen. Einige der Schindeln hatten Löcher oder waren gänzlich abgefallen. Aus dem ungepflegten Hausumgang wucherten Sträucher, unter anderem ein Efeu, der ursprünglich nur den Eingang umranken sollte und sich unter den Schindelunterbau gedrängt hatte. Um Fenster- und Türrahmen hatte sich das Lattengitter, das die Schindeln trug, abgelöst und gab den Blick auf die alte blättrige Hausfassade frei. Grothe stieg die zwei Stufen zur Haustür hinauf. Neben einem verblichenen Namensschild neben der dunkelbraunen,

offensichtlich mehrfach überstrichenen und durch zwei gefaste Glasfenster unterbrochenen Tür fand er eine von Grünspan bedeckte, in den Putz eingelassene Messingschale mit einem Klingelknopf in der Mitte. Er drückte den Knopf, der aber stecken blieb und keinen Klingelton auslöste. Er spähte durch die Scheiben in die Diele und sah, dass die Türen zu zwei Zimmern offen standen. Die Einrichtung des Vorraums war altertümlich mit einer Anrichte und einer Garderobe aus dickem, dunklem Holz. An der Decke hing eine zu klein wirkende Jugendstillampe mit einer hervorstehenden Klarglasbirne unter weißem Glasschirm. Grothe hatte so viele dieser alten Bauernhäuser von innen gesehen, dass er sich sogar den Geruch darin vorstellen konnte – eine Mischung aus abgestandener Luft, Kaminrauch und Stallgeruch. Er klopfte, aber im Haus rührte sich nichts. Er drückte auf die Klinke, die Tür gab fünf Millimeter nach und sperrte sich gegen weiteres Öffnen mit einem vernehmlichen Schlag gegen den Riegel. Wechsler hatte wohl Frühschicht, also würde er ihn doch telefonisch benachrichtigen müssen. Als er sich umwandte, fiel ihm ein schmaler, längs gefalteter Notizzettel aus beigefarbenem Papier auf, der auf dem Fußabtritt lag. Da er den Zettel vorher nicht gesehen hatte, schloss er, dass er im Türfalz gesteckt hatte und heruntergefallen war, als er die Tür zu öffnen versucht hatte. Er hob den Zettel auf und faltete ihn auf.
„Ruf mich an!“
Grothe erstarrte. Er wusste sofort, dass er etwas Entscheidendes gefunden hatte. Sein Verstand bearbeitete fünf Optionen gleichzeitig, aber keine der Möglichkeiten erschien ihm zwingend schlüssig. Er steckte den Zettel in seine Jackentasche und blickte noch einmal durch die Türscheibe. Im Haus hatte sich nichts verändert. Er wandte sich um und ging in Richtung der Biogasanlage. Auf dem Weg beschleunigte er seinen Schritt, ein Gedanke begann sich zu formen, der ihn veranlasste, die Richtung zu wechseln. Er ging noch schneller. Fast schon laufend kam er vor dem Schweinestall von Richard Voith an. Wenn seine Annahme stimmte, musste er sich beeilen. Als er durch die Tür in das Halbdunkel des Stalls trat, schlug ihm der typische Geruch von Viehausdünstungen, Mist und feuchtem Futter entgegen. Er ging zu einer der Boxen und blieb davor

stehen. Auf dem Boden der Box lag auf einer dünnen Strohschütte eine riesige Muttersau mit ihren Ferkeln, die an den Zitzen hingen oder sich um eine der Milchquellen stritten. Er hob die Infrarotlampe, die über der Sau hing, an ihrem Kabel an und drehte die Lampe so, dass sie zur Seite schien und das Protokollblatt beleuchtete, das an dem obersten Brett der Box angebracht war. Im fahlroten Licht der Lampe las er, was auf dem Blatt stand:

„02. September – 16;

normaler Verlauf, keine Totgeburten"

Das Geburtsdatum mit ausgeschriebenem Monat, die Anzahl der geborenen Ferkel und ein Geburtskommentar. Er erinnerte sich, das Blatt schon bei seinem ersten Besuch gesehen zu haben, er hatte ihm damals aber keine Beachtung geschenkt. Um die Sau herum lagen weniger als sechzehn Ferkel, wie er schnell überschlug. Er fragte sich, was mit überzähligen Ferkeln passierte, die keinen Platz an den Zitzen der Muttersau fanden. Er holte den Zettel aus der Tasche und hielt ihn unter die Lampe. Bingo!

Grothe verließ den Stall und ging über den Kiesvorplatz zum Wohnhaus. Die Tür stand offen. Er machte sich nicht die Mühe zu klopfen, sondern ging direkt durch den Flur in Richtung Küche. Durch die geschlossene Tür drangen Gesprächsfetzen. Er blieb vor der Tür stehen und lauschte.

„... wenn i des alls gwusst hätt. Ich hätt doch nie ..."

Die Stimme war die von Hildegard Voith, sie klang ängstlich und verzweifelt.

„Lass mi doch erklära, du muasch mir glauba, Richard! Richard!"

Grothe hörte keine Antwort. Es war totenstill. Er drückte die Klinke herunter und trat in den Raum. Durch die Fenster drang nur wenig des ohnehin durch die dichte Wolkendecke geschwächten Tageslichts, und Grothe konnte nur den vorderen Teil der Küche überblicken. Richard Voith stand mit dem Rücken zum Herd und hielt sich mit beiden Händen an der Reling fest. Er schien Grothe nicht wahrzunehmen und schaute seine Frau mit gesenktem Kopf an. Die Augen waren blutunterlaufen, der Atem ging schwer.

„Warum, Hildegard, warum hosch du des doa? Warum hosch

du mi verrata? Warum hosch du it mit mir gschprocha?“
Die Frau saß zusammengesunken auf einem der Holzstühle und blickte Richard Voith angsterfüllt an. Sie wagte nicht, den Blick abzuwenden.
„I wollt's dir doch erklära. Du hosch ja nie zughert. Es ging doch um da Hof!“
Grothe stand immer noch in der Tür. Voith ging auf seine Frau zu und hob die rechte Hand.
„Du Schlange!“, presste er aus schmalen Lippen hervor. Hildegard Voith drehte sich zur Seite und hob abwehrend beide Hände über den Kopf. Torsten Grothe schnellte nach vorn und trat Richard Voith in den Weg. Er griff ihn am erhobenen Arm und rief:
„Sachte, Herr Voith.“
Richard Voith wendete langsam den Kopf.
„Halten S' Eahna da raus! Sie ham da nix zum bstimma! Des is a Sach zwischa mir und'm Weib.“
„Da bin ich mir nicht so sicher, Herr Voith.“
Er hielt den Zettel hoch.
„Das ist doch Ihre Schrift, Frau Voith? Die Schrift, die sie vor dreißig Jahren in der Hauswirtschaftsschule gelernt haben. Und auch die Schrift auf dem Fax, das Sie mir geschickt haben und das Ihr Mann erkannt hat. Genauso wie die Schrift auf den Schildern über den Saukoben. Sie kümmern sich doch um die Schweine, nicht wahr?“
Hildegard Voith kniff die Augen zusammen. Grothe konnte sehen, dass ihre Panik langsam dem Ausdruck intensiven Überlegens wich.
„Wo haben S' den her?“
„Der lag bei Karl Wechsler auf der Fußmatte. Und ich nehme an, Sie haben ihn dort platziert. Allerdings haben Sie ihn wohl in den Türfalz gesteckt, und als ich die Tür öffnen wollte, ist er heruntergefallen.“
Richard Voith hatte mittlerweile den Arm gesenkt und schaute Torsten Grothe fragend an. Er griff nach dem Zettel, den Grothe ihm überließ.
„Was soll des, Hildegard, warum soll di da Karl arufa?“
Statt einer Antwort fragte Hildegard Voith: „Wann habn S' den Zettel gfunda, Herr Kommissar?“

„Grad eben, vor fünf Minuten.“
„Den hätt doch dr Karl längscht finda miassa. Der steckt do scho seit geschtern Abend do. Am End isch a nie fortgwesn. Mein Gott, Karl!“
Sie sprang auf und band ihre Schürze los.
„Vielleicht isch es scho z'spät!“
„Z'spät für was?“, fragte Richard Voith.
„Und außerdem, was isch jetz mit dem Kaschper da?“
Er wies auf den hinteren, dunkleren Teil des Raumes, wo Grothe erst jetzt eine Gestalt am Tisch sitzen sah. Das Einzige, was er deutlich erkennen konnte, war der blonde Schopf des Mannes, alles andere wurde von dem dunklen Holz der Wandvertäfelung verschluckt. Auf dem Tisch lagen ein Blatt Papier und ein Wörterbuch.

***

30

Paul Coggan hatte sich das alles anders vorgestellt. Er konnte nicht verstehen, was hier passierte. Erstens, weil er die Sprache nicht verstand, und zweitens, weil niemand von ihm Notiz zu nehmen schien. Seit einer halben Stunde saß er in dieser Küche und versuchte zu erklären, warum er gekommen war. Dann war der Bauer hereingekommen und hatte angefangen, die Frau zu beschimpfen. Es hatte Paul einige Mühe gekostet, in das Dorf zu gelangen. Und als er dem Erstbesten, den er sah, über den Vorgartenzaun den Namen nannte, hatte er nur Schulterzucken geerntet. Woith? Nein, so eine Familie gab es hier nicht. Erst als er Zweifel wegen seiner Aussprache bekam, hatte er den Namen auf einen Zettel geschrieben und über den Zaun gereicht. Ja, Voith, die gibt's schon, machte ihm der Mann in holprigem Englisch klar. Er hatte ihm den Weg beschrieben, auf die Frage nach den Kieswerken Voith aber nur fragend geschaut. Wahrscheinlich waren die außerhalb, dachte Paul. Ist ja auch logisch, kein Mensch macht ein Kieswerk mitten in einem Dorf auf. Als er auf dem Hof ankam, war er in den Schweinestall gegangen und hatte die Bäuerin angetroffen. Richard Voith, ja das war richtig. Der sei aber nicht da, verstand er, und dass er auch lange nicht wiederkommen würde. Er hatte keine Ahnung, wie er ihr klarmachen sollte, dass er ein entfernter Verwandter war. Die Frau sprach kein Wort Englisch. Schließlich konnte er sie dazu bringen, mit ihm vor den Stall zu gehen, er wolle ihr etwas zeigen. Sie hatten sich auf die Bank vor dem Haus gesetzt und er hatte das Testament aus seinem Rucksack geholt. Die Frau hatte es aufmerksam durchgelesen und dann die Hand vor den Mund geschlagen. Sie war aufgesprungen und hatte etwas gerufen, was er nicht verstand. Das Wort ‚Gott' schien darin sehr häufig vorzukommen. Als sie sich wieder halbwegs beruhigt hatte, zog er die Ausdrucke von den Bildern des Kieswerks heraus, die er aus dem Internet gezogen hatte. Auf einem der Bilder war deutlich zu erkennen, wie Hildegard Voith einem der Kieslasterfahrer ein Wägeprotokoll übergab. Ein anderer Ausdruck zeigte Richard Voith im Blaumann gestikulierend vor einem Kiessortierer. Offenbar war er dabei, einem Besucher die Anlage zu erklären. Die Frau hatte ihn ungläubig angestarrt und ihm bedeutet, das sei alles völlig unmöglich und wo er die Bilder herhabe. „Internet“ hatte er gesagt. Dann hatte ihn die Frau gebeten, mit ins Haus zu kommen und begonnen, ihm mit Hilfe eines alten kleinen Langenscheidt-Wörterbuches Fragen zu stellen, die er so gut es ging mit dem englisch-deutschen Teil des Wörterbuchs beantwortete. Die Frau war immer aufgeregter geworden, wieder und wieder war sie aufgestanden und hatte klagend kurze Sätze ausgerufen. Schließlich war der Mann hereingekommen, und Paul hatte immer noch keine Ahnung, wo das Kieswerk war.

***

31

„Der ka da warta."

Hildegard Voith stürmte aus der Küche, Richard Voith und Torsten Grothe liefen hinterher. Sie hastete über den Vorplatz in Richtung des Wechsler'schen Hauses, ihre aufgelösten dunklen Haare wurden vom Föhnsturm verwirbelt und Grothe dachte unwillkürlich an ‚Die Frau im Moor', einen Fernsehfilm, den er einmal gesehen hatte. Für den dunklen BMW mit Zollnummer, der langsam in den Hof einlenkte und angesichts des Polizeifahrzeugs sofort wieder hinausfuhr, hatte niemand einen Blick übrig. Die Konturen der Wolkengrenze hatten sich weiter verschärft, der Lichtdurchbruch von Süden stand unmittelbar bevor. Als er mit Richard Voith vor dem Haus ankam, stand sie schon vor der Tür und drückte energisch die Klinke der verschlossenen Tür.

„Karl, mach auf! Karl!"

Sie griff in den wuchernden Efeu neben dem Türstock, fand einen großen, altmodischen Schlüssel und steckte ihn in das Schloss. Ein leichtes Klirren zeigte an, dass etwas auf der Innenseite auf den Boden fiel. Richard Voith verfolgte die Szene mit einer Mischung aus Neugier und Abscheu.

Kraftvoll drehte sie den Schlüssel, wobei sie die Klinke mit einem Ruck anhob. Die Tür flog auf, sie stürzte in den Hausflur.

„Karl, wo bisch du?"

Die beiden Männer folgten durch die erste der beiden Türen, die Grothe beim Blick durch die Glasscheiben der Eingangstür offen gesehen hatte. Es war die Stube der Familie, eingerichtet mit Möbeln, die aus der Zeit der Familiengründung von Kerstin Wechslers Eltern stammten. Auf einem roten Perserimitat stand ein Eichenfurniertisch mit sechs dazu passenden, von der Zeit gezeichneten Polsterstühlen. Eine dunkle Vitrine auf kurzen, kräftigen Löwenfüßen mit dem guten Geschirr darin füllte den Raum zwischen zwei Fenstern. Gegenüber stand ein Musikschrank aus den Sechzigern. An der Zimmerdecke hing ein vielarmiger Leuchter mit schirmlosen Kerzenbirnen. Der Raum atmete den Mief einer nur am Sonntag oder den Feiertagen benutzten ‚guten Stube'. Die zweite Tür führte

in die Küche, die mit hellen Möbelfronten in starkem Kontrast zum Wohnzimmer stand. Grothe sah einen in Augenhöhe eingebauten Ofen und eine Gerätezeile mit Cerankochplatte, Geschirrspüler und Mikrowelle. In der Mitte stand eine Sitzgarnitur mit großem Esstisch aus Eschenholz. Die Arbeitsflächen waren makellos sauber, und außer einem benutzten Wasserglas in der Spüle stand nichts herum. Auf einem Bügelbrett in einer Ecke lagen akkurat gefaltete Hemden und T-Shirts, das Bügeleisen steckte in seinem Halter.
Hildegard Voith war schon auf dem Weg in den ersten Stock, sie bewegte sich zielsicher und ohne Zögern. Die Holztreppe war nur breit genug für eine Person. Als Grothe auf dem Treppenabsatz ankam, war Hildegard Voith verschwunden. Eine Tür stand offen. Grothe trat in den Raum, es war das Schlafzimmer. Die Vorhänge waren bis auf einen schmalen Spalt zugezogen, es war fast völlig dunkel. Durch den Spalt fiel ein scharfer Sonnenstrahl aus der aufgerissenen Wolkendecke auf das Bett, auf dem Karl Wechsler mit geschlossenen Augen lag. Hildegard Voith kniete davor und hielt ihr Ohr über seinen Mund. Als Grothes Augen sich an die Dunkelheit gewöhnt hatten, sah er unter Wechslers gefalteten Händen etwas Weißes liegen. Hildegard Voith begann zu schluchzen.

***

32

Paul schob das Tor des Hangars auf. Es war ein klarer Morgen, und laut dem Wetterfrosch von der Flugleitung sollte die Sicht für den Rest des Tages fast unbegrenzt bleiben – CAVOK, Clouds And Visibility Okay, er hatte zehn Tage auf dieses Wetter gewartet. Heute würde er zum ersten Mal mit der Chaika fliegen. Er war nervös, aber das sei gut so, hatte ihm Greg Szerbsky gesagt. „Du musst Respekt vor dem Vogel haben, sonst frisst er dich." Der kurze Rumpf erforderte enorme Vorsicht beim Start. Der Gashebel musste behandelt werden wie ein rohes Ei, der große Propeller mit den eintausend PS des mächtigen Sternmotors dahinter erzeugte ein gewaltiges Drehmoment, das einen leicht von der Startbahn fegen konnte. Einer der jungen Flugschüler half ihm, den kleinen Doppeldecker aus der Halle zu schieben. Greg würde vom Tower aus zuschauen und ihm über Funk die letzten Instruktionen geben. Hundertmal war Paul in Gedanken das Instrumentenbrett durchgegangen, hatte sich die Anlassprozedur und die wichtigsten Verfahren eingeprägt. Mit Gregs Boeing Stearman, einem ehemaligen Schuldoppeldecker der US Air Force, hatte er sich an die höhere Geschwindigkeit des Jagdeinsitzers gewöhnt. Seine JN 4 war kein Vergleich mit diesem Boliden. Er schnallte sich in den engen Sitz und setzte sich den Helm mit den eingebauten Kopfhörern auf. Er schaltete auf beide Zündmagnete, schob den Gashebel zweimal ganz vor und erweckte den Motor mit einem Druck auf den Starterknopf zum Leben. Der Schwetzow schüttelte sich wie ein junges Pferd. Das Öl, das sich in den unteren Zylindern gesammelt hatte, wurde in einer imposanten Qualmwolke aus den Auspuffstutzen gestoßen. Bis der Neunzylinder rund lief, checkte Paul das Funkgerät und holte sich die Startfreigabe vom Tower. Er rollte zur Startbahn, holte tief Luft und schob den Gashebel langsam vor. Die Chaika beschleunigte wie ein Rennwagen, und sein Kopf wurde an das Polster über der Sitzrückenlehne gedrückt. Der Start war genauso wie es Greg ihm beschrieben hatte. Er fuhr das Fahrwerk ein und stieg auf eintausendfünfhundert Fuß. Der Sound war überwältigend, und der Fahrtwind in dem offenen Cockpit zerrte an seinem Helm. Nach drei Minuten war er über seiner Farm. Er flog eine steile Rechtskurve und schaute senkrecht nach unten. Neben dem Wohnhaus sah er drei Punkte, die hin- und herliefen und mit dünnen Armen nach oben winkten – Jenny und die Jungs. Jenny hatte ihm verziehen, und Paul war glücklich. In einem langen Gespräch hatte er ihr alles gebeichtet. Jenny brauchte zwei Wochen, um zu verdauen, dass er ihr das Testament vorenthalten hatte. Schließlich war Granny Rosie ihre Großmutter und nicht seine. Zum Zeichen seiner Liebe hatte er die Cessna verkauft und mit dem Erlös den Kredit getilgt, den er für die Anzahlung auf die Chaika aufgenommen hatte. Den Rest des Geldes hatte er Jenny gegeben und gesagt, sie solle damit machen, was sie für richtig hielt. Den Kaufvertrag für die Chaika konnte er rückgängig machen, Greg hatte sich sehr verständnisvoll gezeigt. „Kümmere dich um deine Familie", hatte er gesagt. Paul würde die Chaika nie besitzen, aber er trauerte ihr nicht nach – seine Familie war ihm wichtiger, das war ihm seit seinem Abenteuer in Deutschland klar. Greg hatte schnell einen neuen Käufer gefunden, einen Geschäftsmann aus Cromwell, der den kleinen Jäger als Werbefläche für seine Baumarktkette nutzen wollte. Dafür würde er einen Piloten brauchen, denn er selbst hatte keinen Flugschein. Greg hatte ihm Paul empfohlen, wohl wissend, dass der die Maschine wie ein rohes Ei behandeln würde. Der Mann war froh, einen kompetenten Piloten gefunden zu haben, der auch sein Geschäftsflugzeug fliegen konnte, wenn er Ersatz für seinen eigenen Piloten brauchte. Paul würde mehr Flugstunden bekommen, als er sich jemals gewünscht hätte, noch dazu kostenfrei oder sogar bezahlt. Vor fünf Wochen hätte er von all dem nicht zu träumen gewagt. Paul dachte an die Tage in Deutschland, an die Ereignisse auf dem Bauernhof in dem kleinen Dorf. An die Aufregung über die Vorgänge im Nachbarhaus, daran, wie seine Hoffnungen zerstoben waren, als er erkannte, dass es keine Kieswerke Voith gab und sich die ganze Sache als ein Riesenreinfall entpuppte. Er bereute keinen Augenblick, Hermann Soltau oder Dieter Krahmann oder wie der Mann auch immer hieß auf die Bretter geschickt zu haben, auch wenn er sich damit einigen Ärger bei der deutschen Polizei eingehandelt hatte. Der Kommissar, der aus ihm unbegreiflichen Gründen in der Küche aufgetaucht war, hatte mit seinem Handy ein Foto von ihm gemacht und seinem Kollegen in Düsseldorf geschickt. Der Junge in dem Wohnhaus hatte Paul als den Mann identifiziert, mit dem er Englisch gesprochen hatte und der plötzlich verschwunden war. Die Untersuchung wegen Körperverletzung war aber eingestellt worden, weil Krahmann weiterhin leugnete, Paul überhaupt zu kennen und weil Paul zugesichert hatte, die deutsche Polizei bei der Aufdeckung der Machenschaften des Betrügers zu unterstützen.

„India five-three, Wanaka ground, report position and fuel state, over."

Sein gedanklicher Ausflug war jäh zu Ende, Gregs Stimme brachte ihn zurück in das kleine Cockpit. Er schaute nach unten und sah die markante Halbinsel im Lake Wanaka. Er drückte den Mikrofonknopf am Spatengriff des Steuerknüppels.

„Position south east Beacon Point, fuel state ample. Everything in the green. Great feeling, thanks Greg, India five-three, over."

Er drehte nach Südwesten ab und nahm in einer weiten Kurve, die ihn zwischen Mount Iron und Mount Barker hindurchführte, Kurs auf Wanaka Airport, wie sich der Provinzflugplatz hoffnungsvoll nannte. Mit einer halben Platzrunde reihte er sich in den Anflug auf Runway 29 ein. Fahrwerk ausfahren, Anfluggeschwindigkeit achtzig Knoten, alles wie im Originalhandbuch, das die russischen Restaurateure dem kleinen Polikarpov-Jäger beigelegt hatten. Mit voll gezogenem Höhenruder setzte er die Maschine auf die Betonlandebahn.

„Well done, Paul, perfect job!", scholl es aus den Kopfhörern, als er auf die Abstellfläche rollte. Er klappte die kleine Seitentür des offenen Cockpits herunter und sah, wie Greg Szerbsky vom Tower auf ihn zulief. Er stieg aus und fiel Greg in die Arme. Als er den Helm abnahm, wandte er sich ab und wischte sich verstohlen die vom Fahrtwind geröteten Augen.

***

33

„Magnificent! What a view! Richard, look, it's absolutely overwhelming!“ Der Amerikaner stand auf einem Felsvorsprung vor Gillman's Point und starrte in die Dunkelheit. Die Sonne würde erst in drei Minuten über dem Horizont auftauchen, aber Reginald war völlig ergriffen von der Aussicht, die noch gar keine war. Seine Frau Catherine war höhenkrank. Sie lag in der Kibo-Hütte und litt an den typischen Beschwerden: Kopfschmerzen, Übelkeit und Kurzatmigkeit. Man hatte sie für die Zeit der Gipfelersteigung mit einem der Träger allein gelassen und würde sie danach wieder mitnehmen in der Hoffnung, dass sie sich bis dahin erholt hätte. Richard Voith stand neben dem Amerikaner und hatte die Hände in den Taschen. Er fand den Ausblick alles andere als ‚overwhelming'. Im Moment war es eigentlich nur finster. Die Temperatur lag bei minus zehn Grad und es war windstill. In Richtung Aufstieg lagen die ersten Schneefelder, der Gipfelgletscher glänzte im Licht des Sichelmonds. Er hatte sich die Tour schwerer vorgestellt, trotz der dünnen Luft spürte er die Anstrengung kaum. Einige Tourteilnehmer hatten in den letzten fünf Tagen ernsthafte Schwierigkeiten gehabt, sich an die Höhe zu gewöhnen, und er sah sich in die Lage des erfahrenen Bergsteigers versetzt, der von den anderen um Rat gefragt wurde. Die Fragerei hatte ihn genervt, außerdem war die Gruppe gemischt, und er war gezwungen, mit den Resten seines Schulenglisch zu radebrechen. Sein Versuch sich abzusondern endete mit ständigen Ermahnungen des Führers. Also fügte er sich und ertrug die lästigen Warnungen, in der Gruppe zu bleiben und den Weg nicht zu verlassen. Welchen Weg? Gestern waren sie durch eine pfadlose Steinwüste gewandert und hatten dann zusammen mit zwanzig Franzosen eine halbe Nacht auf 4.700 Meter in der Kibo Hütte verbracht. Um Mitternacht waren sie aufgebrochen, um den Sonnenaufgang eintausend Meter höher an diesem Punkt zu erleben. Gillman's Point war eine der Stellen, an denen man sich als Kilimandscharo-Besteiger fotografieren ließ. Er bereute, die Reise und den Aufstieg pauschal gebucht zu haben. Schließlich suchte er keine Touristenattraktion, sondern wollte einen Traum verwirklichen. Einen

Traum, den er die letzten zwanzig Jahre gehegt hatte und der immer drängender geworden war. Jetzt war er fast oben, nur noch einhundertfünfzig Höhenmeter trennten ihn vom Gipfel des Kilimandscharo, und er vermisste alle Gefühle, die er sich von diesem Moment erwartet hatte. Statt Ergriffenheit packte ihn eine tiefe Enttäuschung. Er hatte gehofft, sich auf der Tour von den Ereignissen der letzten Wochen lösen zu können, aber es funktionierte nicht. Die ersten Sonnenstrahlen leckten über den Horizont, und die Tansanische Ebene verwandelte sich in einen gelbgrünen Teppich unter einem weißen Dunstschleier. Tief unten nahmen die Blumenfelder unterhalb der Horombo Hütte ihre prächtigen Farben an. Es ließ ihn kalt. Immer wieder kamen die Bilder hoch. Seine Frau heulend am Bett von Karl Wechsler! Für Karl hatte er nur Verachtung übrig. Was für ein Waschlappen! Tabletten waren etwas für Frauen. Ein richtiger Mann hätte sich erhängt oder wäre gegen einen Baum gefahren, aber Schlaftabletten! Er hatte es immer gewusst: der Mann brachte einfach nichts zustande. Erst der Hof – zugrunde gerichtet, dann die Frau – fortgelaufen mit einem windigen Althippie. Und dann auch noch das! Nein, er hatte kein Mitleid übrig, nicht nach allem was Wechsler und Hildegard ihm angetan hatten. Bei Hildegard waren seine Gefühle gespalten. Sie hatte ihn um Verzeihung gebeten, aber sein Schmerz saß tief. Die Enttäuschung überdeckte all die Gefühle, die er einmal für sie empfunden hatte. Als Grothe ihm damals das Fax gezeigt hatte, war ihm sofort klar, dass Hildegard es geschrieben hatte. Der Verrat traf ihn wie ein Keulenschlag und er hatte gehofft, dass ihm die Nacht in der Arrestzelle Klarheit darüber bringen würde, was zu tun sei. Stattdessen war er ratlos heimgekommen und sah sich von der Konfrontation mit Hildegard überfordert. Im Nachhinein war er froh, dass Grothe eingegriffen hatte.

Der Gipfel war das Auftauchen dieses neuseeländischen Verwandten mit der Kopie des Testaments seines Urgroßvaters. Er hatte von der Existenz eines solchen Testaments keine Ahnung gehabt, sein Vater und sein Großvater hatten nie davon gesprochen. Er hatte sich die Geschichte von Paul Coggan angehört und das Testament von einem befreundeten Notar prüfen lassen. Es war echt und infolge der Rechtsnachfolge

des Dritten Reiches durch die Bundesrepublik Deutschland auch vollstreckbar. Aber Voith hatte nicht vor, den Kies unter seinem Land auszubeuten. Der Hof hatte seit Generationen seine Menschen ernährt, und dabei würde es bleiben. Jedenfalls hatte er jetzt die Erklärung für das Versprechen, das er seinem Vater und dieser seinem Großvater gegeben hatte. Offenbar hatte es in der Vergangenheit seiner Familie einen Bruch gegeben, der dazu geführt hatte, dass ein Zweig seines Stammbaums in Vergessenheit geraten war. Er hatte mit Paul Coggan vereinbart, dass er sich mit ihm in Verbindung setzen würde, wenn der Wirbel sich gelegt hatte. Er wollte wissen, was der Grund für das Schweigen über die ausgewanderte Voith-Linie war. Vielleicht konnte er aus Neuseeland sogar etwas über sich selbst erfahren.
Die Reise nach Afrika hatte er spontan gebucht, von der Staatsanwaltschaft gab es keine Einwände, da keine Fluchtgefahr wegen des Unterschlagungsdelikts bestand. Allerdings sollte er sich nach seiner Rückkehr sofort in Augsburg melden. Er wusste noch immer nicht, wie er mit Hildegard umgehen sollte. Er hatte sicher jeden Grund, sich sofort von ihr scheiden zu lassen. Andererseits war Hildegard die Mutter seiner Söhne, und sie hatte den Betrieb gemeinsam mit ihm geführt. Das konnte er nicht einfach vergessen. Sie würde sich wegen Vortäuschung einer Straftat verantworten müssen. Gemeinsam mit Sohn Richard kümmerte sich Hildegard während der polizeilichen Untersuchungen weiter um den Hof und um Johannes. Richard hatte geschockt reagiert. Er war tagelang nicht ansprechbar gewesen und hatte nur mit Mühe wieder in den normalen Tagesablauf zurückgefunden. Seiner Mutter gegenüber war er reserviert und vermied es, mit ihr zusammenzutreffen, wenn es ging. Der elfjährige Johannes hatte noch nicht vollständig verstanden, was um ihn vorging. Der Polizeipsychologe hatte geraten, ihm nur das Nötigste zu erklären und die Untersuchungsergebnisse abzuwarten.
„Hey Richard, stop dreaming, it's summit time!"
Washington, der breitschultrige, gedrungene Tansanier vom Chaga-Stamm, der sie führte, stand hinter ihm. Richard Voith drehte sich nicht um, er schaute in den gelbroten Morgen. Die Gruppe war bereit für den Gipfelaufstieg, Reginald und die

anderen standen erwartungsvoll um den Ranger. Richard war unschlüssig. Er wusste nicht mehr, warum er hier war. Der Berg war entzaubert, hatte seine mystische Anziehung verloren. Er spürte nicht den Drang, ihn zu bezwingen. Hier gab es nichts zu bezwingen, der Vulkan spielte keine Rolle mehr in seinem Leben. Er war vollkommen bedeutungslos. Er kickte einen Stein in die Sonne.

„Have fun!“, murmelte er und warf sich seinen Rucksack über. Entschlossen ging er an der Gruppe vorbei in die Richtung, aus der sie gekommen waren. „See you at Kibo. I'll take care of Catherine.“

***

34

„Danke“, sagte Torsten Grothe und legte den Telefonhörer auf. Vor ihm lag die Akte Wechsler. Das Gespräch mit dem Kollegen vom Betrugsdezernat in Düsseldorf war enttäuschend verlaufen, die Untersuchung im Fall Krahmann dauerte viel länger als er gehofft hatte. Er hätte den Anteil Krahmanns am Fall Kerstin Wechsler gerne zeitgleich präsentiert, aber die Untersuchung der Betrugsdelikte war in Düsseldorf geblieben und zog sich seit über einem Monat hin. Dabei hatte am Anfang alles ganz einfach ausgesehen. Krahmann hatte sich schnell erholt und sah sich mit immer erdrückenderen Beweisen konfrontiert. Die Aussage von Paul Coggan hatte viel dazu beigetragen, ihn festzunageln. Die angeblichen Beglaubigungen, die Krahmann nach Neuseeland geschickt hatte, waren nachweislich auf seinem Farblaserdrucker entstanden. Seine Lügen knickten ein wie Streichhölzer, als man ihm die Ergebnisse der Untersuchung seiner Computer präsentierte. Kennwörter und Firewalls schützten nur gegen Internetspione. Hatten die Profis erst einmal die Festplatte vor sich auf dem Labortisch, nutzten die besten Software-Sicherungssysteme nichts mehr. Die Registry-Einträge waren zwar gelöscht worden, aber letzte Spuren ließen sich nur mit einer kompletten und mehrmaligen Löschung der Festplatte beseitigen. Und das hatte Krahmann nicht getan. Die vorhandenen Daten formten sich zu einem Puzzle von Einzeldelikten, die nun chronologisch aufgearbeitet wurden. Im Moment war man dabei, ihm das Ausspähen und den Missbrauch von Zugangskennwörtern für Bankgeschäfte nachzuweisen. Der Fachausdruck dafür war Phishing, und Krahmann hatte mit den Passwörtern eine große Anzahl von Konten um kleinere Summen erleichtert, eine Betrugsform, die bei finanzstarken Kunden mit vielen Kontenbewegungen über längere Zeit nicht auffällt. Nun saß Krahmann in Untersuchungshaft und wartete auf seinen Prozess.

Als Torsten Grothe an jenem Tag vor fünf Wochen den Abschiedsbrief von Karl Wechsler gelesen hatte, rief er Felix Weber in Düsseldorf an und sagte ihm, er solle zurückkommen. Weber verstand die Welt nicht mehr. Er war sicher,

Krahmann den Mord nachweisen zu können. Stattdessen sollte er nun alles stehen und liegen lassen und nach Augsburg zurückfahren. Andererseits war er froh, aus den Fängen von Polizeihauptmeister Steinke befreit zu werden. Eine weitere Nacht im Eigenheim einer derart lebensfrohen Familie hätte er nicht überstanden. Grothe hatte ihm den Brief vorgelegt und zugesehen, wie Webers Augen immer größer wurden.
„Wir waren auf der falschen Fährte", sagte Grothe. „Ich hätte erkennen müssen, dass Wechsler unter etwas litt. Wahrscheinlich hat er nur darauf gewartet, dass ich ihm die richtigen Fragen stellte. Womöglich hätte ich den Selbstmordversuch verhindern können."
„Wie geht es ihm?"
„Er erholt sich. Sobald die Ärzte ihr Einverständnis geben, werden wir uns mit ihm beschäftigen."
Eine Woche später wurde Karl Wechsler im Krankenhaus vernommen, seine Aussage bestätigte das Geständnis aus dem Abschiedsbrief. Als Kerstin Wechsler ihre Koffer packen wollte, um ihn mit Krahmann zu verlassen, war es zum Streit gekommen. Grothe hatte das Transkript der Aufzeichnung wieder und wieder gelesen.

Karl Wechsler:
„Sie hat mich verhöhnt, Herr Kommissar. (wird lauter) Einen Schwächling hat sie mich genannt, einen Versager. Und dass ich sie und den Leonhard nicht wert bin. (Pause) Da bin ich ausgerastet. Dazu hatte sie doch kein Recht, nicht wahr? Nicht wahr, Herr Kommissar? (Pause) Ich hab versucht, sie zurückzuhalten, mit dem Arm. Mit dem Arm um ihren Hals. Sie hat ja keine Ruh geben wollen. Sie hat immer weiter auf mir herumgehackt. Und was der Dieter für ein toller Mann ist, hat sie gesagt. Gelacht hat sie (schluchzt), immer lauter, immer lauter, und dann (Pause), dann war sie still. Ich hab's nicht gewollt, Herr Kommissar. Sie sollte nur still sein, (leise) nur still(schluchzt)."
Kriminalhauptkommissar Grothe:
„Und dann?"
K. W.: „Dann hab ich gewartet, bis es dunkel wurde. Und dann hab ich sie hinausgetragen und das mit dem Gift gemacht."

KHK G.: „Wie haben Sie das gemacht?"
K. W.: „Mit dieser Spritze, ich wusste doch, wo der Richard sein Gift hat."
KHK G: „Und warum haben Sie das getan?"
K. W: „Ich war in Panik, Herr Kommissar, ich wollte nicht ins Gefängnis. Ich muss mich um den Leonhard kümmern, ich kann ihn doch nicht allein lassen. Er ist doch erst elf. Das kann man doch verstehen, nicht wahr? Sie haben doch auch Kinder, Herr Kommissar, das würden Sie doch auch für Ihre Kinder tun."
KHK G.: „Das fällt mir schwer zu glauben, Herr Wechsler. Wenn man für sein Kind da sein will, bringt man sich nicht um."
K. W.: „Ich war verzweifelt, ich bin damit nicht fertig geworden, und keiner konnte mir helfen. Ich habe nicht mehr weiter gewusst. Wie sollte ich denn meinem Sohn erklären, dass ich seine Mutter umgebracht habe?"
KHK G.: „Nochmal zu der Sache mit dem Gift. Es hätte doch genügt, die Leiche in den Fermenter zu werfen. Man hätte Ihnen kaum nachweisen können, dass Sie es waren, der sie dort hineingeworfen hat."
K. W.: „Ich wollte, dass dieser Dieter bestraft wird. Der hat mir meine Frau weggenommen, und er war der letzte, mit dem sie zusammen war. Er kannte den Hof, weil er an dieser Besichtigung teilgenommen hat. Also wusste er auch von dem Giftlager. Ich hatte gehofft, dass die Leiche durch das Gift auftreiben und der Verdacht auf ihn fallen würde."
KHK G.: „Was haben Sie mit der Spritze gemacht, nachdem Sie das Gift eingebracht hatten?"
K. W.: „Die habe ich zurückgestellt, da wo sie herkam."
KHK G.: „Wo kam sie denn her?"
K. W: „Na aus dem Giftlager, aus dem Regal."
KHK G.: „Wir haben aber Ihre Fingerabdrücke auf der Spritze nicht gefunden."
K. W.: „Ich hatte Handschuhe an."
KHK G.: „Haben Sie die Spritze unmittelbar danach ins Regal gestellt?"
K. W.: „Ja."
KHK G.: „Wir haben aber auch sonst keine Fingerabdrücke

gefunden. Irgendjemand muss die Spritze abgewischt haben."
Keine Antwort.
KHK G.: „Herr Wechsler, wer hat die Spritze abgewischt?"
Keine Antwort.
KHK G.: „Ist es nicht vielmehr so gewesen? Sie waren nach der Tat in Panik, sie wussten nicht, was Sie tun sollten. Sie sind zu dem Menschen gelaufen, der Ihnen am nächsten stand und von dem Sie wussten, dass er Sie nicht verraten würde. Die Idee mit der Spritze war nicht von Ihnen. Sie haben sie auch nicht wieder ins Regal gestellt. Wir wissen, dass sie danach auf dem Hof stand, dort, wo Richard Voith sie finden musste und aufräumen würde, mit seinen Fingerabdrücken daran."
Keine Antwort.

Es klopfte kurz, und Felix Weber steckte seinen Kopf durch die Tür.
„Die Post ist da!"
Grothe machte eine einladende Handbewegung und Weber trat ein. Er legte einen dicken Umschlag auf Grothes Schreibtisch.
„Das war's jetzt hoffentlich, Chef. Ich habe bei der Poststelle Dampf gemacht, weil die versprochene Akte Krahmann immer noch nicht angekommen ist. Es ist jetzt eine Woche her, dass mir Düsseldorf die Unterlagen versprochen hat."
„Das wird auch noch dauern, Felix. Ich habe gerade erfahren, dass die Ermittlungen noch nicht abgeschlossen sind, die finden ständig neue Betrugsopfer. Also, was auch immer in diesem Umschlag steckt, die Krahmann-Akte ist es nicht."
Grothe öffnete die Klappe der Postmappe und ließ den Inhalt auf den Tisch gleiten. Es waren drei kriminalistische Fachzeitschriften, die auf dem internen Postweg in den Umlauf gegeben wurden. Torsten Grothe war der Erste auf der Umlaufliste und hatte das Privileg, die neuen Zeitschriften ohne Textmarkerstriche und Kaffeeflecken lesen zu können. Er schaute die Titelblätter kurz an und legte eine nach der anderen beiseite. Darunter blieb eine Postkarte liegen. Er schaute Felix Weber an, der den Mund verzog und die Schultern hob.
„Interessant", sagte Grothe „von den Kollegen, die des Schreibens mächtig sind, ist doch keiner im Urlaub. Wer hat uns denn da bedacht?"

Die Karte zeigte einen Vulkankegel mit einer Schneekuppe darauf.
„Das gibt's nicht", entfuhr es ihm.
Er hielt die Karte hoch, so dass Felix Weber das Bild sehen konnte und las von der Rückseite vor:
„An das Polizeipräsidium Augsburg
z. Hd. Kommissar Grothe
86... Augsburg
Sehr geehrter Herr Kommissar. Der Berg ist nicht das, wofür ich ihn gehalten habe.
Grüße, Richard Voith"
„Ich habe schon einiges erlebt", sagte Grothe. „Aber ein der Unterschlagung von archäologischen Kulturgütern Verdächtigter auf dem Kilimandscharo, der mir auch noch eine Ansichtskarte schreibt, das noch nicht. Wie ist es möglich, dass Herr Voith die Welt bereist, während hier ein Verfahren gegen ihn anhängig ist?"
„Schatzregal", sagte Weber.
„Wie bitte?"
„Ich habe mich mit einem Kollegen vom Betrugsdezernat unterhalten. Nach dem sogenannten Schatzregal geht ein archäologisches Fundstück automatisch in das Eigentum des Bundeslandes über, in dem es ausgegraben wurde. Sollte der Finder es also für sich behalten, ist das eine Art von Unterschlagung, auf die das Strafgesetz angewendet wird. Das gilt für alle Bundesländer, mit Ausnahme von Bayern, Hessen und Nordrhein-Westfalen. Sondengänger und selbst ernannte Hobby-Archäologen können sich hierzulande also in relativer Sicherheit wiegen. Es wird erst haarig, wenn der Möchtegern-Schliemann versucht, die Fundstücke zu verkaufen, wenn ihm also Hehlerei nachgewiesen werden kann. Und das war bei Herrn Voith wohl nicht möglich. Also bestand kein Grund, ihn festzuhalten."
Grothe gefiel die Art nicht, mit der der junge Weber ihn manchmal belehrte. Aber er musste zugeben, dass er diesem Erguss fachlich nichts entgegenzusetzen hatte.
„Hm", machte Weber, „was meint er damit: Der Berg ist nicht das, wofür ich ihn gehalten habe?"
„Es war sein Traum. Er wollte auf den Kilimandscharo, bevor

der letzte Schnee schmilzt. Es wäre seine größte Tour gewesen, aber er wollte es nicht allein tun, bildlich gesprochen. Er wollte zurückkommen und die Erfahrung mit seiner Welt teilen. Der Berg wäre Teil seines Lebens geworden, so wie die Berge auf den Bildern in seinem Hausflur. Jetzt ist alles kaputt, und die Tour hat ihre Bedeutung verloren. Ich glaube, er ist sehr einsam."
Weber nahm die Karte in die Hand und schaute auf das Bild.
„Ich habe nie ganz verstanden, was die Voith dazu gebracht hat."
In der ersten Vernehmung unmittelbar nach den Ereignissen auf dem Wechslerhof hatte Hildegard Voith das Verhältnis mit Karl Wechsler zugegeben, womit sie auch die Denunzierung ihres Mannes erklärte. Mit Karl Wechslers Aussage hatte es Grothe fünf Minuten gekostet, ihr den Rest zu entlocken. Vor eineinhalb Jahren war Kerstin Wechsler zwei Wochen lang mit einem ihrer Liebhaber verschwunden, und irgendwann hatte sie Karl Wechsler zum Kaffee eingeladen. Danach trafen sie sich, wenn Richard Voith bei der Feldarbeit war, und es war ihnen gelungen, das Verhältnis geheim zu halten. Karl Wechsler war der Partner, den sie sich gewünscht hätte – einfühlsam, kompromissbereit und liebevoll. Mit ihm konnte sie sich ein erfülltes Leben vorstellen. Dazu musste sie aber ihr jetziges Leben hinter sich lassen, und Kerstin Wechsler hatte ihr vorgemacht, wie so etwas ging.
Dann hatte Hildegard ihren Mann dabei beobachtet, wie er wertvolle Fundstücke beiseite schaffte und nach Käufern dafür suchte.
„Sie hatte auch einen Traum, Felix. Nur einen völlig anderen als Richard Voith. Seit Jahren hatte sie nach Wegen gesucht, der Bevormundung durch ihren Mann zu entkommen. Richard ließ stets nur seine eigenen Vorstellungen gelten, traf alle Entscheidungen ohne jeden Kompromiss und behandelte sie wie eine Hofmagd, die Ehe war gescheitert. Sie hatte das Leben auf dem Bauernhof satt, hatte genug von Schweinen und Gülle. Kein Urlaub, keine Zerstreuung, keine Freizeit – sie wollte leben, etwas haben von all der Arbeit. Deshalb erzählte sie Kerstin Wechsler von den Funden, genau wissend, dass die Nachbarin danach gierte, Richard Voith zu schaden.

Allerdings reagierte die Wechsler nicht so, wie Hildegard Voith es gehofft hatte. Statt Richard Voith anzuzeigen, begann sie ihn zu erpressen. Hildegard hatte gehofft, dass die Sache herauskommen würde und ihr Mann für die Unterschlagung zur Verantwortung gezogen würde, womöglich ins Gefängnis käme. Dann hätte sie einen Grund und die Kraft gehabt, sich von ihm zu trennen und mit ihrem Anteil am Hof die Kiesvorkommen darunter zu verwerten. Seit Langem hatte sie versucht, Richard Voith zu einer Nutzung der reichen Vorkommen zu bewegen. Aber der hatte sich stur geweigert, daran auch nur zu denken. Stattdessen hatte er in die Biogasanlage investiert, was sich erst in der nächsten Generation auszahlen würde. Sie wollte aber nicht noch einmal zwanzig Jahre warten, bis die Kredite abgezahlt waren. Dann kam Karl Wechsler verzweifelt zu ihr und erklärte ihr, dass er seine Frau umgebracht hatte. Sie erkannte, dass ihr das Schicksal einen Trumpf in die Hand gespielt hatte. Sie musste schnell handeln, und sie wusste, dass Wechsler genau das tun würde, was sie ihm sagte."

Felix Weber schaute wieder auf die Karte. Er kniff die Lippen zusammen und zog die Augenbrauen hoch.

„Ein paar Dinge muss ich wohl noch lernen."

Torsten Grothe lehnte sich zurück. Er klappte die Akte zu und schaute auf seine linke Hand. Die Schiene mit dem Knetball war ihm vor einer Woche abgenommen worden, aber er hatte noch immer Schwierigkeiten, die Hand vollständig zu schließen. Wenigstens konnte er wieder Auto fahren. Am Wochenende würde er eine kleine Runde mit dem Rennrad drehen, wenn das Wetter es zuließ.

Das Telefon summte. Er erkannte die Nummer und nahm ab.

„Hallo Torsten, wann kommst du heim?"

Es war Monika. Es kam nicht oft vor, dass sie anrief, also nahm er an, dass es um etwas Besonderes ging.

„Peter hat aus Italien drei Kisten Barolo mitgebracht, Christa hat mir eine davon verkauft. Und Verena hat für Saltimbocca eingekauft, sie möchte mit dir kochen."

„Um halb sechs", sagte Torsten Grothe. „Ja, sicher!"

Übersetzungen der englischen Ausdrücke und Meldungen:

Seiten	englischer Originaltext	deutsche Entsprechung
112	Anything to declare?	Irgendetwas zu verzollen?
114	To Trains	Zu den Zügen
144	Listen, there's somebody lying in front of the building	Hör mal, da liegt einer vor dem Haus auf dem Boden.
	What? Who speaks?	Was? Wer spricht da?
	There is a man lying in front of the building. On the pavement, unconscious. You understand?	Da liegt ein Mann vor dem Haus. Auf dem Gehsteig, bewusstlos. Verstehst du?
	On the sidewalk, dammit. Tell your mum and then call the ambulance, will you?	Auf dem Gehweg, verdammt nochmal. Sag das deiner Mutter und dann ruf die Erste Hilfe, kapiert?
	Oh sh...! Man – ill – on the ground. Understand?	Oh Sch...! Mann – krank – auf dem Boden. Verstanden?
	Hurry, okay?	Beeil dich, klar?
178	Clouds And Visibility Okay.	Begriff aus der Fliegersprache: Wolken und Sicht ok.
180	India five-three, Wanaka ground, report position and fuel state, over.	India fünf-drei (Rufzeichen des Flugzeugs), hier Wanaka Boden, melden Sie Position und Kraftstoffstand, over.
	Position south east Beacon Point, fuel state ample. Everything in the green. Great feeling, thanks Greg, India five-three, over.	Position südwestlich Beacon Point, Kraftstoffvorrat reichlich. Alles im grünen Bereich. Großartiges Gefühl, danke Greg, India fünf-drei, over.
	Well done, Paul, perfect job!	Gut gemacht, Paul, toll hingekriegt!
181	Magnificent! What a view! Richard, look, it's absolutely overwhelming!	Großartig! Was für eine Aussicht! Richard, schau mal, es ist absolut überwältigend!
183	Hey Richard, stop dreaming, it's summit time!	He, Richard, hör auf zu träumen, Zeit für den Gipfel!
184	Have fun!	Viel Spaß!
	See you at Kibo. I'll take care of Catherine.	Wir sehen uns bei der Kibo(hütte). Ich kümmere mich um Catherine.